赵丽宏 著

书卷的气息
赵丽宏序跋三集

华东师范大学出版社·上海

图书在版编目(CIP)数据

书卷的气息:赵丽宏序跋三集/赵丽宏著.—上海:华东师范大学出版社,2020
 ISBN 978-7-5760-1119-7

Ⅰ.①书… Ⅱ.①赵… Ⅲ.①序跋-作品集-中国-当代 Ⅳ.①I267

中国版本图书馆 CIP 数据核字(2021)第 000507 号

书卷的气息——赵丽宏序跋三集

著　　者　赵丽宏
策划组稿　阮光页
责任编辑　李玮慧
责任校对　王丽平
装帧设计　卢晓红

出版发行　华东师范大学出版社
社　　址　上海市中山北路 3663 号　邮编 200062
网　　址　www.ecnupress.com.cn
电　　话　021-60821666　行政传真 021-62572105
客服电话　021-62865537　门市(邮购)电话 021-62869887
地　　址　上海市中山北路 3663 号华东师范大学校内先锋路口
网　　店　http://hdsdcbs.tmall.com

印 刷 者　上海锦佳印刷有限公司
开　　本　787×1092　16 开
印　　张　17.75
字　　数　257 千字
版　　次　2021 年 1 月第 1 版
印　　次　2021 年 1 月第 1 次
书　　号　ISBN 978-7-5760-1119-7
定　　价　45.00 元

出 版 人　王　焰

(如发现本版图书有印订质量问题,请寄回本社客服中心调换或电话 021-62865537 联系)

目 录

自 序 / 1

一、为自己的书写序跋

无奈的尾声
　　　——《头和尾》跋 / 3
童心的澄澈不会改变
　　　——长篇小说《童年河》后记 / 4
诗歌是什么
　　　——诗集《我在哪里，我是谁》自序 / 6
我愿意做一块礁石
　　　——《赵丽宏文学作品》自序 / 8
我为什么写《渔童》
　　　——《渔童》后记 / 10
做一个读书人的幸福
　　　——《赵丽宏语文课》代序 / 14
童心永远不会老
　　　——《童年河》荣誉珍藏版自序 / 17
《丽宏读诗》自序 / 19
作文：秘诀和灵魂
　　　——序《写作的门路》/ 20
撷取记忆中的珍珠
　　　——序《赵丽宏散文精选·往事篇》/ 21

天下万物皆有情
　　——序《赵丽宏散文精选·咏物篇》/ 23
把人物写活
　　——序《赵丽宏散文精选·人物篇》/ 25
用文字画出天籁
　　——序《赵丽宏散文精选·风景篇》/ 27
历史是什么？
　　——序《赵丽宏散文精选·历史篇》/ 29
空灵和空泛
　　——序《赵丽宏散文精选·抒情篇》/ 31
生活中处处有哲理
　　——序《赵丽宏散文精选·哲思篇》/ 34
亲情的纪念
　　——序《赵丽宏散文精选·父子篇》/ 36
我的心灵变成了一根琴弦
　　——序《赵丽宏散文精选·音乐篇》/ 38

附：

在古老大地上追寻永恒
　　——赵丽宏英译诗集《天上的船》序 / 40
传承、反思和创造
　　——赵丽宏塞、中双语诗集《天上的船》序 / 45
忧伤之美
　　——赵丽宏诗歌散文选《美丽，并忧伤着》保加利亚文译本序 / 50
从自身的境界中脱身而出
　　——英译诗集《疼痛》序 / 52
大巧若拙，人生原诗
　　——赵丽宏诗集《疼痛》塞尔维亚文译本跋 / 55

存在之痛和诗歌之痛
　　——赵丽宏诗集《疼痛》法文版序 / 56

二、为《上海文学》写卷首

绘画和文学的结合
　　——序画册《文学之美》/ 61
文学之美
　　——《上海文学》2014年卷首 / 63
天涯咫尺
　　——《上海文学》2015年卷首 / 67
在沉静中绽放
　　——《上海文学》2016年卷首 / 71
乡音的魅力
　　——《上海文学》2017年卷首 / 75
文学是人学
　　——《上海文学》2018年卷首 / 79
海风和地气
　　——《上海文学》2019年卷首 / 83
青春啊青春
　　——《上海文学》2020年卷首 / 86
上海,诗的聚合
　　——《2017年上海国际诗歌节特刊》序言 / 90
灯塔和盐
　　——《2018年上海国际诗歌节特刊》序言 / 94
天香和诗心
　　——《2019年上海国际诗歌节特刊》序言 / 97

天涯同心：发自上海的邀约
　　——《"天涯同心"国际抗疫诗歌特辑》引言 / 99
欣慰的开场白
　　——《上海文学》社区中英文增刊前言 / 100

三、为他人书作序

生命的留言
　　——序德拉根·德拉格耶洛维奇中译诗集《爱之笺》/ 105
可贵的是真性情
　　——序徐亚斌散文集《父亲和烟的记忆》/ 107
真实的青春回声
　　——序姜梁散文集《有一个美丽的地方》/ 109
真挚·睿智·绚烂
　　——序《王勉散文精选》/ 111
唐子农画意序跋二题 / 114
发自心灵的欢笑
　　——序赵辉摄影集《爱之笑颜》/ 115
清新的古风
　　——序《邢小燕诗选》/ 116
直挂云帆济沧海
　　——序士敏散文选《国王的心有多重》/ 118
朴素天下莫能与之争美
　　——序《赵冷月书法集》/ 120
雨花石
　　——序池澄《中国雨花石图典》/ 123

谢谢你,神奇的小耳朵
　　——序林少雯小说《亲爱的小耳朵》／125
坚持的味道最美
　　——序王继红散文集《来不及寂寞》／127
春风拂面问飞鸟
　　——序《陈洪法诗词选》／129
贺《许淇文集》出版／132
一个诗人的幸福和痛苦
　　——序王果先生遗诗／134
接地气的短文章
　　——序侯宝良散文集《弹街路》／136
梦中的汗血宝马
　　——序张如凌诗集《红蓝如凌》／138
来自血地的心声
　　——序天谛散文集《血地》／141
东方的智慧
　　——序郑福田文集《中国古代思想家赞述》／144
向古典文学致敬
　　——序马小娟画展／146
音乐的共鸣
　　——序刘蔚散文集《安达卢西亚浪漫曲》／148
贵在深挚独特
　　——序杨华诗集《摇曳未定》／150
构建迷宫的耐心
　　——序吴斐儿诗集《青叶集》／152
宁静是一种高贵的态度
　　——序王铁仙散文集《平静》／154

时光的秘密

　　——序恩里克诗集《时光就这样流逝》/ 158

折射人性的光芒

　　——序朱大建散文集《从故乡到远方》/ 159

源自生活的大海

　　——序姚海洪长篇小说《南汇嘴传奇三部曲》/ 160

一座大楼的史诗

　　——读徐策长篇小说《魔都》/ 163

在纷繁驳杂的世态中发现诗意

　　——序征帆诗集《荒芜的吊影》/ 166

在灯塔的光芒中看见什么

　　——绘本《灯塔》导读 / 169

追寻前辈的脚印

　　——序郭皓诗集《梧桐叶飘落的秋天》/ 171

人间的挚爱

　　——序叶良骏散文集《我的窠娘》/ 172

山高水长，清溪不断

　　——序《路桦文集》/ 174

时光的屐痕

　　——序朱开荣水彩画展 / 176

一种值得称道的生活方式

　　——序金迎新散文集《寻踪四方》/ 178

在缺憾中创造美

　　——序姚武斌译作《蘑菇园》/ 180

时间的佳酿

　　——序崔丽娟诗集《未竟之旅》/ 182

他活在不老的童话世界里

　　——序《洪汛涛儿童文学精品集》/ 184

写作的原动力
　　——序蓉子散文集《故乡在何方》/ 186
远行者的回眸
　　——序周建新散文集《远行》/ 188
最珍贵的财富是什么
　　——序朱效来文集《生命的心流》/ 190
用文字为伟大的城市造像
　　——序惜珍新著《这里是上海》/ 192
另一种曼妙解读
　　——序唐子农篆刻《心经》/ 195

四、为各种文集写序

她是上海的女儿
　　——序程乃珊纪念文集 / 199
写诗，向好八连致敬
　　——序诗集《旗帜和阳光》/ 200
贴近大自然的心
　　——"倾听大自然"丛书总序 / 202
流传于口头的民间智慧
　　——序《崇明谚语·俗语·歇后语》/ 204
上海的春夏秋冬
　　——序大型画册《上海》/ 205
有梦想，就有诗心飞扬
　　——序"心中的梦"诗歌大赛获奖作品选 / 209
心香一脉出云间
　　——"松江当代文学"丛书总序 / 211

江海生清风
　　——"崇明作家散文"丛书总序 / 214

撩开时光的面纱
　　——序朱开荣、殷峻、殷心悦水彩画展《留光·忆彩》/ 218

瞬间和永恒
　　——序《网球大师赛摄影作品集》/ 220

建筑和绘画之雅集
　　——序《衡复建筑画展》/ 222

创造人生的至美境界
　　——"送给爸爸妈妈最好的礼物"丛书总序 / 223

上海，文学的理想在延续
　　——序《上海市民文学写作大赛优秀作品集》/ 225

滴水湖的秘密
　　——序《南汇新城诗人作品选》/ 227

岁月在这里回光返照
　　——序画册《今昔百乐门》/ 229

天地通人心，大道在自然
　　——序《道法自然百家书法作品集》/ 230

通向光明的门
　　——序大型画展《从石库门到天安门》/ 232

风云际会的时代
　　——序人物访谈集《浦东新脸谱》/ 235

真诚亲切的朋友
　　——序《人民政协报》副刊文萃 / 237

追溯文明之源
　　——《中华创世纪神话·开天辟地》序诗 / 239

诗意的心声
　　——序诗集《田园之歌》/ 243

上海的书卷气
　　——序《阅读者2018》/ 244
为一个伟大的时代存照
　　——序散文集《上海城市记忆40年》/ 246
诗歌是飞翔的翅膀
　　——序"周浦杯"诗稿征文大赛获奖诗选 / 248
诗意，在城中，在心中
　　——序诗集《风从浦江来》/ 250
新时代的诗意象征
　　——序《上海诗人》十年精选 / 252
你真美啊，请停留一下
　　——序散文集《作家看奉贤》/ 255
城市心灵跳动的声音
　　——序《上海诗歌精选》/ 257
建筑，是可以阅读的
　　——序画册《徐汇区的老建筑》/ 259
母语的魅力
　　——序《中学生作文选》/ 261
诗意的热土
　　——序《放歌浦东诗选》/ 264

自序

编完这本书，百感交集。这是我的第三本序跋集。2002年，华东师范大学出版社出版了我的第一本序跋集，十二年之后，又出版了我的序跋二集《头和尾》。在为序跋二集写跋时，我曾经发出这样的感慨："编完这册序跋集，我心里产生的念头是：以后应该尽量少作序，尤其是勉强之序。这类书，在我一定是最后一本。这篇跋，是一个尾声。"这确实是我的由衷之言。但是事与愿违，从2013年至今，我还是无法摆脱经常写序跋的命运。这七年间，作序写跋，竟然又有了一百余篇。于是便又有了编序跋三集的念头。对自己这样的失信之举，实在有点惭愧。但是重读这七年间写的序跋，心里还是漾动起一些波澜，这些文字，也是这七年心路历程的记录，是读书和写作生涯的一段小结。但愿读者对这些文字还有一点阅读的兴趣吧。

书的序跋，是最自由的文体，没有定规，想怎么写就可以怎么写，可长可短，可文可白，可叙事可抒情，可感叹可议论，可信马由缰驰骋八方，可逆水航船独行一路。为自己的书写的序跋，可以说是一种自由愉快的写作。出书时，总是有点感想可以抒发，谈文章得失，谈写作甘苦，谈人生悲欢。既是议论自己的文字，可以自由率性，尽情挥发。而为他人作序，情况就有些不一样。在我的第一本序跋集出版时，我曾经就为他人作序发过一些感叹，现在重读，觉得这些感叹仍在延续，不妨将这些感叹重录如下：

写序也有很多无奈的时候。有熟悉的朋友出书求序，那是没有办法的事情。有些没有见过面的作家，托了很熟的朋友来要求作序，那是能推则推，然而也有无法推托的时候。最使我为难的，是一些我不认识的作者，他们把自己第一本书的清样郑重其事地送来，语辞恳切地请你写序，如果拒绝，便会伤了他们的自尊心。有几位我为之作序的作者，直到今天我还没有和他们见过一面。这样的情形，真的是"以文会友"。来请你写序的，一般总是希望说些好话，把序文发出来，也是为他的书作宣传。这也是人之常情。有些请我写序的作者，写作的水平确实不高，出一本书在他们也许是作了毕生的努力。对这样的作者，当然不能有过头的褒扬，但对他们追求文学的热情却也不能兜头泼上一盆冷水。这样的序，常常写得艰涩，有时实在是勉强为之，只能王顾左右而言他，谈一些自己对文学和写作的看法，赞扬作者热衷写作的态度，对书中的文字，反而是一笔带过。这样的文章，收在书中我也感到汗颜。对于我的这些无奈和窘境，但愿读者能谅解。曾拜读余光中《为人作序》一文,文中谈到各式各样的索序者,谈到他在为人写序时产生的种种困惑和无奈,引起我很多共鸣。

顾炎武说:"人之患在好为人序。"为他人作序,对于一个文人,确实是一件必须斟酌再三的事情,如太过随意,敷衍应景,甚至言不由衷,对自己对别人都是一种不负责任的态度。"好为人序",是一种讽刺和批评,和"好为人师"是近义词。这个词所描述的状态,着重在一个"好"字,那是一种主动的行为,是爱好,喜好,是自己寻求的一种嗜好。那种喋喋不休指点教诲别人的腔调,让人讨厌,我不屑此道,也不善此道。我为他人作序,基本上都是被动的,写作的状态,常如多年前所述:"写得艰涩。"然而写这些文字,我也是认真的,为他人作序,使我有机会阅读了不少原本也许不会去关注的文字,每次答应作序,我一定会认真把书读完。在阅读的过程中,有愉快的感受,有意外的发现和启迪。当然,也有失望和惋惜。为他人撰写的序文,其实都是我的读书笔记,也是真心的记录。有些热情周到求序者,担心作序会花费我太多的时间,建议我不必读全书,而且为我准备了序言的文本,只要我认可签名便可以印到书上。我写作大半生,从来没有让别人捉刀代笔的情形,写序当然也一样。那些为我准备的序文脚本,只能被扔进废纸篓。

本书共分四辑,除了"为自己的书写序跋"和"为他人书作序"之外,还有一辑,是"为《上海文学》写卷首",这是我每年为《上海文学》一月号写的卷首语,这也是我这些年中对文坛的观察,对文学现状的议论和思考。另有一辑"为各种文集写序",是为各种不同类型的书籍和画展写的序文。本书中,还收录了几位外国作家为我在海外出版译文集时撰写的序文,是从不同的语种翻译过来的,这些文字对于我都是珍贵的纪念。

好了,已经有点饶舌了。这也是一篇自序,写的是实情,是心里话。出这本书,于我是一次失信之为,但还是要感谢我母校的出版社,感谢我的老同学阮光页,又一次给了我将这些序跋汇集出书的机会。我不敢再发"尾声"之类的预言,但愿此后的写作生涯中,耗费于写序跋的工夫,会越来越少。

2020年5月31日于四步斋

一

为自己的书写序跋

无奈的尾声

——《头和尾》跋

这本序跋集,取名《头和尾》,也是逗读者一笑。头,是书之序,尾,是书之跋。头尾合集,有头有尾,像是一道菜的名字。中国人说有头有尾,是一个褒义词,指做事有始有终。我这里的头尾合集,其实是我写作和读书体会的一个什锦拼盘。

2002年,华东师范大学出版社出版了《赵丽宏序跋集》,将我在此前将近二十年中撰写的一百三十余篇序跋尽收其中。此后十年,我又陆续写了不少序跋文字,汇集一册,竟又有了一百三十余篇。其中有为自己的诗文新著写的序跋,有为自己主编或他人编辑的文集写的序跋,也有为一些文坛同行和朋友的著作、画册等撰写的序文。为自己的书写序跋,是一件自由随意的事情,出一本新书,谈谈甘苦得失,有话则长,无话则短,没有定规。为他人作序,就不那么轻松。这些年,婉拒了很多求序者,但还是答应了不少无法拒绝的朋友或熟人,有些求序者我并不认识,但他们的请求,让我不忍拒绝。既答应,便不能敷衍,要读书稿,而书稿未必都能让你悦目赏心。怎么写?有好说好,那自然不错。那些境界不高的文字,则颇让人伤神,将批评直白写在序文中,那一定令作者失望,但也不能指鹿为马,无端拔高。只能说一些鼓励的话,然后再编织枝蔓,谈谈自己对为文之道的看法。即使批评,也只能委婉曲折,能让当事者感知便可。这实在是艰难而无奈的事情。十一年前编序跋集时,我曾以《作序的欣悦和无奈》为题作序,这次编序跋二集,重读当年的序文,发现当年已将作序的种种心态谈得很透彻,所以不再作新序。

编完这册序跋集,我心里产生的念头是:以后应该尽量少作序,尤其是勉强之序。这类书,在我一定是最后一本。这篇跋,是一个尾声。

2013年3月24日于四步斋

童心的澄澈不会改变

——长篇小说《童年河》后记

从事文学写作四十多年了,以前写的大多是散文和诗。这是我第一次写长篇小说,而且是一部写给孩子们看的小说。断断续续,写了一年多。写得怎么样,自己无法评判,但有一些感受,可以告知读者。写这篇小说时,感觉时光随着文字倒流半个世纪,使我又回到少年时代,回到早已过去的那个遥远的年代。小说是虚构的,但虚构的故事和人物中,有我童年生活的影子。写作过程中,记忆中很多场景,很多人物,很多甜蜜的或者苦涩的往事,不断地浮现在眼前,让我感动,心颤,甚至流泪。真实和虚构,在小说中融合成一体。

小说的视角,是一个孩子的目光,对那个动荡复杂的年代,天真的孩子是无法剖析的,更不可能以今天的观念去分析当年的种种现象。小说的主人公雪弟对这个世界充满了好奇,他睁大了眼睛,观察,感受,思考,小小的心灵不时被温暖,被感动,被震撼,被启迪。他不会故作深沉发什么议论,但很自然地会有困顿和疑惑产生。雪弟的很多疑惑,小说中无须解答,读者自会感受其中的曲折。雪弟所经历的,只是那个年代的一个短促的片断,是纷繁大世界中一个小小的角落。片断再短,角落再小,如果能展其风韵之绚烂,绘其情境之精妙,或可以小见大,窥见远去时代的风云变幻和世态人情。

我的同辈人,读这样的小说,也许会心生共鸣,因为他们熟悉那个时代。现在的少年人,大概也不会拒绝这样的小说。因为,不管我们所处的社会和生活状态发生多大的变化,有些情感和憧憬是不会变的,譬如亲情,譬如友谊,譬如对幸福人生的向往。童心的天真单纯和透明澄澈,也是不会改变的。

作为一个写小说的新手,面对读者,心里还是有点忐忑不安。我写惯了散文,写小说,也难免多一点散文的笔调和气息。我想,散文的散淡和自由,散文的自然和真切,应该不会对小说有什么损伤,小说的写法,其实也是自由而不拘一格的。希望读者对我这个不年轻的小说新手多多包涵。我的小说,如果能有某个片断能让你会心一笑,或者发出一声叹息,我就很满意了。

感谢画家万苊,为我的小说精心创作了插图。她对小说的时代和情境是熟悉的,她的插图,很生动地展现了小说中的场景,也为这本书增添了色彩。

2013 年初夏于四步斋

诗歌是什么

——诗集《我在哪里，我是谁》自序

从写第一首诗至今，有了多少年头，自己也很难计算了。最初的诗，写在日记本中，那还是中学时代，距今已有四十多年了。我至今仍清晰地记得我在故乡崇明岛"插队落户"时写诗的情景。那些在飘摇昏暗的油灯下写的诗行，现在读，还能带我进入当时的情境，油灯下身影孤独，窗外寒风呼啸，然而心中却有诗意荡漾，有梦想之翼拍动。可以说，诗歌不仅丰富了我的生活，也改变了我的人生。诗歌之于我，恰如那盏在黑暗中燃烧着的小油灯，伴我度过长夜，为我驱散孤独。人人心中都会有一盏灯，尽管人世间的风向来去不定，时起时伏，只要你心里还存着爱，存着对未来的希冀，这灯就不会熄灭。世界博大，人心纷繁，我想，人类心灯的形态和光芒是不一样的。和诗歌结缘，是我的幸运。

这本诗集，是我数十年诗歌创作的一本选集，收入我写于不同时期的诗作将近一百首。诗选分为两辑，第一辑中的诗作，近几年被翻译成多国文字，以《天上的船》为书名，先后在爱尔兰、保加利亚和塞尔维亚出版，并在塞尔维亚获2013年斯梅德雷沃金钥匙国际诗歌奖。第二辑中的诗作，有很多年前写的，也有近年的新作。编这本诗选，使我有机会重温自己写诗的经历。选集中的诗，只是我诗作中的一小部分，时间跨度逾四十年。这些诗行中，有我人生的屐痕，生命的印记，是我在文学之路上探索前行的足音，也是我所生活的时代在我心灵中激发出的真实回声。

去年10月，去塞尔维亚接受颁奖，在发表获奖感言时我曾这样表达对诗歌的看法：

诗歌是什么？诗歌是文字的宝石，是心灵的花朵，是从灵魂的泉眼中涌出的汩汩清泉。很多年前，我曾经写过这么一段话："把语言变成音乐，用你独特的旋律和感受，真诚地倾吐一颗敏感的心对大自然和生命的爱——这便是诗。诗中的爱心是博大的,它可以涵盖人类感情中的一切声音:痛苦、欢乐、悲伤、忧愁、愤怒,甚至迷惘……唯一无法容纳的,是虚伪。好诗的标准,最重要的一条,应该是能够拨动读者的心弦。在浩瀚的心灵海洋中引不起一星半滴共鸣的自我激动,恐怕不会有生命力。"年轻时代的思索,现在回想起来,仍然可以重申。

如今的时代,写作不会受人规范,诗人可以随心所欲放歌吟唱,可以用千奇百怪的方式组合文字,可以不管读者的观感自说自话,可以天马行空俯瞰人世,也可以混迹市井随波逐流,诗歌在中国的美名和骂名,都涵藏在这些现象中。不过我相信,不管世风如何变化,有一条规律大概不会改变:那些失去了真诚的诗,一定是没有灵魂,也不会有生命的。

我写诗的数量,随着年龄的增长而减少,这并非说明我对诗歌的热爱在消退。诗是激情和灵感的产物,诗的激情确实更多和青春相连,所以诗人的特征常常是年轻。然而这种年轻应该是精神的,而非生理的。只要精神不老,诗心便不会衰亡。这些年,我更多写作散文,但从未放弃过诗歌。诗和散文之间,其实有很多相通之处。只要我仍在写作,我就会继续写诗。

感谢诗歌,使我的人生多了一点浪漫的色彩;感谢诗歌,使我多了一种记录生命、感受自然、抒发情感的方式;感谢诗歌,使我常怀着青春的梦想,哪怕霜染鬓发,依然心存少年情怀。

2014 年 2 月 26 日于四步斋

我愿意做一块礁石

——《赵丽宏文学作品》自序

读书和写作陪伴了我大半辈子。写作对有些人来说也许是一种追求时髦、与时俱进的事业,而我却始终认为,这应该是一件以不变应万变的事。这是我自己选择的一种生活,是我的人生。万变的是世事,是永远花样出新的时尚,不变的应该是一个写作者的心境,是他对人生的态度,即所谓在喧嚣中寻宁静,在烦扰中求纯真。这几十年,我努力让自己保持这样的心境。

岁月和命运如曲折湍急的流水,蜿蜒于原野山林,喧哗,奔流,定无轨迹。在水中,你可以是浮萍游鱼,随波逐流,可以漂得很远,却不知所终;你也可以是一块礁石,任激流冲击,浪花飞溅,却始终保持着自己的安静和沉着。我愿意做一块礁石。

我最初的写作,其实是在乡村"插队落户"时的日记。在一间狭窄的茅屋中,在一盏飘忽幽暗的油灯下,一颗年轻的心抒写着对自然的迷恋,对人生的憧憬。那时的写作,不为发表,没有想过要把自己写成一个作家,只是感觉文字和我有缘,写作驱赶了我的孤独,使我的精神世界变得充实,使我在困苦的环境中思考人生的意义。四十多年来,我的人生曲折起伏,经历了各种不同的时代和环境,然而文学一直是我亲密友善的旅伴,写作已成为我的生活方式。文学之于我,恰如那盏在黑暗中燃烧的油灯,尽管人世间风向来去不定,时起时伏,只要心里还存着爱,存着对未来的希冀,这灯就不会熄灭。我的文字,便是这灯光在我心里的辐射。这辐射衍化成文字,记下了我所感受到的时代、人性和自然。和文学结缘,是我此生的欣慰。

巴金先生曾在他赠我的书中为我题写过这样两句话:"写自己最熟悉的,写自己感受最深的。"这是他对自己一生写作经验的总结,也是对后辈的一种鞭策,我一直铭记在心。说真话,抒真情,这是每一个写作者遵循的原则。离开了真,便无以为美,也无以为善。编这套文集,源自出版界朋友的一片真挚的热心。将我四十多年写作的文字汇编成十八卷文集,是一个浩大的工程,我没有勇气和精力做这件事。这套文集的策划编纂者呼延华先生和他的编辑团队不辞辛劳,从选文、编目到编辑出版,历时两年半,为之呕心沥血,辛苦了无数个日夜,将我的各类作品作了精心细致的搜集和梳理。很多连我自己都不记得的文字,也被他们从那些无人注意的角落里找到,收进了文集。

  读者即将看到的这十八卷文集,汇集了我的大部分作品,是我大半世人生的缩影,也是我跋涉的屐痕、情感的留影,是我的生命以文字形式长出的枝叶,开出的花朵。它们并非天香国色,只是文学大花园中的一个小角落。出版如此规模的一套文集,也许无利可图,我从一开始就有些怀疑,这样的计划,能否付诸实施。如今,面对着堆成小山一般的书稿清样,感慨万千。一个写作者,能遇到这样真诚执着而有气度的出版家,是我的幸运。我深怀感激。

2014 年夏日于四步斋

我为什么写《渔童》

——《渔童》后记

这是在我心里酝酿多年的一部小说。很多年前,读巴金的《随想录》,对巴金提议建"文革"博物馆,心中深有共鸣。"文革",是中国现代历史中一段无法绕过的历史。1988年,我曾在七届全国政协大会提交关于记取"文革"教训的大会发言,发言中呼应了巴金关于建"文革"博物馆的建议。但是对于一个作家来说,更重要的,是用自己的文字记录、反思这一段历史。所有曾经历过那个时代的文学工作者,都应该尽自己所能,真实地追忆、描述、思索这段历史,这是时代和历史赋予的责任和使命。在上世纪九十年代初,我曾以两本散文集《岛人笔记》和《在岁月的荒滩上》,写了我在"文革"的遭遇见闻以及对这段历史的思索。纪念"文革"三十周年时,我也曾应《收获》主编李小林之约,写过反思"文革"的长篇散文《遗忘的碎屑》。但是,这些文字,并没有了却我想较有深度地反映解析这段历史的心愿。心里一直想着用一部虚构的作品来表现这段历史,把我无法在散文中表达的情境和思想,通过虚构人物的命运和故事来表现。这部小说怎么写?小说中有些什么人物?是全景式地展现那个时代,还是通过一两个家庭和个人的命运来展开?最后,我还是决定写一部儿童长篇小说。

儿童小说如何正面表现"文革"?这其实是为自己出了一个难题,使我犹疑再三,无法下笔。

"文革"中人性被扭曲,黑白颠倒,是非混淆,文化被横扫,艺术遭践踏,无数善良正直的生命在动荡喧嚣中被无情地摧残。儿童小说,无法回避这些历史。

在构思酝酿小说时,我想起了很多与之有关的往事,有自己的经历,也有各种传闻。

"文革"期间,我住在上海黄浦区北京东路福兴里,弄堂口是国华大楼。国华大楼当时曾被人称为"自杀大楼","文革"中,曾有很多人从这幢大楼上跳楼自杀。我亲眼目睹的就有四五次,自杀者年龄不等,有男有女,脑浆崩裂,血肉模糊,惨不忍睹……这幢大楼中发生的事,是当时社会乱象的一个缩影。

"文革"初期,全社会"破四旧",无数家庭被"抄家",到处有烧书的火焰,到处有被砸碎、烧毁的文物和艺术品。我曾亲眼看到大捆文学名著被人扔进火堆,也曾看到珍贵的瓷器被摔成碎片。印象最深刻的,是一尊精美绝伦的明代德化瓷观音,被人砸成碎片。瓷片碎裂的声音,伴随着收藏者撕心裂肺的哭喊……"文革"中,有多少失去理性的行为,大义灭亲,友朋反目,那些侮辱人的口号,挥动的皮带和棍棒,仇恨疯狂的眼神……所有这一切,都曾以"革命"的名义堂而皇之地横行于世。

儿童小说,是以孩子的目光和视野,以孩子的认知能力和情感来观察世界、叙述故事。正面写"文革",无法避开那些荒诞残酷的现实和非理性的疯狂行为。小说怎么写?我想,虚构的小说,不能仅止于展示黑暗、渲染罪恶,不能止步于人性的堕落和生命的毁灭。如果作者的目光只是停留在黑暗和恶行,满足或者沉浸于渲染揭露,向读者描绘一个看不到希望和前途的绝望世界,那不是文学的宗旨和目的。儿童小说,应该向小读者展现人间的真善美,让孩子领悟生命的珍贵,看到人生的希望。这也是我写作的本心和初衷。

我对记忆中的往事和很多素材仔细梳理并思考,逐渐找到一条可以走出暗黑和沮丧的通道。

"文革"中因被批斗受迫害而自杀的,毕竟还是少数。走过国华大楼时,我常常想象,一定有人曾经走上大楼准备自杀,最终还是走了下来,或许是对生命的留恋,或许是世间还有让他无法舍弃的珍爱,或许是被人劝说解救……一切都有可能。这些可能,为虚构的小说提供了无穷的想象。我认识一位翻译家,"文革"中曾因无法忍受人格受辱,夫妻俩一起关在屋里开煤气自杀,幸被赶来的女儿救下。这位翻译家,后来坚强地活了下来,并翻译了几十种世界名著。我和这位几乎是死而复生的翻译家成为忘年至交。我记着他对我说的一句话:"既然活下来,那就好好活着,做一点自己想做的事。"这是我的小说中一个人物的精神雏形。

"文革"中烧了很多书,但还是有好书在暗暗流传,我自己便在那时偷偷地藏起很多世界名著,并通过各种渠道,到废品回收站去找,到旧书店去淘,还设法借到很多书。那是一个"烧书"的时代,却依然是一个读书的时代。书是烧不完的,知识是无法消灭的,文化的源流和脉络不可能因"革命"而中断。这些情景和思索,也成为我这部小说的重要内容。

"文革"中,几乎所有艺术都受到批判被打入冷宫,但真正的艺术无法被消灭。美好的音乐仍在人间流传,有时是以秘密的方式。我自己就曾和一些朋友关在封闭的屋子里,用一台手摇唱机放西方古典音乐的唱片,放全本芭蕾舞《天鹅湖》的音乐。我也亲眼目睹无数珍贵的艺术品被破坏,瓷器被砸碎,名画被撕碎,雕塑被焚烧。当时曾想,世间大概留不下什么艺术品了。但是"文革"结束后,竟然还有不计其数的艺术珍品从人间冒出来,那些当时被认为是"四旧",应该被破被灭的艺术品,历尽危难,奇迹般被保存了下来。这些艺术品如何躲过劫难,如何被藏匿,被保护,一定有无数曲折甚至传奇的经历。我这部小说的主要线索,便从中产生。

一个时代,如果孩子们失去天真的童心,那么,这一定是一个没有希望的时代,一个真正恐怖的时代。值得庆幸的是,"文革"并没有毁灭人间的童心。我至今仍记得一个孩子对着打砸抢的"造反队"大喊:"你们是坏人!"那一声童真的呼喊,我永远无法忘记。这也成为这部小说的一个源头。

《渔童》的构思逐渐成形。一个孩子,一个教授,在危难中结成生死之交。一件珍贵的瓷器,德化瓷雕渔童,大难不死,历经惊险,被孩子保护下来。两个层次不同的家庭,在疯狂错乱的时代,互相关心,保持着人间最真挚的情谊。小说中的人物和故事的走向,会让读者感知:"文革"中,人性被扭曲,但人性无法被消灭,知识被封锁,但知识依然在传播,艺术被践踏,但艺术的生命依然在人间蕴藏生长。写这样的小说,是希望在丑中寻求美,在黑暗中投奔光明,在表现恶时肯定善,在死亡中思考生存的意义。

儿童小说用什么样的语言,用什么样的故事结构?是否要和我以前的创作作一个切割,用截然不同的风格和方式来叙写?是否要俯下身子,装出孩子腔,以获取小读者的理解和欢心?我觉得没有这样的必要。我相信现在的孩子的理解能力和悟性,真诚地面对他们,把他们当朋友,真实地、真诚地向他们讲述,把我感受到思想到的所有一切都告诉他们,他们一定能理解,会感动,使我不至于白白耗费了心思和精力。诚如写了《夏洛的网》和《精灵鼠小弟》的E.B.怀特所言:"任何人若有意识地去写给小孩看的东西,那都是在浪费时间。你应该往深处写,而不是往浅处写。孩子的要求是很高的。

他们是地球上最认真、最好奇、最热情、最有观察力、最敏感、最灵敏,也是最容易相处的读者。只要你创作态度是真实的,是无所畏惧的,是澄澈的,他们便会接受你奉上的一切东西。"

2015 年 3 月 18 日于四步斋

做一个读书人的幸福

——《赵丽宏语文课》代序

因为我的不少文章被收在中学的语文课本中,便有和语文有关的杂志编辑约我写文章,谈谈关于读书的问题。选入课本的散文有《旷野的微光》,说的就是读书。

《旷野的微光》写于1980年10月,当时我还是华东师大中文系的学生,坐在文史楼的大教室里写了这篇散文,写的是在崇明岛"插队落户"时的往事,是在孤独和闭塞中追寻理想和知识的情景。在偏僻乡野的一盏小油灯下,读书使我走出了困顿和颓丧,使艰辛的日子变得乐趣无穷。没有想到这篇文章日后会成为中学生的课文。我想,现在的青少年,读我写于二十多年前的这篇文章,可能会感到陌生,因为那确实是早已远去的上一个时代的生活。那时,读书非常艰难,找到一本好书,会像过节一样快乐。我想,如果没有当年这种追求和坚持,我一定不会有今天。读书可以丰富扩展一个人的精神世界,也可以改变人生。

现在我们所处的时代,是一个可以自由阅读的时代。像我当年那样千方百计觅书,偷偷摸摸读书的情景,恐怕不会再发生。现在的青少年,不愁没书读,愁的是没有时间读,愁的是书太多不知道读什么书好。我曾经担心,现在的中学生,课外阅读的范围越来越狭窄,能用于课外阅读的时间也越来越少,很多人已经丧失了阅读文学名著的兴趣和欲望,而其他与课程和考试无关的书,他们更是难有机会涉猎。这是一个令人担忧,也多少使人感到悲哀的现象。十多年前,我接待过英国女作家莱辛,她的一句话曾给我留下深刻印象,也使我共鸣。她说,在英国,有高学历的"野蛮人"越来越多。这些"野蛮人",懂得最先进的科技知识,能操纵最复杂的机器,却缺乏情感,缺乏情趣,缺乏宽容博爱的精神。造成他们"野蛮"的原因,是因为他们不读文学作品。这样的话出自一位文学家之口,也许有人会认为失之偏颇,但她确实是指出了一个在现代社会具有普遍性的现象。我想,中国的年轻一代学子,决无理由成为这样的"野蛮人"。令我欣慰的是,这几年中,我很多次参与青少年的读书活动,发现青少年中还是有很多人喜欢读书,阅读的范围很广,数量也不小。在当评委读他们的读书笔记时,我也常常被他们活跃的思想和灵动的文笔打动。我相信,读书的时代,永远也不会结束,因为,对一个有文化的现代知识分子来说,任何知识都不会是多余的,而吸取知识的最重要的途径,便是读书,读那些有价值的好书,读那些能给人知识,给人启迪的书。读书能使人了解世界的浩瀚辽阔、人心的幽深博大,也能使人更热爱生命,热爱生活,激发起追寻真理、实现理想的欲望和激情。一本好书,可能是一个聪慧坚韧的人,用他所有的智慧和毕生的心血追求的成果和结晶,作为一个读者,我们用几个小时或者几天时间,就能了解这一切,这样的好事情,何乐而不为?如果将读书的范围仅限于课堂教育规定的范畴,或者只是课本知识的有限补充,那实在太狭隘。必须明白这一点,我们的课外阅读,大多可能和学校的考试没有直接的关系,但是这样的阅读,对于少年人身心的成长,却是无比的重要。一个不喜欢读书的人,他的精神世界不可能丰富多彩,他的知识积累也不可能渊博厚实。我们说"知识的海洋",其实也可以说是"书籍的海洋",每个读书人都应该到这片大海中去远航,去浏览海中无穷无尽的迷人风光。

  光有读书的欲望,恐怕还不行,还有一个怎样读书的问题。作为一个读者,我们不应该是一个简单的接受者,也应该是一个思想者,是一个参与者。读书的过程,是欣赏和接受的过程,也是思考和感悟的过程。如果能经常用自己的语言记录读书的感想,那将是一件极有意义的事情。当然,读书的过程,也可能是排斥的过程,因为,并不是所有的书都是有价值的,也不是所有的书都是有趣的。古人说"尽信书则不如无书",很有道理。一个真正的读书人,应该通过自己的思考判定一本书是否值得读。

  前些年,我出过一本读书随笔集,书名是《读书是永远的》,我为这本随笔集写过一篇短序,谈的是对读书的看法,附录在此,作为本文的结束吧:

  人识了字,最大的实惠和快乐就是读书。书开阔了我的眼界,愉悦了我的身心,陶冶了我的性情,丰富了我的知识,升华了我的精神。不管什么时候,不管在什么地方,不管是什么心情,只要手头有可读的好书,一卷在握,便能沉浸其中,宠辱皆忘。很多年前,我一个人在偏僻的乡村"插队落户",是书驱散了我的孤独,使我在灰暗的岁月中心存着对未来的希望,保持着对理想的憧憬。在一盏飘摇不定的油灯下,书引我远离封闭和黑暗,向我展现辽阔和光明。因为有了书,那段物质生活极其匮乏的日子变得很充实。我选择读书作为我的生活方式,选择书作为我的人生伴侣,实在是一件明智而幸运的事情。我想,在人类的各种各样的享受中,别的享受都有尽头,读书却是长久的。只要还活着,还能用眼用脑,便能继续读书,继续享用这永不会失去美味的精神佳肴。当然,把读书看作一种享受,须有一个前提,那就是你读的必须是有价值有趣味的好书。前不久,有一家报纸的读书副刊约我写一段谈读书的话,我写了如下文字:"在黑夜里,书是烛火;在孤独中,书是朋友;在喧嚣中,书使人沉静;在困懒时,书给人激情。读书使平淡的生活波涛起伏,读书也使灰暗的人生荧光四溢。有好书作伴,即便在狭小的空间,也能上天入地,振翅远翔,遨游古今。漫长曲折的历史和浩瀚无尽的宇宙,都能融会于心,化作滋养灵魂的清泉。"我想,这些话,应该是我的肺腑之言。

2018年初春于四步斋

童心永远不会老

——《童年河》荣誉珍藏版自序

你好,亲爱的读者!如果你翻开这本书,我们就是朋友了。

《童年河》是我的第一部小说,也是我数十年写作生涯中结识读者最多的一本书。《童年河》出版五年,给我带来太多的欣慰和惊喜。

一本小说的出版,就像一个孩子问世,他会遇到很多人,会结识很多朋友,会和很多关注他欣赏他的读者产生交流。一本书的问世,也像一条溪涧流出山谷,蜿蜒前行,一路溅起无数浪花。小说能引起读者共鸣,能在人间流传,对作者而言,真是一种幸运。

五年中,因为这部小说,我认识了无数读者,他们来自全国各地,甚至来自海外,其中有不同年龄的成年人,而更多的是读过这本书的小读者。热心的读者以各种不同的方式,表达了他们阅读这本书的感想,有发表在报刊上的文章,有发布在网络的阅读感想,有从各地寄来的信。我也参加过很多次形式不同的读书会,在图书馆,在学校,在社区,和读者交流对这本书的看法。不少学校的语文老师在阅读课上和孩子们一起读这本书,孩子们对《童年河》的认识和解读,让我惊喜,也让我感动。最令我难忘的,是孩子们阅读《童年河》后送给我的礼物,那是一本本孩子们亲手制作的精美画册,画册中,小读者们用彩色的绘画、诗歌和评论,描绘出读这本书的感想和体会。我珍藏着孩子们送给我的这些礼物,并把它们视作对我的美好奖赏。

孩子们不仅读懂《童年河》的故事,理解小说人物的喜怒哀乐,也由此联想起自己的童年,联想起自己和亲人朋友间的故事。曾有小读者读完这本书,发出这样的感叹:雪弟,我想成为你的朋友!

《童年河》中的孩子,如果在这个世界上生活成长,如今都应该是老人了。但是奇妙的是,当我回忆童年,重新回到那条波光晶莹的小河边上时,我仿佛返老还童,又回到遥远的童年时代,变成了一个单纯天真的孩子,兴致勃勃地环视着周围的天地,遇见很多性格不同的大人和孩子,和他们一起生活,一起创造,一起探索,一起流泪,一起欢笑……五年前构思写作《童年河》的时候,我就是这种感觉。有朋友说我是找到了重回童年的神秘通道,我不清楚这条神秘的通道在哪里,也许,是因为童心未泯,时空在我的笔下失去了距离。现在的孩子读《童年河》,不觉得隔膜,小说中孩子们的喜怒哀乐,牵动着他们的心。我想,人世间的童心和真情,大概是不会随岁月衰老消亡的。这也是《童年河》能被现在的小读者接受的原因吧。

雪弟是《童年河》的主人公,很多人认为雪弟就是小说作者自己,雪弟的经历,是作者童年生活的再现。小说是虚构的文学作品,《童年河》中的雪弟当然不是我。但是,我的童年生活,有很多情景在雪弟的身上迭现,很多故事情节的原型,是我的童年回忆。虚构和真实,在小说中交织融合,已经无法将它们分开。在这本新出的《童年河》荣誉珍藏版附录中,收入了我的几篇回忆童年生活的散文,这些非虚构的散文,写我的父母,写我的亲婆,写我的童年记忆。读者读完小说,再读这些散文,也许能发现真实和虚构之间的一些微妙区别。

每个人的童年都是一条河流,河里有奔腾的浪花,河岸有变幻的风景,河上有不一样的歌声。童年是生命的起点,也是灵魂的故乡。回溯童年之河,是人生的天真纯美之旅。亲爱的读者,让我们一起回到童年吧。

2019 年 3 月 3 日于四步斋

《丽宏读诗》自序

2007年,我在上海《新民晚报》"夜光杯"副刊开了一个专栏,写的是阅读古诗的心得,每周一篇。这本非我专长,然而自识字以来一直对中国古典诗词有浓厚兴趣,以我的阅读积累和体会,本来准备写一年。没想到竟写了两年,有了一百篇,远超出我的计划。

写这些关于古诗的文字,对我来说是一件很愉快的事。写作过程中,撩动了很多童年和少年时代的阅读往事。那时曾经背诵大量唐诗宋词,成为记忆库藏中的珍宝,岁月无法使之黯淡,人生的曲折和磨难无法使之丢失。写这些文字的过程,是回忆的过程,是回味和思考的过程,也是重新诵读和学习的过程。这过程无比美妙。我一边写,一边情不自禁地感慨,为我们的美妙的汉字,为我们博大精美的中国文学。中国人在三千多年前就开始用诗歌叙事抒情,表达对世界和生命的认识,那些音韵悠扬、节奏铿锵的文字,是人类智慧和情感的美妙结晶,也是心灵的花朵,它们在天地之间粲然绽放,永不凋谢。只要我们还在使用汉字,它们的魅力和生命力就不会消失。在浩瀚幽深的中国古典诗词的海洋边,我的这些文字,只是几簇浪花,几圈涟漪。读者能通过我的文字领略到这片汪洋的辽阔和美妙,就是我莫大的欣慰了。

李辉兄主编"副刊文丛",将我这些专栏文章选编成集,题书名为《丽宏读诗》。能加入这套文丛,使这些文章又多一次和读者见面的机会,深以为幸。

2019年清明时节于四步斋

作文：秘诀和灵魂

——序《写作的门路》

经常有读者问我：怎样才能写好文章？作文有什么秘诀？

对这样的问题，答案可以很复杂，也可以很简单。

很复杂的答案，必须谈很多写作的技巧，譬如怎么构思，怎么提炼主题，如何以小见大，如何谋篇布局，如何驾驭文字，如何运用丰富的修辞手法，如何发挥丰富的想象力。这样的答案，可以写一本谈写作的书。很多出版社约我写这样的书，我却一直没有写。我觉得，与其写这样的书，不如多写几篇自己想写的文章，把我对世界和人世的感受告诉读者，这也许比回答写作诀窍更有意思吧。

简单的答案，就是六个字：多读，多想，多练。

要做到这六个字，其实也不简单。多读，就是要有阅读的积累，多读好书，多欣赏佳作。好文章，是写作者最好的老师，那些成功感人的文章，每一篇都可以成为学习写作的范文。多想，就是多观察，多思考，通过观察和思考，积累写作的素材。不要说生活很平淡，每个人的经历中，都有值得记取、值得书写的内容。要有一双勤于观察、善于发现的慧眼，在平凡的生活中发现不平凡的涵义。多练，就是要勤写，多练笔。要养成用文字真实地叙述事件、抒发感情、表达观点的习惯。青少年要养成这样的习惯，最好的方法是每天记日记。记日记，不是记流水账，而是把一天中印象深刻的事件或感受写下来，写出自己的真实感受和个性，日记不必长，每天几百字便可。

文章要写得感人，如果说有什么秘诀的话，我认为只有一个：真诚。做一个真诚的人，用真诚的态度作文，在文章中发表真诚的看法，抒发真诚的感情。真诚，是作文的灵魂。

2019年7月夏日于四步斋

撷取记忆中的珍珠

——序《赵丽宏散文精选·往事篇》

我曾经在一篇谈创作的文章中这样说过,所有的文学作品,其实都是回忆,回忆过去的岁月,回忆往事,回忆自己的人生经历和心路历程,回忆自己曾经对世间万物的感受和思考,回忆曾经在自己的心灵产生的梦幻和想象。如果没有这样的回忆,就不会有笔下的文字,不会有关于往事的回溯和思考。过去的往事,也许是很多散乱飘忽的印象,但是有些往事,你却怎么也无法忘记,它们常常会重现在你的眼前,会让你忍不住回忆它们,回想它们,忍不住用文字记录它们。这样的往事,犹如孕藏在记忆贝壳中的珍珠,岁月不仅无法磨灭它们,还会把它们孕育磨砺得更圆润,更莹洁。写这些往事,就如同在记忆的贝壳中撷取晶莹的珍珠。

这本书中的文字,大多是对往事的回忆。这些往事,并不是惊天动地的大事,也不是惊心动魄的遭遇,大多是一些小事,是一些看似无关紧要的情景和细节,然而它们却成为我创作的动因,成为散文内容的主体。如《小鸟,你飞向何方》中,在书店中的那次遭遇,一本书,一个不认识的女孩,在那个动荡的时代,这样的情景,成为无法忘怀的美好记忆。写这样的往事,并不是简单的怀旧,而是表达年轻人在迷茫中对知识的向往,对理想的追寻。再如《旷野的微光》《火光》,写的都是我在农村"插队落户"时的往事,一个处在逆境中的知识青年如何走出颓丧,如何摆脱消沉,如何找到人生的方向,靠的不是空洞的大道理,而是一些具体的,撼动心灵的事情。孤独中那些来自农民的温暖的关怀和问候,农民通过各种方式给我送书。这些往事,如黑暗中的火光,照亮了走出困境的道路。那个时代已经远去,但那些往事,现在回忆,仍然能给人温暖,能重温人间的真善美。

往事中,可能会有一条路,一条河,一棵树,一本书,一支歌,一幅年画,一张邮票,一只风筝,一条流浪狗,甚至只是简单的一两句话,只是天花板上的一片水迹。我从自己的散文中写了这些往事,其实也是写了人生旅途中那些难忘的风景,写了生命成长过程中那些美好的时光。这些文字,是从记忆的贝壳中撷取的珍珠。

亲爱的读者,但愿我的这些文字,可以引发起你的联想,让你忍不住打开记忆的贝壳,从中撷取属于你自己的美丽珍珠吧。

2019 年 7 月 26 日于四步斋

天下万物皆有情

——序《赵丽宏散文精选·咏物篇》

中国的古诗中,咏物诗是一个品类。所谓咏物,就是对物的描绘歌咏,是诗人在诗作中托物言志,借物抒情。其实写散文常常也是这样,通过对一些具体物象的描写,抒发情感,感叹世界的丰繁和人心的浩瀚。

这里所说的"物",究竟是什么?其实,天地之间的任何物质,都可以包含其中。可以是有生命的物种,如植物、动物,也可以是没有生命的物体。这样的"物",可以很大,一座山,一条江,甚至是大海、星空,也可以很小,小到一棵草,一片树叶,一张纸,一块石头,一粒尘埃。这些物,为什么会出现在诗文中?那一定是有原因的,因为它们曾经吸引你的视线,曾经拨动你的情感之弦,曾经和你的生活发生关系,使你因此而受到感动,由此而体悟人生的意义,思索生命的秘密。

进入诗文的"物",都是有感情的物体,它们包涵、折射着作者的喜怒哀乐。收在这本书中的文章,每一篇都会涉及"物",每一种"物"都寄托着一段感情,留下了一份思索。如《生命草》,写的是我青少年时代的经历,观察一棵无人播种却自由生长的野草,联想那个时代我们这一代人的命运和追求。《我和水稻》《我和棉花》,写了在乡下务农时种水稻种棉花的经历,却并非简单的咏物,而是抒发了青年时代在乡下务农时对生活对自然的感受。《我和杜甫》,写一尊瓷雕,表达的是我对文学的迷恋和思考。《咬人草》,写在新疆认识的一种野草,引发的是对独立不羁的个性的赞叹。《厚朴》,写一棵树,由此联想到人,赞美一个不为人注意的园丁。《最后的微笑》,写一棵历尽磨难而顽强生存的古柏,由此惊叹生命的顽强和坚忍。《我的座椅》,写一辆旧自行车,反映的是那个时代普通人真实的生活情状。《孔雀翎》,写成为商品的孔雀羽毛,引发的是对如何善待生命的思考。《独轮车》,写一辆被废弃的独轮车,却由此联想到音乐,联想到童年的生活。其实,几乎所有叙事抒情的散文中,都会涉及不同的"物",这些"物"和作者之间,不仅仅是视觉、触觉、味觉和嗅觉的关系,也是千丝万缕的精神联系,是作者的思想和情感在客观世界中寻找到的一种寄托。因为人的存在,因为人的生活,天下万物都可能是感情的载体,它们会随着生命的歌唱翩然起舞,变得多姿多彩,无限丰富。

亲爱的读者,想一想,你的人生经历中,有多少可以寄托自己情感的"物",用文字把它们画出来,让它们成为情感的美妙载体。

2019 年 7 月 27 日于四步斋

把人物写活

——序《赵丽宏散文精选·人物篇》

在散文中写人,好比在白纸上画人。画人是否成功,很多人觉得要紧的是是否画得逼真,画得像。其实,人物画,逼真也许还不是最重要的,仅追求逼真,那不如拍照片,咔嚓一声,就把人物拍下来,和真人一样。而人物画的更高境界,是画得传神,画出人物的精神和感情。这就是绘画艺术家和画匠的区别。

写文章的道理也是一样的,写人物的散文,必须把人物写得生动传神,写出人物的个性。不仅写出他们的外表形象,也要刻画出他们的内心世界。

绘画有各种各样的品种,油画、国画、水彩画、版画、素描、速写,虽然用的材料和工具不同,但本质是一样,通过丰富的色彩和线条,勾勒描绘出人物的形象。写文章,是用文字作为色彩和线条,画出人物的形象和精神。什么是文字的色彩和线条?答案很简单,就是体现人物性格的细节、情景和故事。能给读者留下深刻印象的人物散文,一定有让人难忘的细节,这些细节,也许很平常,也许很特别,但在不同的场景中,它们可以生动传神地体现人物的情感和性格。譬如朱自清写父亲的散文《背影》,就是通过一个看似平常的细节,送别时,父亲为儿子爬过车站月台买橘子的背影。为什么这样的细节能让作者流泪,也让读者感动?因为这样的情景,正是父爱最生动的表现。父子亲情,就体现在这样细微却真实的细节中,如果不经意,这样的细节转瞬即逝,留不下任何痕迹,但如果被有心人观察到并用文字记下来,它们就会成为刻画人物的动人细节。

我写了大半辈子散文,其中很多是写人物的,收在这本集子中的,只是其中的一小部分。重读这些写在不同年代的文字,眼前会出现一个个不同的人物,这些人物中,有我的熟悉的长辈和朋友,有的人曾经朝夕相处,有的人只是见过几面,有的人素昧平生,只是匆匆一见,甚至只是擦身而过。然而这些人物,都成为我散文的主体。写长辈的文字,表达的是亲情,譬如几篇写父亲的散文《热爱生命》《不褪色的迷失》《挥手》,文中用的是不同的故事和细节,《热爱生命》中写父亲养金铃子,《不褪色的迷失》写童年的一次迷路。《挥手》是父亲去世后我对父亲进行回忆,文中有很多故事和情景,但有几个细节也许会给读者留下较深的印象,那是父亲在不同时代三次为我送别的情景。这样的细节,也许都很平淡,不是什么大事,但在父子之间,却是刻骨铭心的记忆。《母亲和书》,写了我对母亲的误会,以为母亲对我的创作没有兴趣,没想到母亲那个藏在密室的书柜,是收藏我的著作最完整的所在。这样的故事和细节,有点曲折,也有点特别,这使我对母爱有了更深的体验和了解。我在散文中写过的有些人物,其实是素昧平生的,我为什么会写他们?因为他们的言行举止吸引了我,感动了我,引起我的联想和思索。譬如《峡中渔人》,是写我在长江边遇到的打鱼人,我只是远远地观察他们,他们面对急流的沉默执着,他们那种惊人的耐心,让我难以忘怀。《亮色》的构思写作,也是缘于一次偶然的路遇,一个坐轮椅去菜场买菜的残疾人,买了一束鲜花回家。我在路上观察他很久,那束价格远高于蔬菜的鲜花,让我产生很多猜想,由此推想轮椅上这位残疾人的人生。回到家里,脑子里一直想着那轮椅和鲜花,于是写成了《亮色》。

画家画人,有浓彩重墨,工笔精绘,也有简约写意,轻描淡写,只要抓住要点,画得传神,画出人物的特点和灵魂,就是佳作。写文章也一样,可以用大量的细节和情景详尽地写,也可以只是一两个细节,甚至是一句话,一个眼神和表情,寥寥数笔,就写活了人物,写出了人物的真性情。

2019年7月28日于四步斋

用文字画出天籁

——序《赵丽宏散文精选·风景篇》

天籁是什么？天籁是日月星辰的运行，是风雨烟云的变幻，是大地上万物生长的姿态，是天空中百鸟的翔舞歌唱，是草的叹息，花的微笑，昆虫的私语，是月光在水面上流动，微风在树林里散步，是细雨亲吻着原野和城市……

只要你热爱自然和生命，只要你懂得欣赏大自然的美，那么，天籁就会是无时不在的朋友，她就在你的周围，在你的眼帘里，在你的耳膜边……

我年轻时，曾经在长江口的崇明岛生活过几年，那时，生活穷困，劳动艰苦，精神孤独。但是，有一个朋友始终陪伴着我，无论春夏秋冬，无论阴晴雨雪，她总在我的身边，不离不弃，使我在孤独之中感觉到一种安慰和亲近。这位朋友，就是天籁。我不仅用眼睛欣赏她，用耳朵倾听她，更用心灵去感受她。

那时，我天天在油灯下写日记，日记中的一个重要内容，就是记录每天看到的自然风光。我曾经称这样的记录为："用文字来绘画。"

如何用文字来绘画，画出你身边的天籁？首先必须发现天籁之美。只要有一颗热爱自然的心，那么，你观察到的天地万物永远不会平淡无奇。每天的日出，因天边云彩的变幻而景象迥异；庭院里的花树，也会因气候的不同而气象万千；雾里的树影，风中的芦荡，雨中的竹林，阳光下田边地头星星点点的野花，都是那么美妙，值得我把它们画出来。既然是绘画，就要画出形状，画出色彩，画出千变万化的气息，这些，用文字是可以做到的，文字就是绘画的工具和材料。我们的汉字，是世界上表现力最丰富的文字，只要平时注意积累，尽可能多地将各种各样的词汇收入自己的库藏，经常检点它们，使用它们，亲近它们，熟悉每一个词汇的性格和特点，在需要时，它们就会自动蹦到你的笔下，为你完成你的文字绘画。

年轻时代用文字绘画的习惯，一直延续到现在，仍然其乐无穷，因为，天籁这位神奇美妙的朋友，从来没有离开过我。

此类文章,现在有些作家似乎已不屑写,在他们看来,用文字描绘自然景象,是无聊和浪费。有些人认为,文学的写作,只须写人写事写社会,无关风花雪月。此实乃误区。人若离开自然,岂不成了机器。身在自然却不识其美,是文明人类之悲哀。

用文字记录描绘风景山水,不是旅游介绍,而是审美体验,是心灵感悟,是人与自然的交融和交流。

亲爱的读者,请拿起笔,写出你感受到的天籁,写出你看到过的美景,写出你在山水之间得到的审美乐趣和人生感悟。

2019 年 7 月于四步斋

历史是什么?

——序《赵丽宏散文精选·历史篇》

历史是什么?逝去的岁月,过去的景象,先人的足迹,从前的事件,刻在岩石上的画,铸在青铜上的文字,一座古碑,一块碎瓷片,一片幽深的园林,一幢古老的建筑,一条曲折的街巷,一段残缺的城墙……这些,都是历史。

我曾经写过一篇题为《历史》的散文,其中有这样的文字:

一片土地的沧桑变迁可以是一部历史。

一个民族的盛衰兴亡可以是一部历史。

一个家庭的悲欢离合可以是一部历史。

一个人的生活旅程可以是一部历史。

一场战争可以是一部历史。

一场球赛可以是一部历史。

……

历史可以很长很长,长如黄河扬子江,生命的旅途有多么漫长它就有多么漫长,人类的年龄有多么古老它就有多么古老。

历史可以很大很大,大如东海太平洋,世界有多么辽阔它就有多么辽阔,宇宙有多么浩瀚它就有多么浩瀚。

历史可以很短很短,只是一个冬天或者一个夏天,只是抽一支烟的片刻,甚至只是眨眼瞬间。

历史可以很小很小,小到一个庭院,一孔窑洞,甚至小到一个蚁穴。

过去的一切,都是历史。

历史不是一张白纸,你想涂成什么颜色就可以是什么颜色。

历史不是一块橡皮泥,你想捏成什么模样就可以是什么模样。

历史不是一块绸缎，任你随心所欲剪裁成时髦的衣裳装饰自己。

历史不是一把吉他，任你舞动手指在弦上弹出你爱听的曲子。

历史是出窑的瓷器，它已经在烈火的煎熬中定型。你可以将它打碎，然后还原起来，它仍然是出炉时的形象。

历史是汹涌的潮汐，它呼啸着冲上沙滩时人人都为之惊叹。它悄然退落时，许多人竟会忘却它的磅礴，忘却它曾经汹涌过，呼啸过，然而海滩忠实地记录着它的足迹，没有什么力量能将这足迹擦去。

白蚁可以将史书蛀得千孔百疮，但历史却不会因此而走样。装潢精致堂皇的典籍未必是真历史。墨，可以书写真理，也可以编织谎言。谎言被重复一千次依然是谎言，真理被否定一万次终究是真理。

我这样描述历史，也许只是一种抒情式的思考。历史的内涵和范畴，实在太大太丰富，我以前写的所有文章，都可以视为是对历史的描述。不管是写人记事还是纪游，甚至写钟声和琴声，也是历史的回声。收在这本书中的散文，只是我书写历史的文字中很小的一部分。写历史，最重要的是什么？是真实，是对历史的真实回溯和描述，这是文章的灵魂所在。除了对历史描述的真实，还有很重要的一点，就是叙述者情感的真挚、观点的真切，应该对历史有反思的意识。我们描写历史，并非就成了历史学家，但也不能因此放弃了严谨真诚的态度。

关于历史的文章，其实所有写作者都在写。你在回忆和思考时，历史就已经呈现在你的笔下。

2019 年 7 月 31 日于四步斋

空灵和空泛

——序《赵丽宏散文精选·抒情篇》

在散文中,有一类作品被人称之为"抒情散文"。对抒情散文的定义,其实并没有严格的规定。所谓抒情散文,并非纯粹抒情,而是通过具体的事物、具体的意象,抒发写作者的情感和思索。这样的抒情,必须是源自生活的体验,源自对人生和自然的感悟。文字中传达的感情,如果无所依托,凭空泛滥,那就是无病呻吟。这样的文章,是无根之草,无本之木,不会有真实的生命活力。

常常有人以"空灵"来赞美那些文字飘逸,抒情意味很浓的散文。"空灵"是一个褒义词。被褒扬的空灵之作,飘逸优美的文字中,一定有坚实的内核,那是作者想要通过文字抒发的感情,传达的思想。感动读者的空灵之作,文中一定有非常具体的事件和情景作为情绪的依托,成功的空灵之作,不会是空洞虚浮的文字,否则,必定是空泛之作。

空灵和空泛,一字之差,境界完全不同。空灵,是视野的空阔辽远,是情绪的自由灵动,是文字的飘逸优美,而这一切,是作者来自生活的真诚情感、真实感受和真切表达。空泛,是无所依托的泛泛之谈,这样的文章,常常是东拉西扯,词不达意,王顾左右,不知所云。

收在这本书中的散文,大多抒情意味较浓,有些甚至可以称之为散文诗。这些文字,其实都是有感而发,诗化的文字背后,是生活中的很多实事实景。譬如《小黑屋琐记》,是我年轻时代的一篇短文,写的是当时的生活情状,住在一间不见阳光的屋子里,四望皆壁,暗无天日,但我的精神追求却没有因此而被阻隔,我的思想天地没有因此而被缩小,我的文学生涯,就在这间小小的黑屋子里起步。这篇短文,很真实地描绘了小黑屋的狭隘闭塞的空间,但我的情绪并不颓丧,我的憧憬无拘无束,自由地翱翔在黑暗的空间,飞向浩瀚的世界。我在文章中这样写:

花儿在这里要枯萎,鸟儿在这里不肯唱歌。人呢,人在这里怎么样?

是的,假如混沌,它可以成为笼子,牢牢囚禁我的思想;假如颓丧,它可以成为坟墓,活活埋葬我的青春。

而我,却流着汗,憋着气,忍受着四面夹击的噪音,在这里长大了,成熟了,走上了一条追求光明和艺术的道路。

小黑屋中曾经发生过什么呢?我在文章中写到自己画画、拉小提琴,然而追求艺术的道路并不顺当,然而可以在这里读书写作:

8瓦的小灯光线微弱,然而用它为一个读书人照明,是绰绰有余了。当书页沙沙地在这里掀动时,我的心也逐渐亮起来。是的,它越来越小——这是因为书占据的空间越来越多。是的,它越来越大——这是因为在知识的瀚海之中,我越来越感觉到自己的渺小和无知。

在这里,我终于富有起来,充实起来。给予我的,是无数令人崇敬的先人:

普希金和雪莱在为我吟诗……

泰戈尔老人用他奇妙的语言,为我讲述许多神秘的故事……

杰克·伦敦和海明威大声地告诉我:人生,就是搏斗!

黑格尔和克罗齐娓娓而谈,为我讲授着美学……

还有我们民族那么多才华横溢的祖先,为我唱着永不使人厌倦的优美的歌……

古老的、新鲜的、艰深的、晓畅的,互相掺杂着向我涌来,需要我清理,需要我挑选……

我像一个淘金者,在幽暗的矿井里采掘灿然的黄金。采不完的金子呵!

这样抒情的文字,是对命运的挑战,对生活的感谢,也是对文学的热爱和向往。

亲爱的读者,如果有兴趣,你也可以试着写一些空灵的抒情文字,但是请记住,不要空洞,不要空泛,要源自生活,发自内心。文字再飘逸,再朦胧,再曲折,不能不知所云,在看似天马行空的抒情文字中,必须潜藏着一颗真诚的心,必须有一些实实在在的真实生活作为基础和背景。

2019 年 8 月 2 日于四步斋

生活中处处有哲理

——序《赵丽宏散文精选·哲思篇》

哲学是什么？如果查词典，我们可以看到这样的解释：哲学是人对宇宙和世间万物的研究和认识，是研究宇宙的性质，宇宙内万事万物演化的规律，是探讨人在宇宙中的位置。其实，哲学家们对哲学的定义，也是有不同的解释的。有人认为哲学是"因惊奇而产生"，因惊奇而探索世界的真实面貌。有人认为哲学"是一种特殊的思维运动"，是对真理的追求。有人认为哲学是"怀着乡愁到处寻找精神家园的活动"。有人认为哲学"就是对于人生的有系统的反思"。一位中国的学者说："凡研究人生切要的问题，从根本上着想，要寻一个根本的解决：这种学问，叫做哲学。"这种种解释，都让人感觉有些深奥。

什么是哲思？是哲学家的思考，是对哲学的思考，还是在文章中探讨哲学的命题？答案可以说都是对的，也都是错的。

为什么说都是对的？因为我们周围的世界，我们的生活，我们的人生，每时每刻都会出现有关哲学的问题，对一个喜欢思考的人来说，哲学无所不在。为什么说是错的？因为这里所说的哲思，并非深奥的哲学问题，而是我们在日常生活中的感悟，你并没有想到要探讨哲学，然而你感想中很自然地抒发了带有哲学意味的思考。

收在这本书中的散文，题材很丰富，有对自然天籁的陶醉，有人生旅途上的见闻，有对艺术和文学的沉醉，有对历史和时光的感叹。写作的风格也有变化，有叙事，有抒情，也有议论。把这些不同的文章汇集在一起，是因为这些文章有一个共同点，虽然写的内容不一样，但每篇文章都会有感而发，对生活，对自然，对历史，对人性，对天地万物发一点感慨，谈一点感悟。这些文字，不是哲学论文，但却有写作者的思考。有些文章中，表达的也许是困惑，是因困惑而提出问题，虽然无法作圆满的解答，但提出问题，其实也是思考的方式，有了问题，就有探索的方向。科学是如此，生活和人生也是这样。譬如《致大雁》，是我遥望着在天空飞翔的大雁，看它们南来北往地飞翔迁徙，年年如此,从无间断,于是很自然地想到:它们为什么如此坚忍顽强地飞来飞去,到底是为了追求什么目标?提问,然后想象着和大雁换位,试着解答。终极答案是不可能有的,但问答的过程,是对生命和大自然想象、思考的过程,这过程在灵魂中留下悠长的回声。再如《汉陶马头》,写的是两尊汉代的雕塑,这两尊雕塑就在我客厅的玻璃柜中,我每天都看到它们,它们沉默,然而却引发我很多联想,想象中,我常常和这两千年前的汉马对话。其实,这也是我对历史,对艺术的思索和追寻。

在《日暮之影》中,我写过这样一段话,也许可以对我想对读者解释的"哲思",作一个"哲思"式的解释:

> 无须从哲人的词典里选取闪光的词汇为自己壮胆。活在这世上,每一个人都具备了做一个哲人的条件。你在生活的路上挣扎着,你在为生存而搏斗,你在爱,你在恨,你在寻求,你在追求一个目标,你在为你的存在而思索,为你的行动而斟酌,你就可能是一个哲人。不要说你不具备哲人的智慧和深沉,即便你木讷少言,你也可能口吐莲花。

2019 年 8 月 3 日于四步斋

亲情的纪念

——序《赵丽宏散文精选·父子篇》

关于亲情，我写过一些散文，写过祖母外婆，写过父亲母亲，也写过兄弟姐妹之间的手足之情。这些文字，是亲人间的真情记录，可以成为亲情的珍贵纪念。写亲情，并不是作家的专利，人人都可以把自己对亲人的感情写出来，人间的亲情，以各种不同的方式、各种不同的情景繁衍在大地上，写成情真意挚的美文，也许可以恒久流传。

这本书中收入的文章，是我和儿子之间的交流，是一个父亲的舐犊之情。其中最早写成的文字，是我初为人父时的感受。当时写这些文字的初衷，就是想记下我们父子间的交流，为自己，也为儿子留一个纪念。其中的大多数篇章，我都以和儿子对话的方式，用第二人称和儿子说话。这些文字的记录，从儿子在襁褓中开始，一直到儿子上小学，时间的跨度大概是十余年。儿子的哭、笑、言语、学步、游戏、弹钢琴、学绘画、对世间万物的认知……所有一切，都记在我的文字中。这是一个父亲在观察、陪伴儿子成长的过程中，产生的心得和感悟，是父子间亲密的交流，也是人间珍贵的亲情。父母哺养儿女，付出很多辛苦，但在这个过程中，成长中的儿女给父母带来的快乐更多。当父母的，心甘情愿地为儿女付出，这是责任，也是天性。对儿女带给父母的快乐，也心存着感恩，这种感受，孩子也许不知道。而这些记录亲子记忆的文字，会把这珍贵的一切都凝固在文字中。

孩子成长的道路上，每天都会发生让父母担忧或者惊喜的事情。譬如学走路，是每个孩子的必经的过程，也是每个父母都会看到的情景。发现儿子离开摇篮，突然能独立行走的那一刹那，作为父亲，我难抑心中的惊喜，写成一篇短文《学步》，回顾了儿子学会走路的过程，也写出了与此相关的思考。儿子跌跌撞撞到处行走，跌倒了爬起来继续走。"摔跤摔不冷你渴望学步的热情。在室外，你更是跃跃欲试，两条小腿像一对小鼓槌，毫无节奏地擂着各种各样的地面。你似乎对平坦的路不感兴趣，哪里高低不平，哪里杂草丛生，哪里有水洼泥泞，你就爱往哪里走，只要不摔倒，你总是乐此不疲。这是不是人类的天性？"我在文章中发出这样的感慨："儿子，你的旅途还只是刚刚开始，你前面的路很长很长，有些地方也许还没有路，有些地方虽有路却未必能通向远方。生命的过程，大概就是学步和寻路的过程。儿子啊，你要勇敢地走，脚踏实地地走。"我的儿子在上小学六年级的时候，在语文课本里读到《学步》，他发现，自己成了语文课本中的主角，他的同学们告诉他：你爸爸写的事情，我们家里也发生过。

亲爱的孩子，如果你是这本书的读者，但愿其中的有些篇章会引起你的共鸣，因为，在你成长的过程中，一定有过类似的和父母交流的经历。你可以试着用自己的方式，把这样的经历以及感受写出来。

2019年8月5日于四步斋

我的心灵变成了一根琴弦

——序《赵丽宏散文精选·音乐篇》

我热爱音乐,在我的人生记忆中,音乐是极为美好的一部分。童年时代喜欢的旋律,直到现在还清晰地记得,它们如此熟悉,如此亲切,就像一条条奇妙的时光隧道,把我拽回到远去的年代。

在孤独的岁月中,音乐曾经给我带来难以言喻的安慰和憧憬,我曾经在无人的荒滩上大声吹口哨,吹出记忆中那些美妙的旋律;我曾在风雨交加的黑夜中,捧着一台半导体收音机,蒙着被子偷听肖邦的钢琴曲;我曾在音乐中流泪、微笑、沉思……

有人说,音乐只能聆听,无法解说,只能意会,无法言传。相同的音乐,在不同的听者心里,也许会引起不一样的波澜。用文字来描绘音乐,常常是力不从心、词不达意的事情。这些话,没有说错。但是,音乐和文字,还是可以产生千丝万缕的亲密联系。用文字把自己对音乐的理解和感悟写出来,对我来说,这是一件愉快的事情,相信对很多同时热爱音乐和文学的读者,也会如此。收在这本书中的散文,都是和音乐有关的文字,它们写于不同时期,有的是对一支乐曲的欣赏,有的是对一场音乐会的回忆,有的是对一个音乐家的赞美,有的是音乐和我的人生发生的种种联系。不管怎么写,不管写什么,这些文字,都是音乐给我的灵感,都是因为音乐拨动了我的心弦,使我忍不住想把心弦的颤动录下来,写出来。写音乐的文字,并无定规,你可以自由自在地写,无拘无束地写,把你对音乐的感受和联想,写得色彩斑斓,写得与众不同。

我曾经写过一篇短文,题为《致音乐》,表达了我对音乐的喜爱,以及我对音乐的思考和想象。这篇短文,用的是第二人称"你",这个"你",便是我心目中的音乐形象,是我和音乐的对话。我把这篇短文引在这里,作为这篇序文的结尾吧:

致音乐

你是谁?为什么我看不见你,而你却那么奇妙地跟随着我,使我无法离开你?

你融化在空气里,弥漫在阳光里,流动在时光的脚步声中,你使我的心灵变成了一根琴弦,久久地颤动……

你时而像长江大河汹涌而来,我的灵魂如同一叶小舟,被你的波浪簇拥着,在呼啸的浪涛声中作激动人心的旅行……

你时而如涓涓细流,从幽静的山林中娓娓而来,在你清澈的涟漪中,我照见了自己疲惫的面容,你用清凉的流水,洗濯着我身上的尘土……我怎能不在你的身边流连忘返呢?

你时而像春天的风,从四面八方向我吹来,使我感到温暖和湿润。在你奇妙的风中,我成了一只风筝,被你高高地吹到了空中。你使我看到,这个世界是多么辽阔!

你时而像划破夜空的闪电,突然在我的周围发出耀眼的光芒。如果我曾因为黑暗而恐惧,因为夜的漫长而焦虑不安,在看到你的神奇的光芒之后,我便会很平静地面对黑暗,我相信你光明的昭示宣判了黑暗的短暂。

在我的无数朋友中间,没有一个朋友像你那样忠实。只要认识了你,你就会永久地留在我的心里,岁月的流逝无法把你的形象冲淡。如果心里有一扇门的话,这门对你永远不会关闭。在寂寞时,你的到来会给我带来欢声;在痛苦时,你的出现会使我平静;在烦燥时,你会轻轻地抚摸我,把我引入心静如水的境界;在暗淡而慵懒的时刻,你会用激昂的声音大声提醒我:一切都只是刚刚开始,往前走啊!

哦,我亲爱的朋友,我愿意被你引导着,去寻找我心中憧憬的妙境……

2019 年 7 月 30 日于四步斋

附：
在古老大地上追寻永恒

——赵丽宏英译诗集《天上的船》序

(爱尔兰)托马斯·麦卡锡　须勤　译

赵丽宏先生的英译诗集《天上的船》即将在爱尔兰印行。受出版方的委托,我读了这本诗集,并专程到上海采访了赵丽宏先生。这本诗集展示了一位中国诗人四十多年的诗歌创作生涯。诗人赵丽宏在他大半的人生旅途中沉静而执着地耕耘着,谱写着自然和生命的颂歌。他的诗歌是长长的对话;他用心倾听,略去现世的花言巧语,捕捉时代的变革的烙印。他的诗歌是与世纪沧桑的对话;他诉说着关于中国亘古不变的山川、艺术和悠远的岁月。

他的诗里孕育着济慈般的浪漫,亦饱含着对世间苦难的忧愤和深深的沉默。他的诗里没有爱尔兰戈尔韦的城镇小屋,有的是亚洲视野中一望无垠的孟加拉式的田野,是济慈心目中泰戈尔的故乡。

中国的历史和山川如同一块块沉甸甸的基石,让这位上海诗人高高地站起。赵丽宏是亚洲圈内泰戈尔诗歌的一位爱好者,他喜欢泰戈尔的作品,也曾组织纪念泰戈尔的讲座和朗诵会,并接受印度记者有关泰戈尔纪录片的采访。从诗歌的结构、韵律、想象和风格上来说,赵丽宏先生能够非常自信地站在泰戈尔身边,面对西方世界,娓娓道来:

　　萧瑟秋风
　　吹白了我的鬓发
　　南徙的大雁
　　匆匆飞上蓝天
　　江水用发黄的手掌……

季节的转换,江河的奔流,岛上的生活,历史的瞬间,满是芦苇的荒滩,所有这些赋予了赵丽宏诗歌一种永恒的美:

> 没有浮萍的悲哀
> 没有蒲公英的哀伤
> 世界不会因我而缩小

赵丽宏1952年生于上海。当时的上海就是一个繁华热闹的港口城市和制造业中心。16年后,还是中学生的他遭遇了"文化大革命"的灾难。中学一毕业,他作为"知青"到崇明岛的农村接受再教育。虽然心中怀揣着梦想,期待着有一天成为伟大的音乐家或画家,但是年轻而又稚嫩的他置身于陌生的荒漠之中,因迷惘而无语。40年前,他写下了《哑巴》:

> 心灵的门关得那么紧,
> 乡风只能在门外喧哗。

农民们粗野陌生的口音"让我害怕",这令他常常想起留在上海的母亲,身患重病,亦是同样的无助和孤单。他这样写道:

> 母亲躺在床上吐血,
> 唇边的血变成了一朵花。
> 母亲啊母亲,
> 你要对我说些什么?
> 我站在田野里,
> 身上披着寒冷的雪。

然而,出乎意料的事发生了。崇明岛上那些纯朴善良的农民,发现了这个来自都市的青年对书的热爱。他们开始为他搜罗身边所有可读的书。赵丽宏亲切地谈起当年一位年迈的老婆婆,赶了几里的路来看望他,给他送来一本书——虽然那只不过是一本旧皇历。村民们的关心让他感动。那是发自心灵的感悟:他发现了油菜花那灿烂的金黄,他的心如同苍鹰开始翱翔,那"音乐像神奇的雾,在空气里飘漾迷漫"……

在诗歌创作中,尤其是赵丽宏早期的作品,其语言结构充分展示了他绘画和音乐的才艺。诗人在《帆》《火光》和《江芦的咏叹》这类诗中,描绘了乡村令人惊叹的美,在大江上,在天空中,青春在燃烧,生命在搏击。语调年轻激昂,如同当年的泰戈尔,还有诗人那深深的中国情。

1977年和1978年,中国社会在政治上的变革也改变了赵丽宏的命运。诗人在采访中谈到了当时中国社会翻天覆地的变化。那时学术界的氛围有很大变化,作家可以自由地表达和写作了。

对于年轻的诗人来说,那实在是梦寐以求的时机。国家终于回归理性,文化和政治意识崛起。赵丽宏成为第一批著名的知青作家中的一员,他参加了1977年恢复高考后的大学入学考试,考入了华东师范大学中文系。可以说,正是那一批具有划时代意义的年轻人续写了中国历史发展的新篇章。年轻的诗人在他的诗歌中,这样记录了他内心的《等待》:

我等待
无论你走得多么遥远……

你是云,
我是天空。

你是鸟,
我是森林。

当我问起诗人,这首诗是否比喻了一个新的开端,代表了他在政治上的探索和参与?赵丽宏先生却断然否定了,他认定那是一个非常私人的时刻,是一首等待爱情的诗。然而,不可否认在七十年代后期和八十年代初期,中国社会到处洋溢着希望和契机。那首《路灯》,那首《莲子》,还有那首《誓言》都无与伦比地打动着我这个西方人的心,尽管有些意象和比喻也许是诗人在不经意间的拿捏。

《莲子》出自诗人读到的报上的一条新闻,一颗埋藏了一千年多年的莲子竟然能够发芽生长。"只要你心存希望,"诗人在接受采访时说,"你就是那颗一千年的莲子。"

《路灯》也是广为流传的一首诗,诗里有泰戈尔式的内敛和保守,但是其寓意是如此的强大。诗人自比街灯,静静地站在路边,希望为那些来往的过路人照明,这让人想起英国诗人瓦尔特·德拉·梅尔笔下的小信使。

诗人这种对于永恒的感悟,对于大自然真理的回应在那首《宋桂》中亦有体现:

> 好,让我们一起
> 用自己的语言
> 执着地
> 倾吐心中的信念

《单叶草的抒情》显然是一首和爱情有关的诗,诗人却在诗中重点抒发了他对于大自然以及自然之力的感叹,那是他对永恒的山川、森林、冬雪、春水和候鸟们的敬仰。如同美国诗人罗伯特·勃莱总是感叹他家乡的千年古树。赵丽宏在他的诗歌中还殷切地表达了他对水的赞美,那是中国诗歌中一汪充满活力的春水,它喻示着生命中的爱,喻示着盎然的生机:

> 然而生命的元素
> 却比任何时候旺盛
> 你的失色
> 并不意味着世界失色

《你看见我的心了吗?》和《诗人之路》是诗人分别写给自己心目中的两位偶像泰戈尔和拜伦的。赵丽宏先生坦言他在童年时代就已经熟读拜伦的诗歌,并始终仰慕泰戈尔对于理想不懈的追求及其诗歌中瑰丽的想象。赵丽宏说,东方的哲学和智慧让这位亚洲诗人自信饱满，无所畏惧。

出于对绘画艺术的热爱，赵丽宏在另一首诗歌《徐文长》中赞美了一位古代中国画家，并由此联想到荷兰画家文森特·威廉·梵高。徐文长是中国明朝的诗人、画家和书法家，又名徐渭，号"青藤居士"，读这样的诗，不仅可以感受作者对艺术的热爱，也可以参悟诗人的美学修养。

在《故宫随拾》和《黄河古道遐想》这两首诗中，诗人通过对城墙、河流和道路的复合冥想勾勒出了中国社会的生活和历史。在采访中，赵丽宏固执地声明他的诗并非对政治的诠释和影射，作为诗人，他关注的是中国社会生活中那些具有永恒价值的意象和情感。

他写故宫的城墙："在平原上筑框/拦截道路/阻挡视线"；他写干涸的黄河故道：黄河"已经从别处流入海洋/为世人描绘出一个/百折不回的英雄形象"。

就在上海世博会即将闭幕前，赵丽宏先生在翻译人员的陪同下，接受了我的采访。那是十月上海的一个早晨，大街上满是往来参观世博会的游客。赵丽宏先生也不断地接到来访的电话，上海市作家协会是一个令人流连忘返的地方。

看起来年轻、英俊的诗人，穿着西服便装，看上去像俄罗斯诗人鲍里斯·帕斯捷尔纳克；他时不时地离开一会儿，而后又回到桌边与我交谈，郑重表明他的观点。看得出他是一个作风严谨的诗人，他诗歌的艺术框架和审美情趣都表现了他沉稳矜持的风格。

我们坐在上海市作家协会的文学会馆里，那里是繁忙都市中一片平静的绿洲。面对我的咄咄提问，赵丽宏先生不想被我这个满脑子爱尔兰观点的西方诗人所误解，他说："我不想谈政治。我希望谈些永恒的东西，一切和自然、生命、艺术以及历史有关的话题，我都有兴趣。但愿你能从诗中发现我的追求，那些我上下求索的古老而永恒的真理。"

这就是我对赵丽宏先生的印象。我听见了一位中国诗人的心声，犹如崇明岛上吹来的阵阵亘古不变的海风。

2010年夏日于爱尔兰科克市图书馆

传承、反思和创造

——赵丽宏塞、中双语诗集《天上的船》序

(塞尔维亚)德拉根·德拉格耶洛维奇　须勤　译

赵丽宏是中国著名的诗人、散文家。1952年出生于上海,1970年开始创作诗歌和散文,至今笔耕不辍。赵丽宏毕业于华东师范大学中文系,现为中国作家协会全委会委员,上海作家协会副主席,《上海文学》杂志社社长,《上海诗人》主编,华东师范大学、上海交通大学兼职教授。他著有散文集、诗集、报告文学集等各种专著共七十余部,作品在中国有广泛的影响,曾获得很多文学奖项。2010年赵丽宏英译诗集《天上的船》在爱尔兰出版。爱尔兰诗人托马斯·麦卡锡曾为其诗集作序,序中写道:"赵丽宏诗歌影响了许多中国的年轻作家,他的作品被选入中小学和大学语文课本和文学读本,并被翻译成多种文字介绍到国外。"如今,就是这本英译诗集被首次翻译成了塞尔维亚语。

除了上述简要的作者介绍,还值得一提的是生活中影响诗人诗歌创作的两个重要因素:第一,诗人的出生地上海,是中国第一大城市,曾一度被殖民主义者占领。上海的工业和经济发展远早于其他中国内陆城市,城市的现代化建设也很早开始。比起赵丽宏出生时,当今上海的经济发展指数远高于国外其他一些城市。身为这样一个国际大都市的市民,其受教育水平相对较高,文化生活也更加丰富,然而历时百年的上海租界史带给人的耻辱感依旧存在。

诗人生活中经历的第二个重要的时期是十年"文化大革命",当时整个国家建设几乎全面崩溃。16岁的赵丽宏成了那场浩劫的受害者。革命的倡导者们将青年人直接从大街上拉进他们的队伍,把他们送到农村劳动,从此命运难卜。赵丽宏去了他的故乡崇明岛,和当地的农民一起劳动生活。岛上的生活和劳动的艰辛带给他的不只是震惊,更多是考验。从他的诗歌中我们能够感受到他的孤苦。有必要指出的是,诗人的生活和他的个人经历之间不是简单的"因果"关系;诗歌不是自传,诗人的作品不仅仅是个人经历的写照。因为我们还没有看过诗人全部的作品,所以我们目前只能从这本

在爱尔兰出版的英译诗集入手,对赵丽宏诗歌作个简单的介绍。

赵丽宏的诗歌为大家展示了他柔弱敏感的青年时代。一个十几岁的少年被孤零零地留在了岛上,他曾梦想成为音乐家或是钢琴家。可是,农民们粗犷嘈杂的嗓音令他感到烦乱,他总是想到自己在家生病的母亲。孩子们相继离家,母亲留守在上海市区的老房子里。本诗集中的第一首诗《梦境》就是这样开始的:

> 母亲躺在床上吐血,
> 唇边的血变成了一朵花。
> 母亲啊母亲,
> 你要对我说些什么?
> 我站在田野里,
> 身上披着寒冷的雪。
> 我要走向母亲,
> 脚却被冰雪封冻。

多年的生活经历是诗人创作的源泉,点点滴滴体现在作者的笔下。虽然从理论上我们不能将诗人的生活等同于他们的文学作品,但从引用的这首诗来看,赵丽宏诗歌很明显是源于他个人对生活的体验。

赵丽宏的这本英译诗集 2010 年在爱尔兰出版时,为此诗集作序的托马斯·麦卡锡还着重提及诗人诗歌中所反映出中国"文化大革命"结束时的那个历史时刻。他说,我们能感受到中国社会正在经历一场新的社会政治变革,那不仅改变了文化学术氛围,也改变着诗人的生活。1977 年标志着被"文化大革命"毁掉的一切价值观得以全面复苏,新兴的政治文化变革犹如在地平线上冉冉升起的朝阳,人们希望那个人性错乱、是非混淆的耻辱年代一去不返。那一年,赵丽宏成了那个时代想要迫切实现祖国现代化的中国青年人之一,他考上大学,离开了崇明岛,开始了他走向成功的人生新时期。正如麦卡锡所说:"那是一批创造了中国新时代的,具有划时代意义的青年人。"赵丽宏在他的《等待》中,这样写道:

我等待

无论你走得多么遥远……

你是云,

我是天空。

你是鸟,

我是森林。

你是风,

我是帆蓬。

  麦卡锡说,这首诗寓意着一个新的开端,写出了诗人对中国社会演变、政治制度改革的期待。这首诗写于1978年,一切百废待兴,民众殷殷期盼。我们有理由相信诗人此刻也在等待,等待变革,等待被爱。世上的一切皆因为执着的等待而变得重要,尤其是对爱的等待。诗人的其他作品亦对这场即将到来的社会变革有着更明确的比喻和象征。

  去年,我在中国作协的一个朋友告诉我:目前中国大约有100万个诗人!乍一听,我觉得那是一个不可思议的荒唐的数字。但是,相比世界上这个人口最多的国家的总人口来说,这个数字也就不那么高了。当然,不是所有的诗人都能创作出优秀的,代表中国当代诗歌的作品。如何能在那么多人中脱颖而出,确立大众典范,展示中国当代诗歌的最高境界,并非一件容易的事。

  想要对当代中国诗歌作出评价,我们必须大量阅读当代中国诗人的作品,其阅读量要远胜于塞尔维亚诗人对本国诗人及其作品的阅读量。为了在阅读中国诗歌的过程中不存任何偏见,我们还必须摒弃西方一贯对文学和诗歌的评价标准。同时,我们在欣赏中国诗歌时,应学习中国传统诗歌的历史和发展,诗歌的体裁、象征、表意,以及其用最精炼的词语表达最丰富内涵的写作手法。中国自古以来对诗歌和文学创作的一个重要标准是:一首好诗应该能够"用有限的词语表达无限的思想";而一个好的诗歌鉴赏者也应该能读出诗中的弦外之音。

在上千年的历史长河中，宗教在中国的角色与其他的国家不同。在很多国家里，宗教不仅与人们生活休戚相关，对艺术和文学发展的作用也至关重要。而在中国的文明发展史上，哲学则承担了宗教在那些国家的作用。根据中国传统，学习哲学不是为获得职业技能，而是人们获得知识的必要途径，是安居乐业，成为一个高尚而有尊严的人的生活方式。从中国的哲学中引申出来那么多的格言、警句和谚语深入人心，产生一种无形的约束力，弥补了社会诚信体系中的缺失。而这种哲学的感召力就是中国文学的理想境界。这让我想起亚里斯多德的信条：诗歌更接近哲学，而非历史。我个人得出的结论是：虽然我们分散生活在世界各地，生活习惯和方式不尽相同，但是人类的意识和行为往往殊途同归，我们得到的经验和教训也惊人地相同或相似。虽然哲学是中国文学的核心，但是文学本身，尤其是中国文学，并不倾向于使用深奥的哲学术语使其作品变得哲学起来。中国文学善于使用诗意的语言将哲学和其他平凡的事物结合，以通俗易懂的方式接近读者。在西方，包括在我们塞尔维亚，诗歌愈来愈趋于深奥艰涩难懂，其结果就是自己把自己边缘化了。有一段时间，诗人们似乎尝试着要尽可能写得含糊其辞，不着边际。当然，这是诗人的自由选择。然而，正是这种选择给面向读者的诗歌带来了致命的打击，读者对这样的诗歌避而远之。中国诗歌有着五千多年的历史，却从没有越过其传统的初衷。中国的作家为广大读者写作，而不是为了少数几个朋友或是评论家。

我们回头来看赵丽宏的这本《天上的船》。诗集中最能打动读者的是他对大自然的描述，对往事的回忆，其瑰丽的想象以及丰富的情感。这些都是中国诗歌中永恒的元素。与此同时，赵丽宏还将自己生活中的细节带入了他的诗歌。可以说，他的诗歌很好地保持了几个世纪以来中国传统诗歌中的意象。中国的评论家和诗人在评价赵丽宏诗歌时，尤其指出了赵丽宏诗歌所具备的传统审美价值和意象特点。他们这样评述：

"赵丽宏的诗歌，以他真挚的情感、深沉的思索和绚丽多姿的才华，写出了这一代中国人的心声，让无数读者心生共鸣。他的诗中有对祖国的深情，有对历史的思索，有对爱情的呼唤，也有对天地自然的美妙遐想。"

"他的诗贯穿古今，在抑扬顿挫中表现复杂的情绪。"

著名诗歌评论家李元洛还特别指出,赵丽宏诗歌以"丰富多彩的意象,将中国悠久深厚的古典传统和生机勃勃的现代精神融为一体,展现出独特而迷人的风格"。

赵丽宏是一位自我反思型的诗人,他的诗歌继承了中国古典诗歌最宝贵的艺术价值,同时又兼容了时代的敏感话题。从他的这本诗集中,读者能够很直接地感受到赵丽宏的个人经历和生活的时代,了解他的生活,他的为人,以及他作为一名诗人是如何在孤独和愤懑的时刻,通过写诗消解了心中的怨恨和不满。赵丽宏诗歌虽然与当今流行于塞尔维亚和西方的某些诗歌迥然不同,但是对塞尔维亚的读者来说绝对受益匪浅。我们有必要认识到不同事物的各自价值所在,尽管我们对它们还不十分熟悉。文学艺术"百花齐放"的繁荣景象不是说来就来的,需要我们深刻地意识到生活不是只有一种方式,诗歌也不是只有一个流派或标准。如今,中国的诗人们越来越多地倾向于接受当代世界诗歌的经验,努力在其语言空间创新,同时一如既往地坚守着他们蔓延千年的文学传统。形成自己独特的风格胜过任何一种成功的模仿,中国诗人的作品确实值得我们一读。中国的诗歌传统和它的文化一样悠久而丰富,往往在平淡中见真知,在不经意间透出新意。人类几千年的诗歌体验已经证实:简练的语言、丰富的想象、深远的寓意是诗歌的理想境界,永远不会过时。赵丽宏诗集《天上的船》再一次向我们证明了这一点。

(赵丽宏荣获2013年斯梅德雷沃金钥匙国际诗歌奖之后,塞尔维亚翻译出版了他的塞、中双语诗集《天上的船》,这是诗集的序言。此文作者是塞尔维亚著名诗人,曾任塞尔维亚文化部部长。)

忧伤之美

——赵丽宏诗歌散文选《美丽,并忧伤着》保加利亚文译本序

(保加利亚)博彦·安格洛夫　须勤　译

中国当代诗人、散文家赵丽宏的诗歌散文选《美丽,并忧伤着》,如今已经来到保加利亚读者的手中。这本书来自时间的沉淀,充满了闪光的智慧和高尚人格。赵丽宏诗歌和散文中所抒发的对人生和人性的感悟如此自然和谐,就好像大地赋予我们的生命和光芒。在他这些真挚的、激励人心的文学作品中,最为宝贵的品质也许来自于作者对于传统的真诚热爱,以及发自灵魂深处的对先辈的尊重。这在世界文学作品中都是不多见的,很少有人如此饱含深情地书写父母一辈对于一个作家在个人品行塑造和艺术成长上的影响。

在细腻和包含深情的文字中,赵丽宏成功地融合了个人自传元素和他人的精神个性,无论是生者还是亡者。他的作品展示了其娴熟地表达个人情感的技巧,清晰优雅,从容有力。不论是诗歌,还是散文,都在结尾处或是行文间,以一种温柔的方式拓展着读者的艺术审美,提升了这本诗文选的温度和韵味。

《美丽,并忧伤着》虽然不是鸿篇巨著,但是所选取的诗歌和散文集中体现了赵丽宏的丰富情感和艺术风格。这位拥有杰出语言天赋的诗人已经出版了70多部作品,包括诗歌、散文和评论,令人赞叹。他不仅在诗歌和散文创作方面的造诣颇深,还主动承担了一个学者的责任,参与各种国际文学活动,在国际文坛发出属于中国的声音。

感谢兹德科拉夫·伊蒂莫娃(Zdravka Evtimova)将赵丽宏的作品翻译成优美的保加利亚文,她曾先后翻译了赵丽宏的两本诗集和一本散文集,《美丽,并忧伤着》是她编译的第四本赵丽宏作品的保加利亚文译本,使得保加利亚的读者有机会读到中国诗人笔下充满活力、丰繁多元的广袤世界。赵丽宏的诗歌和散文题材涉及广泛,也正是因为有这个基础,他的作品传递出丰富的信息。在他的笔下,读者能听到来自大自然的风声,树叶唰唰作响——深沉而神秘。他饱蘸深情的笔触,感染着读者,让人在他的文

字中自由地呼吸和感悟。他通过独具个性的文字，揭示人心的秘密，向读者传递奋斗和求索的勇气。诗人知道最朴素的现实中蕴含着最高深的哲学，一片草叶，一只白孔雀，一盏街灯……还有那些伴随着我们身体的疼痛。他的文字不断地提醒着读者，我们生而为人，应该追求更高贵的人格，应该拥有更加仁慈的内心。诗人对世界的观察不仅落在微观的日常生活中，还延伸到了浩瀚辽阔的自然宇宙，并将自己的意识作为联系两者的纽带。可以说，赵丽宏的诗歌和散文是献给这世间的爱，温柔而强大；他用最平实的语言诉说着人性的善良和高尚。

毋庸置疑，赵丽宏的《美丽，并忧伤着》是在中国文学和保加利亚文学间架起的又一座桥梁。通过这座桥，一代又一代的——当今或是未来的写作者，将不断求索，并最终找到美丽的真谛。

虽然，美丽总是有那么一点忧伤。

［博彦·安格洛夫（Boyan Angelov），保加利亚作家联盟主席］

从自身的境界中脱身而出

——英译诗集《疼痛》序

(加拿大)卡米亚·陈·奥鲁塔德 曹禅 译

> 风说:你的土地还在
> 我吹不断你
> ——赵丽宏《发丝》

赵丽宏的诗集《疼痛》搏动着他们那一代人的渴望与伤痛:仿佛是一个失忆者,在记忆慢慢修复的过程中,艰难地叙述;亦或是一个开始健忘的人,渴望能找回,曾经逝去的童真。在这组诗篇中,作者的灵魂随着身体各个部位的疼痛一点点地归来,直至拼成一个完整的人形。

赵丽宏是中国当代著名散文家,在其30多年的文学生涯中,著有散文集、诗集、报告文学集等各种专著共70余部,其中不少作品被收入中国大陆的小学语文课本和大学文学读本。他曾多次获得全国最高文学奖项,并经常带着自己的翻译作品在海外交流访问。《疼痛》是他继《天上的船》之后的第二本英译诗集,也是第一本在北美地区得以出版发行的英译诗集。

1952年,赵丽宏出生在上海北京东路上一个典型的上海弄堂内。母亲行医,父亲做工,工作相当努力。赵丽宏5岁开始认字,孩提时就能流利诵读中国的古典诗词和中外小说。中学时代,他喜欢上了泰戈尔的《飞鸟集》。"文革"期间,他到故乡崇明岛"插队落户"务农,其间开始创作诗歌。1977年中国恢复高考,赵丽宏考取了华东师范大学中文系,并开始大量发表作品,自此在上海文学界乃至全国文学界崭露头角。

赵丽宏诗歌中最为撼动人心的作品往往来自于那些最不期许的时刻。不经意间诗人和读者相遇了——不完美的恋人,加油站的午夜——一扇活动门就这样打开,领着你通向奇幻和梦想。在冰冷、了无生趣的现实中,敲打着宇宙间所有浪漫的心灵。

摸着胸前的丝巾
想起了在桑树上吐丝的蚕
那些作茧自缚的蚕
曾经有过破茧飞翔的梦想
却不料被无情的沸水煎煮

听着一首凄婉的歌
想起了自弹自唱的歌者
那个忧伤孤单的歌者
曾经历尽人间的苦难和沧桑
却把辛酸化成了一缕温情

正如在《联想》一诗中，当读者在细滋慢长的思绪中正要昏然欲睡时，作者在结尾处猛然刺出一刀，犹如当头棒喝，震醒昏睡中的你我。

又如，在《指纹》一诗中，当作者仔细检查了自己手指上日渐淡化模糊的指纹后，倏然将视线转向了自然界的花草和昆虫，并在它们身上找到了令人欣喜的回报。

我的指纹
也曾留在露水晶莹的地方
那些初绽的蓓蕾
那些羞涩的花瓣和草丝
捕获又放生的蝴蝶
用斑斓的翅膀印着我的指纹
满天飞翔

赵丽宏用自己的诗歌证明了世上不只有那些没有生命的物件才是冗长而枯燥的。在他的视野中，生命本身以多种多样的形式存在。那些饱受怀疑和嘲讽的，恰是最自然、最为本色的上上之选。

《疼痛》是赵丽宏对着自己年迈的身体的冥想,是对过往的感怀,用词简单,如童诗般明丽,不带有一丝的自哀自怜。他如此彻底地从自我的境界中脱身而出,令人惊叹,也令他在同辈人中脱颖而出。在翻译这本薄薄的诗集的过程中,我无时无刻不感到自己就好像要去参加一个生日聚会,为一位受人尊敬的年迈绅士换上靓丽的新衣,庆祝他的第二个"童年"。我见证了又一个"天真时代"的温柔诞生,整个世界的劳作都在那一瞬停止,所有年轻时的负债都在那一刻被彻底付清。

2016 年秋日于美国旧金山

大巧若拙，人生原诗

——赵丽宏诗集《疼痛》塞尔维亚文译本跋

杨炼

读赵丽宏的新诗集《疼痛》，让我想到一部当代《野草》。

"疼痛"一如爱情，堪称人类最古老又积淀最深的诗题，触碰它而不被无数杰作吞没，不仅需要绝大的勇气，更考验超强的能量。

丽宏兄不避险峻地直抒胸臆：他抚摸《疤痕》："赤身裸体时/我发现自己伤痕累累"；他检索《遗物》："纸片上有死者的字迹/在泪眼的凝视下/每一个字都在活动"；美国普利策诗歌奖兼英国艾略特诗歌奖双料得主莎朗·奥兹翻译的他的《箫》："我的体内孕藏无数音符/在每一个洞口徘徊撞击/变成一滴眼泪"……

语言或直白或优雅，如箭镞射穿古典与当代。我们这一代的短短人生，已见证了数度生死沧桑。谁亲历过那些，不曾伤痕累累？但，又有几人甘愿直面自己的伤痕，甚或撕裂假装的愈合，读懂深处暗红淤积的血迹？

赵丽宏八十年代早富诗名，近二十年，却放下诗笔，投入生活，从每个日子、分分秒秒中，积累"疼痛"的题材，凝聚"疼痛"的能量，丝丝入扣，体味艰辛。他的案例，再次证明，诗须臾不会离开真正的诗人，只会冶炼他挣脱虚丽浮华之词，裸出带血的灵魂。

当代中文诗不缺小聪明，唯缺真诚的"笨拙"——大巧若拙。真人生这首"原诗"，拼的不是词藻，而是人生深度和厚度。一种"无声胜有声""工夫在诗外"，严厉裁判着我们写下的每个辞句。

每一代人都有自己的地狱，也会有带领我们漫游地狱的维吉尔、杜甫、但丁、鲁迅。读《疼痛》，我不仅感动，更深深敬佩：丽宏兄用自己的生命之笔，写出了紧攥古往今来诗歌之魂的自觉。

2016 年 10 月 31 日于柏林

存在之痛和诗歌之痛

——赵丽宏诗集《疼痛》法文版序

(叙利亚)阿多尼斯　薛庆国　译

1

"制服痛苦"——这是古希腊人伊壁鸠鲁扛起的大旗。后来,他的学生罗马人卢克莱修接过了这面旗帜。卢克莱修的武器是他所谓的"净化心灵",按照这一理论,人不应把死亡视为死亡,而应该视之为"另一种睡眠"。

不过,人的心灵似乎不接受这样的"净化",就仿佛痛苦是构成心灵的基本要素;而摆脱痛苦,就如同摆脱心灵本身。

2

这部诗集里的痛苦不是单数,而是复数。如果摆脱作为单数的痛苦都殊为不易,那就更不用说摆脱作为复数的痛苦了。

人无论在其生前或死后,其本质是否就在于痛苦?或许是。解药并不存在。也许,解药就是接受痛苦,用我们的生命之水淹没它:与之对话,去旅行,睡眠,醒来,与之平起平坐,共饮一杯茶——人类发明了各种茶道,以便让它配得上我们的与生俱来之渴。

这里的敌人好比风,而武器则是罗网。罗网如何能捕捉到风?

这个问题,可以视为《疼痛》这部诗集的一个基本核心,它不是有关日常生活琐事的问题,而是针对存在本身提出的问题。在赵丽宏的诗中,疼痛超越了身体的界限,而涵盖了思想和心灵。它是字面的,又是意义的。

3

诗人在提出痛苦这一问题时,同时又以高度的艺术敏感力,提出了"无痛"的问题,这其中蕴含的哲思,如同一缕缕幽香,自诗篇的身躯上散发。

人能否无痛地生活?能否生活在愉悦、幸福、快乐、安宁之中,哪怕他处于种种痛苦之因的包围之中?

诚然,人的历史表明,人一直在不停地致力于避免痛苦,追求快乐,费尔巴哈曾经说过:"真正的宗教就是真正的快乐。"

4

也许,《我的影子》这首诗浓缩了这种存在之痛。这首诗中的人,同时是人、鬼和影子。那么,在人的内部,人、鬼和影子之间的关系是什么?如果真有答案,那么答案是什么?难道,人只不过是帕斯卡尔所说的一截芦苇,在存在之洪水中随波漂荡?

但是,当你沉醉于赵丽宏诗中呈现的这种波澜时,你会觉得有一个声音穿破了波浪的喧嚣,由诗歌的双唇在你耳畔轻声道出:没错,人确实生活在世界的荒诞中,但人也有能力超越荒诞。

如果说,物只能被动地接受现状和命运,那么人不同于物,人不是由接受来定义的。人的核心,在于他有能力摆脱,一如他有能力聚合。因此,人是主动者和改变者。

如此,赵丽宏的诗将我们置于存在的中心。这些诗篇犹如一朵朵翻卷的浪花,在拍打中,在体验和书写中对存在之痛作追问、探询;这些诗篇又汇聚成一片翩翩起舞的蝶群,仿佛是在历史的伤口之间飞行的道路。

疼痛而滴血的伤口,在赵丽宏的诗中向着天空开放,其中融合了雷电和阳光,焦虑和安宁。

我们在读这些诗篇时,当疼痛向我们袭来,我们感到疼痛也在进袭这些诗篇。我们还会感到那些与我们比邻的高山,或是我们想象出来的高山,不过是另一种痛苦:是意欲升华的大自然的痛苦。我们还会感到这种痛苦不仅仅是语言的、描述性的机体,而且还是一种物质的机体,而这种机体就是构成生活自身的有机成分。

这部诗集里的每一首诗篇,都是一个莲花池,从中散发出一种叫作"痛苦"的芳香。当我们注视着其中的莲花——"痛苦",我们会感觉它摇身一变,乘着天梯升腾为云朵。我们会感到,赵丽宏诗中的痛苦,是在他的词语中、在汉字及其节奏和关系中摇曳的影子,仿佛这种痛苦就是时间内部的另一个时间。

5

无论如何,诗人的痛苦不仅是作为人的痛苦,而且还是诗的痛苦。这其中最具诗意的,是我们并不知道这种痛苦如何诞生,又来自何处。如果这其中真有答案,那么这个答案本身就蕴含着问题。因为诗歌永远是问题,或者是在诱发问题。而这,恰恰是诗歌独特的、最具创造性的特征。

2017 年 11 月于巴黎

二 为《上海文学》写卷首

绘画和文学的结合

——序画册《文学之美》

在《上海文学》创刊六十周年的时候,我们将这十多年来刊登在杂志上的插图作品汇编成这本画册,献给所有关注文学,也钟情绘画的读者。这本画册的创意,并非灵感突现。这些年来编辑刊物时,经常被画家们为即将发表的文学新作所作的插图吸引。画家们阅读作品之后,用画笔描绘出在文字中得到的印象,这是一个再创造的过程,是美术家向文学的致敬。他们的画,不时让编辑产生惊喜。这种惊喜,有时是由于不谋而合,画家们的创作,画出了编辑心目中的人物,有时则是因为出乎意料,画家的插图颠覆了编辑的预想,让人在惊愕后称绝。画家们对文字的理解和诠释,也常常让作家们产生惊喜。这十多年来,请名画家为作品插图,已成为《上海文学》不同于其他刊物的一种风格,也成为读者的一个期待。

文学是文字的艺术,文学家用独具个性的文字,叙述故事,塑造人物,书写历史,抒发感情。数千年来人类的历史和情感,被凝固在文学家的文字中,保持着问世时的生动和新鲜,历经岁月的沧桑而不褪色。

文学最初的形态,是歌咏,是口传的故事,是自然和生活在人类心灵中激发的共鸣和回声。而绘画最初的形态,其实也差不多,那些千万年刻在岩石上的图形,是人类对原始生活的记录,对理想的勾画。文学和绘画之间,有着千丝万缕的亲密关系。是先有文学,还是先有绘画,这也许是一个无解的问题。

我现在回忆青少年时代读过的文学名著,记忆的屏幕上,文字和图像是叠合在一起的,文学家塑造的人物,都是有鼻子有眼的生动形象,这些形象,不是我的凭空想象,而是因为书中的插图。从上个世纪过来的中国人,哪个人没有过在小书摊上看连环画的经历,而对很多文学名著最初的认识,就是通过那些美妙的"小人书"实现的。我们看过的"小人书",不仅有《水浒传》《三国演义》《红楼梦》《聊斋》等古典名著,也有不少现当代中国作家的小说。很多世界名著,也曾被画成连环画,画家们创作的这些"小人书",成为很多读者走向文学殿堂最初的索引和门槛。

将文学和绘画结合,是一个美妙的创造。文学家的文字,文学作品的描述的形象和意境,激发了画家的创作灵感,画家根据文学作品进行的创作,使作家的文字有了新的生命。古今中外,文学插图成功的范例不胜枚举。文学插图的样式,几乎囊括了所有的画种:油画,版画,素描,国画,水彩画。而为文学作品插图,也是很多画家走向读者,走向成功的一条重要渠道,这在中外美术史中也是处处可见。上海的几位大画家,就是极好的典范,如程十发和贺友直,他们为文学名著画的插图,已成为经典之作。

这十多年来,《上海文学》每一期都约请画家画插图。国内的很多美术名家加入到文学插图的阵营中来,其中有国家画,油画家,也有水彩画家。为文学作品画插图,不是一件简单容易的事情,画家们事先必须仔细阅读需要插图的文字,对作品作出自己的解读,然后再以自己的风格创作插图,虽只是小幅作品,却都是精心构思,将文学作品描绘的情境生动展现在画面之中。他们以绘画的魅力,展示了文学之美。这些文学插图,对一本纯文学刊物,既是雪中送炭,也是锦上添花。对所有为《上海文学》画插图的画家,我们心存感激。

这本画册中,还有几位作家的画,刘心武,张承志,张新欣,都是读者喜欢的名作家,他们为自己文字画的插图,在刊物发表时,曾使很多读者为之惊喜。作家们的画,和他们的文字一样有个性,收在这本画册中,别有一番意韵。

这本画册,名为《文学之美》,其实是绘画之美,是文学向美术表达的一份谢意和敬意。

2013 年 8 月于四步斋

文学之美

——《上海文学》2014年卷首

《上海文学》从创刊到现在,已经整整六十年。巴金先生在1953年创办了这个刊物,最初的刊名是《文艺月报》。创刊以来,她几乎是伴随着新中国的曲折脚步,一路探索,一路坎坷,一路激情挥洒,一路悲欢离合。回顾《上海文学》走过的道路,感受她的辉煌和荣耀,体味她的艰辛和甘苦,是一件令人感慨也让人深思的事情。

《上海文学》犹如一个舞台,六十年来,中国的几代作家在这个舞台上纷纷登场,他们发表在《上海文学》上的作品,在新中国的文学史上留下了深刻的印记。他们的喜怒哀乐,他们的憧憬梦幻,他们的惆怅和困惑,他们的才情和创造,都留在了已经泛黄的书页之中。展读这些保留着不同时代履痕的文字,可以追溯流逝的时光,反思过去的历史,也可以重新燃起对文学的热爱和激情。优秀的文学作品,是它们所产生时代的情感、智慧和良心的结晶。发表在《上海文学》上的作品,很大一部分对此可以当之无愧。

六十年来,《上海文学》的命运和我们国家的风雨历程密切相联,她的辉煌,她的黯淡,她的跌宕沉浮,都和时代的变迁息息相关。《上海文学》创刊之初,新中国刚刚成立不久。我们可以在当时的刊物中看到作家们对新生活的向往和渴望,当时引人瞩目的作家,都在这里发表过新作。不少年轻的作家在这里发表了他们的成名作。《上海文学》上的一些短篇小说和诗歌散文成为那个时代的经典之作。在很多人心目中,《上海文学》是一个其他园地难以取代的文学花苑,是文学爱好者的精神家园。即便是在中断和沉寂的时候,《上海文学》一直没有被热爱文学的中国人淡忘。"文革"结束后,一度停刊的《上海文学》重新开张,成为新时期中国文学的一个重镇。她以海纳百川的胸怀,向各种流派和风格的文学作品敞开了大门。中国的老、中、青三代作家在《上海文学》亮相,展示了他们曾经被压抑了的才华。新一代年轻的作家又从这里起步,走向更广阔的文坛。纵观《上海文学》的六十年历史,我们可以清晰地感受到社会的进步和人性的回归,高尚的文学理想在我们这片土地上永远不会消亡。

在我的办公室里,有几件东西值得一说。

一把旧椅子。它的年龄比我老,估计已近百年。这是一把有扶手的西式靠背椅,做工很考究,可以看作一件艺术品。从《上海文学》创刊以来,这把椅子就一直是编辑部的一部分。很多前辈在这把椅子上坐过,巴金、靳以、魏金枝、钟望阳、茹志鹃、李子云、周介人……多少人曾经坐在这把椅子上读稿说话,已经无法考证。上世纪七十年代末,我还在大学读书,有一次收到编辑部的信,约我来《上海文学》谈稿子,是赵自先生坐在这把椅子上,他的亲切和威严,和这把椅子融合在一起,成为《上海文学》在我记忆中的一个征象。六十年来,一批又一批作家和编辑为《上海文学》殚精竭虑、呕心沥血,是他们用心血和智慧,铸造了这本刊物的品格。《上海文学》能在这大半个世纪中坚持文学理想,不断地创造辉煌的业绩,能在新中国的文学期刊中占据重要一席,和他们无私奉献和创造性的编辑工作是分不开的。这把椅子,现在端放在我的办公室的窗前,是一件历史的纪念品,一座让人追溯远去时光的雕塑。几代《上海文学》编辑前赴后继的身影,迭现在这把椅子上,让后人肃然起敬。

一幅题字。这是钱谷融先生用毛笔题写的"文学是人学"五个字。十年前,本刊五十周年社庆时,我请钱先生为我们题辞,他说自己不擅用毛笔。我说,请你写五个字,"文学是人学",这几个字,你怎么写都是最好的。钱先生年轻时代写的《文学是人学》,道出了文学的真谛,他因此被批判了很久,历经人间沧桑。也正是这篇文章,如同灯塔,暴风骤雨和冰雪雷电,都未能熄灭它的光焰。文学是人学,这已是公认的文学创作之至真原理,所有的文学作品,都是对人性的探索,对人间万象的展示。钱先生答应了我,并寄来了这幅题字。他用毛笔在宣纸上写了五个两寸见方的字,写得工整端庄,很有派头,题辞下面签了名字,却没有钤印。我后来请一位篆刻家为钱先生刻了一方印,在题字上补钤之后,将印章送给了钱先生。在我的办公桌前,抬头就能看到钱先生的题字,"文学是人学",这是前辈真诚的引领,也是一个永久的提醒。

一幅书法作品。这是著名女书法家周慧珺的作品,写的是四个大字"海纳百川"。周慧珺先生是我的老朋友,也是《上海文学》热心的支持者。现在的《上海文学》封面,是她十年前为我们书写的刊名,已经成为我们刊物的标志。"海纳百川",是《上海文学》追求的一种胸怀和品格,我们接纳各种风格不同的作品,不管是奇花异卉还是杂树野草,只要是独特自由的美妙生灵,都可以在我们的园地中生长绽放。在庆祝刊物六十岁生日的时候,我们编选了一本《上海文学》插图画册,举办了一次插图画展,我又请周慧珺为画册和画展题写了名字:"文学之美"。这十多年来,《上海文学》每一期都约请画家画插图。国内的很多美术名家加入到文学插图的阵营中来,其中有国家画、油画家,也有水彩画家。为文学作品画插图,不是一件简单容易的事情,画家们事先必须仔细阅读需要插图的文字,对作品作出自己的解读,然后再以自己的风格创作插图,虽只是小幅作品,却都是精心构思,将文学作品描绘的情境生动展现在画面之中。他们以绘画的魅力,展示了文学之美。这些插图,对一本纯文学刊物,既是雪中送炭,也是锦上添花。文学和绘画的结合,成为我们的刊物的一种风格。周慧珺题写的"海纳百川"和"文学之美",也可以看作是朋友们对《上海文学》的勉励。

  在《上海文学》创刊六十周年的时候,我和编辑部的全体同人,心里怀着感恩之情。感恩我们的前辈,几代《上海文学》的编辑,是他们前赴后继,铸造了这本刊物的精神和品格;感恩我们的作者,六十年来,是全国乃至世界各地的作家,以优秀的作品支援我们,使我们的刊物保持着清新和活力,始终站在文学的前沿,向世人展示中国文学的新貌;感恩社会各界对我们的帮助和支援,我们和所有纯文学刊物一样,在这些年中经历过世态炎凉,然而不管是热还是冷,总是有人向我们伸出援手,让我们在最困难的时候也不感觉孤独,始终保持着文学的尊严。当然,也感恩我们的读者,六十年来,不离不弃,来自读者的赞许,是对我们最大的鼓励,也让我们看到了我们坚持和坚守的价值。如果没有大家对《上海文学》的贡献、支援和帮助,这里只能是一片荒芜和寂寥。

  前几天,我在编辑部说,我们刊物年过花甲了。年轻的编辑对我的话很不以为然,他们说:花甲之年,在人们的印象中是对老人的称呼,《上海文学》不老迈,我们还很年轻。年轻人这样评价我们这本刊物,我深感欣慰。对一本文学刊物来说,六十年的历史不算太短,然而文学的理想和精神是不会随时光老去的。六十岁的《上海文学》仍然应该是一本拥有年轻心态的杂志。面对着前人的业绩,我们会经常思考:在未来的岁月中,如何继续发扬《上海文学》的优良传统,不媚俗,不随波逐流,如何锐意进取,探索创新,使她保持着勃勃生机,保持着年轻活力,从而无愧于前人,也无愧于我们所处的时代。这是一个义无反顾的崇高目标,我们当为此竭尽全力。

  这一期刊物,是新一年的开张。读者可以看到我们公布的《上海文学》获奖名单。

这些获奖作品,是从前三年本刊发表文章中评选出来的佳作。《上海文学》奖从八十年代开始,已经评了十届,作家和读者看重这个奖,是因为这个奖是和很多优秀的作家和作品连在一起的。衷心祝贺获奖者。这期刊物开头,我们发表了十位作家的短文,这是他们为祝贺本刊六十周年社庆而作,老、中、青三代作家,真情叙写了他们和《上海文学》的交往以及对本刊的期冀,让人感动。这期刊物中,有很多值得一读的新作,在此不一一例举。王蒙先生今年在这里开设专栏"王蒙说",相信会成为读者期待的专栏。王蒙先生是《上海文学》的老朋友,他以《说给青年同行》作为栏目的开篇,这是他和青年作家一次推心置腹的长谈,他以自己的真挚和智慧,对文学的历史和现状作了独到的分析,对年轻一代是难得的启迪。文章结尾处,王蒙先生以他独有的幽默挑战年轻人:"我还要与你们在文学的劳作上,在作品的质与量上,展开友好比赛!"希望年轻的作家们响应前辈的呼唤,《上海文学》将为这种"友好比赛"提供自由开放的舞台。

2013 年 12 月 15 日于四步斋

天涯咫尺

——《上海文学》2015年卷首

春来冬去，白驹过隙。匆匆又翻完了十二个月的日历，迎来了新的一年。

过去一年中，有机会出国参加了几次国际书展。3月去法国，参加巴黎国际书展，上海是主宾城市。10月去塞尔维亚，参加贝尔格莱德国际书展，中国是主宾国。书展很热闹，人群如潮水汹涌而来，冲着书，也冲着写书的人。在书展上，可以感受到人们对文学家的尊重。我们这些被邀请的中国作家的照片，被印在广告的彩旗上，在书展的大道广场上迎风飘扬，远远地就可以看见。在国外看到这样的景象，尽管感觉有点奇怪，但也让人高兴。外国人其实并不认识这些陌生的面孔，把你们的照片印在彩旗上，飘扬在天空中，是因为你们来自中国，因为你们被请来参加书展，因为书展里陈列着你们的书。在作为主宾国的中国展台中，摆满了中国作家被翻译成塞尔维亚文的作品，仅莫言的小说，就有七种，赫然醒目，阿来的《尘埃落定》，余华的《活着》，王安忆的《长恨歌》和一些新译的中国当代文学作品，在书架上比肩而立。中国的当代文学，正在以前所未有的气派走向世界。

我是第二次走进贝尔格莱德国际书展的大厅。前一次是在2013年10月，我去参加塞尔维亚国际诗歌节，顺便去正在举办的书展看看。在这个大厅里，经历了让我无法忘怀的一幕。那天下午，我被人簇拥着漫步在争奇斗艳的书柜之间，有点惶然失措，新书如斑斓秋叶，在眼帘中缤纷闪烁。那些用我不认识的文字印成的书籍，对我来说好比天书，看不懂。而这届国际书展上，也有我的一本小书要首发，这是一本被翻译成塞尔维亚文的诗集《天上的船》。我跟着这本诗集的译者，塞尔维亚诗人德拉根先生，穿行在书海和人流中。要在茫茫书海中找到为我举办首发式的场地，不是一件容易的事。

走过一排书柜时，我听到一个奇怪的声音从地下传来，这声音细微而清晰，仿佛是来自很深的地底下，这是一个女人的声音，似乎是在呼叫我的名字。难道是谁在和我打招呼？周围并没有熟悉的人。那女声不停地从地下传来,确实是在喊我的名字。

我循声低头看去,不禁吃了一惊。在一个书柜下面,有一位佝偻成一团的女士,坐在一辆贴地而行的扁平轮椅上,正仰面和我打招呼呢。

这是一个高位截肢的残疾妇女,她没有双腿,小小的躯干举着一颗大大的脑袋,还有一双挥动的手。她费力地抬头看着我,瘦削的脸上,两只深陷的眼睛中闪烁着清亮的光芒,这目光使她的表情显得快乐而开朗。这样的长相无法判断她的年龄。她看到我注意她,咧开嘴笑了笑,随后吐出一连串我听不懂的语言。看她激动兴奋的样子,我感到莫名其妙。她在对我说些什么？

站在我身边的德拉根先生却跟着这位女士一起激动起来。他告诉我:"这是一位诗歌爱好者,她从国家电视台的新闻节目中看到你,她祝贺你在斯梅德雷沃获得金钥匙国际诗歌奖呢。她说,她听到你用中文朗诵诗歌了,很动人。她很高兴是一个中国诗人获得这个奖,她全家人都为此高兴。"

德拉根为我翻译时,她还在继续说着。德拉根俯身问了她几句,抬头对我说:"她说,她这几天正在读你的诗呢。"

我低头凝视这位没有双腿的女士,看着她真挚的微笑和兴致勃勃的表情,她的声音如同从地下涌出的喷泉,在我的耳畔溅起晶莹的水花。我无法用言语描述我的惊奇和感动。这位活得如此艰辛的残疾女士,居然还有兴致关心诗歌,居然还能从人群中认出我这个外国人,并呼叫出我的名字,实在不可思议。只见她从轮椅边挂着的一个小包中拿出一本书,蓝色的封面上,海浪汹涌,白云飞扬,这正是我在这里刚刚出版的塞语诗集。

她请我为她签名。我俯下身子,在诗集的扉页上写下"宁静致远"四个字。她看着这些她并不认识的汉字,脸上露出满足的微笑。

我们离开时,她的声音继续从后面的地下传过来。我不忍回头看她。德拉根叹了口气,感慨道:"她在为你祝福呢。"

我在人海中往前走着,去寻找举办诗集首发式的场地。我的心情突然变得有点沉重。她的模样和声音,在我的眼前晃动……我不知道她是什么人,不知道她为什么原因致残,不知道她的生活状况,不知道她如何面对残酷的现实。她的生存,也许是一个传奇,也许是一个辛酸的人间悲剧。然而毫无疑问,她热爱文学,她在为诗而迷醉的时候,生命在她的眸子里燃烧出年轻的光芒。

  诗集的首发式,来了不少人。我站在人群前面,目光情不自禁地投向地面,但是没有看到她。首发式很热闹,有人朗诵,有人提问,也有人索要签名……而我的眼前,依然晃动着她残缺的身体,还有那双闪烁着清亮光芒的眼睛。我的耳畔,久久回旋着她来自地下的声音,这样的声音,和很多不同的声音混合,交织着人间的悲喜忧乐。这是人间的声音。诗人可以坐上飞翔的船,去逐云追月,自由翱翔于奇思妙想的天空,然而不可能飞离人间。和心灵联系的,应该是脚下的大地,是生活着的人间。来自人间的声音,才是文学的灵魂和根。这是当时出现在我心里的念头。

  文学在当代人的生活中,到底处于怎样一种地位?也许,不同的人群,会有不同的看法。有些人对文学根本不屑,读不读文学作品,和他们的生活没有什么关系。文学对于他们,犹如路畔闲草,天边浮云,不值得一顾,或者如同他们没有兴趣去登临的远山,永远相隔千里万里。有些人,视文学为玩物,得闲时把玩片刻,也许一无所得,也许读出了名堂,从文字中悟出道理,心生共鸣,发现了比游戏和赚钱更有意思的境界,因而成为文学的票友。当然,也有真正喜欢文学的人,他们读诗品文,从文学中看到了比现实更辽阔丰繁的世界,发现了人生原来有形形色色的状态。他们也会以文学比照自己的人生,比照的结果,发现人可以有很多种活法,读一本书,就可以走进一个陌生的生命中,追随着他们活一次。从这个意义上说,爱读书的人,可以在阅读的体验过程中,活很多次。因为亲近文学,周围的灰暗和闭塞,人生的挫折和失意,变得可以通融应对,在冬天里发现春暖,在黑暗中看见光亮,在孤独和饥馑中听见人声喧哗,看到麦浪翻滚。在塞尔维亚遇见的那个坐在轮椅上读诗的女子,便属于第三种人吧。

  在新年第一期刊物的卷首写这些,似乎有点不着边际。还是回来说说我们的刊物。在巴黎国际书展上,曾和几位法国的刊物编辑有过一次交流。本以为法国的文学刊物,也是和中国的文学期刊一样,发原创作品。但他们告诉我,在法国,这样的刊物已经看不到。他们的刊物,是纯粹的文学批评,是对文学的讨论,对书籍的评介。对于中国仍在出版纯文学的期刊,他们表示惊讶。这样的信息,对我来说,既惊奇,也欣慰。惊奇的是,法兰西这样一个文学大国,竟然没有发表原创文学的期刊(也许这是错误的信息),欣慰的是,中国的文学期刊,尽管历尽艰困,还是像坚忍的灌木,扎根在大地,顽强生长,蓬蓬勃勃。它们的后盾和基础,是中国当代作家的辛勤探索和耕耘,是热爱文学的读者的关注和支援。

　　纯文学期刊是中国当代文学的舞台和橱窗,中国的作家在想什么,关注什么,在写什么,在以怎样的方式写,读者可以从我们的文学期刊中略知一二。去年本刊发表的作品中,有很多中短篇小说佳作被读者称道。我们的专栏,依然受到读者的欢迎。王蒙先生是《上海文学》的老朋友,去年他在本刊开设的"王蒙说",成为读者翘首期待的专栏。王蒙充满智慧和才情的文字,是真正的厚积薄发,让读者看到那一代作家令人钦佩的才华和风范。陈文芬的"斯德哥尔摩笔记",也是读者喜欢的,来自异域的文学信息和文化观察,给中国读者很多启迪。去年11月号,为纪念巴金先生诞辰110周年,我们推出了一期年轻作者的新作专号,巴金先生生前一直以发现培养青年作家为己任,我们的青年作者专号,是对这位《上海文学》的创办者最好的纪念。去年本刊发表的诗歌、散文和文学评论,也有很多可圈可点的佳作。

　　新年第一期刊物,希望能给读者带来一些欣喜。本期的小说,有刘心武的短篇《土茉莉》,大半个世纪的岁月和人生,沉浮跌宕,生死哀乐,浓缩在一篇不到万字的小说中,让人读之长叹。刘心武先生的专栏曾在本刊延续三年,是深受读者欢迎的文字。能发表他的小说新作,我们深以为幸。陈九的中篇小说《常德道大胖》,写的是过往岁月,但文中溢出的浓郁生活气息和曲折的人物命运,颇值得玩味,也发人深思。陈文芬的专栏今年还将继续,读者会发现,这一期的目录上,和陈文芬名字并列的,是她的丈夫马悦然。马悦然是瑞典著名的汉学家,他的加入,一定会使这个专栏增加很多新的看点。梁鸿的专栏"云下吴镇"今年仍将继续,作者关注着中国当下城乡间底层人物的生态,这也是很多读者期待的文字。本期刊发了诗人杨炼从海外发来的新作。杨炼也是《上海文学》的老朋友,自八十年代在本刊发表长诗《诺日朗》之后,他还是第一次在《上海文学》露面,相信读者会在他的诗中获得惊喜。我和杨炼结识于上世纪八十年代初,一晃过去了三十多年,人生的流浪和岁月的沧桑,在诗人的文字中相遇时,天涯成咫尺。

2014年末于四步斋

在沉静中绽放

——《上海文学》2016年卷首

过去的一年,编辑部平静中有热闹。金宇澄的长篇小说《繁花》获茅盾文学奖,也是《上海文学》的一件喜事。前几日,坐出租车,车上开着电台的广播,节目中一个主持人在无法回答观众的提问时,谈到了《繁花》,他在广播中调侃道:我很难回答你,你就让我变成金宇澄《繁花》中的人物吧,"不响",一百个"不响"。你知道吧,《繁花》中,"不响"这两个字,出现了一千五百多次。

一部新近问世的小说,能这样进入人们的日常生活,在今天的时代,也算是奇迹。我和金宇澄认识三十年,第一次接触,是八十年代一起到北京开青创会,感觉他沉默寡言,是个安静低调的人。他和我同龄,也一样是知青,曾在"北大荒"生活过多年。他早期的短篇小说,大多是写那个时代的知青生活,曾给人深刻印象。后来他到《上海文学》当小说编辑,似乎写得越来越少。十二年前,我到《上海文学》,和他成为同事。《繁花》问世之前,很少见他发表作品。他是个好编辑,有一双慧眼,不会漏过进入他眼帘的每一篇佳作。对小说的评判,常常是一语中的,有时也动笔修改,改得让编辑和作者心悦诚服。对年轻编辑,他言传身教,是个好老师,年轻编辑亲热地喊他"老金"或者"金老师"。我曾经想,金宇澄大概在心里已将写作者的身份放置一边,打算从此就一门心思做个好编辑吧。这对刊物,当然是幸事。要负责刊物的编务,每日面对大量来稿,能练出一个优秀编辑的火眼金睛,但长此以往,若想自己再写,也许会逐渐眼高手低。这样的情形,见得太多。

金宇澄的《繁花》,是在不声不响中写出来的。这些年,他在兢兢业业做着小说编辑的同时,其实仍在继续一个写作者的追求。他以沉静面对周围的喧嚣,以沉静回溯过往的岁月,他沉迷于方言,沉迷于文字,沉迷于上海市井的烟火气息,沉迷于身边人物的悲欢离合。他不满足于传统的叙说,沉迷于用自己的方式讲述故事。他在生活中独来独往,却将自己的文字一段一段贴到网上,引起网上的层层涟漪。网民在电脑屏幕上读他的文字,指手画脚评点他的故事,甚至提建议改变他笔下人物的命运……他的长篇小说尚未定稿时,曾将其中的两章发给我,征求我的意见。他的文字使我感觉新鲜,我给他提供了一点意见:沪语的运用要适度,不能让上海和江浙以外的读者面对这些文字产生阅读理解的障碍。他赞同我的意见,花大量时间将小说几十万字仔细梳理修改了几遍。《繁花》问世,中国人都读得懂。

在沉静中灿然绽放的《繁花》,让我很自然地想起两句大家熟悉的成语:厚积薄发,宁静致远。繁花盛开,金宇澄被一片赞美声包围,但他没有多少变化。此刻,他仍坐在面对阳台的桌前,一声不响,读着来稿。

编刊物,和创作的道理其实也有相同之处。编辑部安安静静,但每天都能收到来自四面八方的稿件,每得到佳作,都会在编辑部引起欣悦的回声。回顾去年,本刊有不少佳作可圈可点。中篇小说中,特别要提一下的是王蒙的新作《奇葩奇葩处处哀》。这部小说让人拍案称绝,也让人掩卷沉思。人性的曲折,人生的百味,时代的变幻,在一个男人和六个女性的交往中展现得绵密而幽深。这是当代中篇小说创作的重要收获。王蒙先生能在年过八十之后创作出如此精湛美妙的小说,其意义之重大,我以为不亚于他获得茅盾文学奖。张辛欣的《IT84》,是一部颇具探索精神的小说,让人联想奥威尔的《1984》,神似,却又不同。这是一个中国作家对社会和人生形态的全新思索和幻想,关乎历史,关乎当下,也关乎未来。中篇小说中,还有不少作品给人留下深刻印象,如陈九的《常德道大胖》、肖复兴的《丁香结》、从维熙的《雪娃之歌》、邱华栋的《墨脱》等。短篇小说一直是《上海文学》的主打文体,去年本刊发表了近五十篇短篇小说,可谓百花斗艳,其中不乏佳作。作者中有刘心武、张炜、刘庆邦、残雪和邓一光等名家,也有不少名字陌生的新人。尤其要提一下的是本刊的"新人场"专号,推出了众多新人新作。相信这些年轻的名字,会因为他们富有个性的文字而被读者记住。

我们的专栏文章一直是读者喜欢读的。陈文芬和马悦然夫妇的"斯德哥尔摩笔记",域外人文风情中,流泻着优雅的智慧;罗达成"煮字风云",写的是八十年代编辑和作家的故事,让读者重温文学理想在那个时代碰撞出的激情火花。梁鸿的"云下吴镇",写的是乡镇的变迁、小人物的悲欢,却让人读到当代中国人最真实的生活情状。李辉的专栏虽然出现频率不高,但出手不凡,写云南两位抗日志士的"腾冲硝烟处,名士风流时",洋溢在文字中的慷慨和悲壮,曾读得我泪流不止。

去年本刊的散文、诗歌和理论,都有佳作推出。我的两位诗人老朋友北岛和杨炼,先后为本刊提供了力作,也是诗坛佳话。小说家池莉的组诗,成为引人瞩目的文坛新景。程德培的《迟子建的地平线》,戴舫的《一个人的大师》,都是特立独行、识见不俗的文学评论。

在此无法一一详列去年的文章锦绣,只能一笔带过。接着要说的,是呈现给读者的本刊2016年1月号。

又要说到王蒙先生。感谢他一如既往支持《上海文学》,让我们有机会继续向读者展现他的智慧和才华。今年,王蒙将推出新的专栏"凝视文学与人",这是他和日本思想家池田大作的对话录,两位文化背景不同的大家对话,谈历史,谈文学,谈人性,谈天地宇宙,会撞击出怎样的火花,让我们一起拭目以待。

本期发表了东西的话剧剧本《瘟疫来了》,值得一读。这是个有点滑稽的故事,无中生有,荒诞不经,昔日的面孔,当下的语辞,历史的长衫下,遮藏着今人的身心。那些针砭时弊的台词,也许能引得读者会心一笑。读东西的剧本,也勾起我的阅读记忆。我们这一代人的文学阅读中,有戏剧这一块。莎士比亚、莫里哀、果戈理、契诃夫、萧伯纳,这些名字,都是和戏剧连在一起,和文字连在一起的,我们认识他们,不是在剧场里,是在书中,是读他们的剧本。我读过莎士比亚的所有剧本,但少有机会在剧场看他的戏。但这并没有降低他在我心目中的地位,因为他的剧本是如此美妙,即便是经过了翻译,他的文字依然光彩夺目,直入人心。现在的文学刊物,大多不发表剧本,在很多人眼里,剧本只能坐在剧场里欣赏,文学刊物中少有剧本的席位。《上海文学》也发表话剧剧本,前几年,我们发了沙叶新的写蔡元培的剧本《幸遇先生蔡》,轰动一时。我们为剧本提供园地,并非企图与众不同,而是想提醒读者,戏剧也是文学的一支,不应该被忽视。

本期小说,我们推出了白先勇的新作《Silent Night》(平安夜)。白先勇先生是短篇小说大家,很多年不见他写小说,他的新作能在《上海文学》首发,是我们的荣幸。这篇小说,写人性的复杂,写人间的怜悯和情爱,入骨三分,感人至深。白先生宝刀不老,让我钦佩。张惠雯的中篇《场景》和周李立的短篇也各有特色,很可一读。

今年本刊的专栏,会延续受读者欢迎的栏目,如"海上回眸""心香之瓣""域外来鸿""译文"等。作家的个人的栏目,仍是本刊的亮点,王蒙的专栏,陈文芬和马悦然夫妇的专栏,李辉的专栏,读者可以继续期待。北大教授张颐武今年以"浮世侧影"开出新专栏,他在开场白中说,这个专栏是"对当下纷纭的大众文化现象和日常生活做侧面的解读",本期推出首篇《中产三态,从三部电影看当下》,由当红电影窥探当下的世相人情,给人不一般的启迪。

"心香之瓣"刊发了阎晶明的《一段情谊引发的歧义纷呈》,重读鲁迅的《藤野先生》,引出很多遥远的往事。鲁迅笔下的老师,和日本人眼里的鲁迅,以及两者之间的种种重合和分歧,让人感觉迷离扑朔。阎晶明以他的睿智,在历史的迷宫中为读者指出一条通幽之径。

诗歌和散文本期也有佳作。鲍尔吉·原野的新作《东北物候》,捕捉北方大自然的神奇气息,细腻的文字融合在气象万千的天籁之中。"新诗界"发表了李娟的散文诗《火车快开》,这篇作品,写得灵动飘逸,天马行空,其中的意象和激情,让读者的思绪随之舞蹈。我曾参加过李娟的散文研讨会,我说她的散文是用一种平视的目光观察世界,真实地写出了在新疆感受到的天地自然。如果离开她熟悉的阿拉泰,她还能写什么?李娟用她面目全新的文字,回答了我的疑问。

理论栏目是本刊的特色,今年我们仍然会用可观的篇幅发表文学批评和各种形式的文艺理论。本期有范小青和舒晋瑜的访谈《写作慢慢地走向自然王国》,是一个优秀小说家的心迹披露。何平和丁路的《一朵发光的云下兀自生长的"吴镇"》,对梁鸿近年的作品作了有深度的分析和批评。

写到这里,发现自己有点饶舌了,还是收声"不响"吧。

所谓"不响",并非失声失语,更非失去思想和精神的追求,而是一种沉静的姿态,面对人世喧嚷,静静地观察,静静地思索,所有的悲喜和憧憬,都酝酿于静静的沉思。沉静之中,自有繁花灿然绽放。

2015 年 12 月 7 日于四步斋

乡音的魅力

——《上海文学》2017年卷首

第七届作代会闭幕联欢会上,获得掌声最多的是贾平凹。他用陕西方言念《创业史》中的对话时,人民大会堂的厅堂里一次又一次爆发出掌声。这是由衷的掌声,是为文学鼓掌,也是为大家喜欢的作家鼓掌,为柳青,也为贾平凹。贾平凹的朗诵很率性,带着泥土气的质朴方言,一如他平时说话。平凹是深受读者喜爱的作家,他的文学成就,在中国当代作家中是杰出的,他的文学道路,经历了曲折坎坷,但他从没有停下寻寻求索的脚步,他是一个接地气的作家,也是一个在艺术上不断超越自己的作家。不管这个时代如何喧嚣,读者在他的文字中能感受他的真诚,感受到一颗沉静多思的心,感受到他对家乡大地的热爱。把掌声献给这样的作家,很自然,也很美好。这是乡音的魅力,也是文学的魅力。

到北京开会的第一天,在会场上遇到平凹,他拉着我的手,轻轻说了一句话:"我们是一生的朋友。"说得我心头发热。我和平凹相识三十多年,年轻时代就是好朋友,那时我们都不到三十岁,虽然很少有机会见面,但一直在文字中神交,经常通信,互寄新作,惺惺相惜。我书柜中有几本平凹年轻时赠我的书,有时拿出来看看,亲切如昨,感觉岁月还没有远去。1985年2月,上海文艺出版社出版了平凹的散文集《爱的踪迹》,平凹从西安寄书给我,扉页上密密麻麻写满了字:"赵兄,我的好友,您在长江头,离大海最近,弟在商州山,守着涧中泉,于外界茫然。多年思念,甲子岁末,乙丑岁始得见,英姿从此长留。收您《珊瑚》,读您《生命草》,知天地间之人,非年年有出……小弟作文,无超人才干,却皆胸中恩恩怨怨。前年出版《月迹》,今夏再有《爱的踪迹》,书虽小,企兄闲暇之时翻翻。长安静虚村贾平凹呈。时乙丑三月二十八日,雨后,窗外桐叶如洗,青嫩可爱。"平凹为此书写的自序,题为《天·地》,在序文的题目边上,他用钢笔为我画了一幅画。画上方为天,有椭圆形流云,云下一行飞鸟;画下方为地,有和流云对称的一池涟漪,水边三条游鱼;天地之间,是一弯新月。朋友间的赠书,留下这样的文字和画,是多么珍贵的纪念。

平凹曾在《上海文学》发表过很多作品,但是已多年未写了。我约他的新作,他答应了我,相信老朋友不会食言。

过去的一年,是本刊平静的一年。说平静,是没有惊涛骇浪,是编辑部内外的和谐。一年来,在这里工作的每一位编辑都在努力工作,已编发的作品,不少在读者中产生了影响。张抗抗是《上海文学》的老朋友,最近十年,她一直在创作修改一部新的长篇小说,这种"十年磨一剑"的功夫和耐心,在中国作家中少见。她在"磨剑"之余,为《上海文学》写了中篇小说《前面有灯光》。张抗抗"十年磨剑",并非将自己关在书房里,她一直关注着当下生活,给本刊的中篇新作,写的是她这些年倾心关注的实体书店的生存危机,写书者爱书,也爱书店,在一日百变的网络时代,实体书店如何生存? 张抗抗的小说并没有拿出答案,但小说中的人物在和她一起思考行动,从幽暗中把读者引向亮灯之处。孙颙的中篇小说《哲学的瞌睡》,写的是高校的生活,小说中似乎并没有展开哲学思辨,但读者却能从中读到庸俗世态中知识分子被扭曲的灵魂。小说中有睿智的思想者,在喧嚣纷扰的嘈杂声中,看似闭目养神,保持的却是清醒的姿态,引人思索。本刊去年刊发的中篇小说中,小白的《封锁》,张慧雯的《场景》,姚鄂梅的《一辣解千愁》、陈希我的《良夜》、张学东的《给张杨富贵深鞠一躬》等作品,都留给读者深刻的印象。短篇小说依然是《上海文学》的主打文体,去年本刊发表四十余篇短篇小说,也是佳作迭出。作者中有文坛名将,也有年轻的新人。白先勇先生多年不写短篇,去年1月号发表了他的短篇新作《Silent Night》,因题材的独特和对人性刻画的深刻,被广为传诵。这些年,小说家们大多忙于写作长篇,小说的话题也总是围绕着长篇。短篇小说不是一个热门,但也决非冷门,也不应成为冷门。短篇小说,写好不易,一个好短篇的价值和意义,也许远超过那些平庸的长篇。优秀的小说家,理应以短篇小说展现自己的艺术功力。去年本刊的短篇中,残雪的《于人为邻》,王祥夫的《地下眼》,范小青的《美兰回家》,刘庆邦的《门面房·市井小品》,第代着冬的《没有偏旁的生活》,王凯的《燕雀之志》,唐颖的《套裁》,储福金的《棋语·扑》,杨遥的《匠人》,祁媛的《黄眼珠》,都是值得一读的佳作。

本刊的专栏,一直被读者青睐,这是因为专栏中的文字,都是作家的真性情之流露,是岁月沧桑在文人心中真实的映照,也是作家以不同的方式阐述自己的文学理想。

王蒙和池田大作的对话,两位睿智的文人远隔山海遥相呼应,却千丝万缕地连接起历史文学和世代人情种种话题,也将成为国际文学对话交流的一段佳话。陈文芬、马悦然夫妇的"月光街",以优雅温和细腻的文字让读者欣赏到文学的光芒。李辉、肖复兴和张辛欣的专栏,也不时为读者带来惊喜。

　　去年,本刊的有几个举措值得一说。从去年7月号开始,我们和《收获》杂志一起,又一次大幅度提高稿费。这样做,是我们多年努力的结果,我们尽力而为,把稿费提高到一个新的水准,这是刊物对原创文学的尊重,也是我们编辑部对作者一份真诚的谢意。在这个新媒体风起云涌的时代,纸质媒体如何适应?是逐渐萎缩甚至走到尽头,还是迎接挑战浴火重生,这需要思考,更需要行动。《上海文学》开出微信公众号以来,得到越来越多的读者关注,最近,我们开始在公众微信号上发表年轻作者的原创作品,并支付稿酬。这不算什么大事情,但在年轻写作者中引起的热烈反响,令人欣慰。网络和微信这样的现代传播方式,也许能为传统的纸质期刊插上翅膀。我们希望和作者、读者一起,在新的天地中比翼起飞。

　　新年的1月号,希望能给读者展现一些新的气象。《上海文学》曾发过很多短篇名作,马原《冈底斯的诱惑》当年就曾一鸣惊人。很多年未见马原的短篇了,本期读者可以看到他的短篇新作《小心踩到蛇》,这是作家从当下生活中得到灵感,在远离都市的山寨中,繁衍着生活的色彩和温情,小说结尾的情景有让人意外的感动。须一瓜的中篇新作《有人来了》,是动物眼中的世界,对人世的观察,有不同寻常的视角。人间的喜怒哀乐,看在动物的眼里,是怎样的感觉。其中有作家的想象,更有对生活的深思。鲁敏的短篇新作《火烧云》,于是的中篇《夜泳馆》,也都是很可一读的力作。三十多年前,杨炼在《上海文学》发表长诗《诺日朗》,曾引起一片惊叹。三十年来,杨炼依然保持着一颗诗人的初心,在国际诗坛上为华语诗歌赢得了很多荣誉。他的专栏中,有童年往事,有对故乡和亲人的思念,也有缥缈的文坛烟尘。曲折的个人经历和时代风云奇妙地混合成独特的叙述,穿插其中的诗行,使这些文字灵光闪烁,这也是乡音的魅力,值得读者期待。张辛欣的新作《罪与罚》,是一篇非常生动的美国法庭特写,她的文字,像小说,像电影,也像情节跌宕的舞台剧。读者不仅能从中窥见美国司法的种种奥秘,也能认识出现在法庭上的各色人物。张辛欣用文字描写美国的法庭,也用她的画笔在法庭上画速写,这样的图文并茂,在作家的专栏中绝无仅有。"人间走笔"中,推出小说家刘醒龙和诗人于坚的散文新作,两位都是文章大家,信笔写来,气象万千。"理论与批判"栏目中,发表南帆先生的新作《文学批评:视角与问题》,这是一篇有分量的文学理论力作,对当今世界文学批判中存在的复杂思潮、习俗和种种问题有独立的思考分析,并提出与众不同的深刻见解。这样的见解,文学批评家和创作者都可以仔细一读,相信能从中得到启发和领悟。"心香之瓣"栏目中发表欧阳燕星的《走出三家巷》,作家欧阳山父子之间的恩怨纠葛,折射着一个复杂的时代。这样的文字,展现的是真实的情感和历史,尽管这历史中交织着酸涩苦痛,却是不应该被遗忘的。中国的文人,不能以虚无主义的态度对待任何一段历史。

行文至此,耳畔又响起了老友贾平凹的声音,他说的陕西话,人人都能听懂,也许这是人间最平常的声音。但为什么大家会为他鼓掌?我想,这是应和了读者的期盼,期盼文学家的真诚,期盼在喧嚣的时代,听到发自灵魂的声音。

2016年12月13日深夜于四步斋

文学是人学

——《上海文学》2018年卷首

抬头,便看到那五个苍劲的大字:"文学是人学"。这是钱谷融先生为《上海文学》题写的一个条幅,十多年来一直挂在我的办公室。

2017年9月28日晚上,刚过了一百岁生日的钱谷融先生在华山医院去世。他走得安静,没有一点痛苦,就像平时一样安然睡去。我接到杨扬的电话,和他从城市的两端同时赶到医院,钱先生还在病床上躺着。我握他的手,他的手柔软,温暖,和我平时和他握手一样。但他已经永远离去。

上一个星期,我们几个学生和朋友还在饭店和他一起聚会,庆贺他的生日。钱先生满面春风,兴致勃勃,笑着约我们过几日再聚。想不到几天后就住进了医院。我去医院看望他,他一个人躺在病床上,面色红润,气色很好。他的两只手上都插着管子,但还是和我握手。才讲了几句话,他就笑着说:"我很好,放心,没事。你很忙,来看看就好了,就待两分钟吧。"

才过了一天,他突然就走了,让人意外,让人悲痛。

钱谷融这个名字,是上海文学界的荣耀,也是中国知识分子的骄傲。他漫长的一生历经沧桑,饱受苦难,却从不悲观,始终保持着乐观,保持着一颗赤子之心。他从不说违心的话,从不写不愿意写的文章。上世纪五十年代,他提出"文学是人学",用最简洁明了的语言,道出了文学的本质。他的观点,曾经遭到粗暴激烈的批判,但他从来没有放弃自己的观点。经过岁月的冲洗,他的观点如金子一般越磨越亮。钱先生的著作不算多,但他的文章含金量高,他的文章见识不凡,没有废话,都是发自肺腑的睿智之言。我曾在一次研讨会上说,钱先生的著作,是以一当十,以一当百。他的名声,不是因为著述的数量,而是因为文章的质量,是因为深刻睿智的见识。

当钱谷融先生的学生,是莫大的幸运。在华东师大,钱先生是很受学生爱戴的教授,大家尊敬他,不仅是因为他的学问,也是因为他的品格,是因为他那种虚怀若谷的态度。我是"文革"后恢复高考后的第一届大学生，华东师大中文系对我有吸引力，就是因为那里有一批德高望重的教授：许杰、施蛰存、徐中玉、钱谷融。能在课堂里听他们上课，真是令人神往。我们刚进学校时，钱先生的职称还是讲师，但他的名气比很多教授还大。我们上大学三年级时，钱先生才直接从讲师晋升教授。但是那时我们都不在乎站在讲台上的是讲师还是教授，而是在乎他们讲什么，在乎他们的水平。钱谷融先生上的是现代文学选修课，他的课，大家爱听，教室里总是座无虚席，还有同学从别的教室搬了椅子挤进来坐在后面。钱先生谈现代文学总是深入浅出，讲得很生动。他对话剧《雷雨》的分析，对鲁迅先生的《野草》的解读，让人耳目一新。在课堂上，他有时会突然停止讲课，有点不好意思地摇头微笑着说："这些话，我已经讲过好几遍，重复自己的话，很没有意思。"听课的同学们以热烈的掌声来回报他。我们这一批学生中，不少人热爱写作，钱先生很支持我们。孙颙在大学二年级时写了长篇小说《冬》，要去人民文学出版社改稿，钱先生知道了，很高兴，为他说情让他请假去北京。我在报刊上发表了新作，钱先生也曾赞许地对我说，不要放弃，好好写。1980年初，《文汇报》发表了我的一首诗《春天啊，请在中国落户》，表达了我当时的心情，那是历尽冬寒迎来春天后的喜悦，也是对未来的憧憬。诗歌发表的几天后，钱先生在文史楼前遇到我，笑着对我说，在报上读你写春天的诗，很有意思。我自知浅陋，是老师在鼓励我。大学毕业后，我和钱先生还时有交往，每次见面，他总是微笑着问："丽宏，你最近在写什么啊？"他的亲切态度，一如当年在学校里对我的鼓励，使我感到温暖。

2003年，《上海文学》五十周年社庆，我请钱先生为杂志社题字，他笑着说："我的字写得很差，写得多更要露马脚。"我说："您就写'文学是人学'这几个字吧。"钱先生用毛笔写了"文学是人学"五个大字，字体端庄有力，这幅字，一直挂在我的办公室，这是老师的嘱咐，也是前辈的提醒。

钱先生为人宽容，生性豁达散淡，对世间的一切都看得透彻。他是一个热爱生活的人，爱读书，善下棋，喜美食，也喜欢和年轻人聊天。在长风公园，他每天拄着拐杖散步。我们经常一起聚会，在佘山脚下喝茶，在农家小院晒太阳，在湖畔下棋……一个活到一百岁的老先生，给世界留下的是他的智慧，是他年轻而有活力的精神。而更为可贵的，是他对真理的坚守。钱先生的文学理想和生活态度，也正是文学刊物应有的追求。

过去的一年,对《上海文学》也许是寻常的一年,回溯一下,也有不少可以圈点的亮色。去年刊发的短篇和中篇小说,有名家力作,也有新人佳作。蒋子龙、马原、何立伟、刘庆邦、裘山山、林那北、须一瓜、王祥夫、荆歌等名家的小说,都引起读者的关注和好评。蒋子龙是《上海文学》的老朋友,夏日在安徽相遇,我向他约稿,他爽快答应。蒋子龙的《乔厂长上任》,当年曾风靡一个时代,是中国当代文学中的重要坐标之一。最近这些年,未见子龙先生发表新的短篇小说,我在约稿时,心里并无得到他小说新作的奢望。想不到子龙先生很快发来了他的短篇小说新作《暗夜》,真让我有意外的惊喜,也为老朋友的一诺千金而感动。读《暗夜》,感觉惊心动魄,远在万里之外的一次沉船事故,牵动着无数人的神经。有读者评论,读这篇小说,仿佛看到了雨果长篇小说《九三年》中的那条沉船。可以不沉的巨轮,慢慢沉没在夜海之中,沉船引起的漩涡,反照出世态的诡异和人心的曲折。蒋子龙宝刀不老,让人击节叹赏。

　　本刊的专栏,继续受到读者的欢迎。去年,杨炼的专栏"诺日朗",吸引了很多读者的眼光。诗人对往事的回忆,率性而真诚,也有对我们共同经历的这个时代的反思。张辛欣的专栏也是独具个性的,她的文字,不断地为读者提供一个生活在海外的中国作家的观察和思考。去年夏天,我去北京参加国际书展,有机会和一批外国汉学家交流。莫言和数十位来自世界各地的汉学家的一场对话,是这次国际书展最引人瞩目的活动,一个中国作家,被这么多外国汉学家围绕,这也许是中国文学史上的第一次。我旁听了这场交流,汉学家们对莫言的钦敬,莫言应答时的睿智大气,给人留下深刻的印象。本刊以《故事沟通世界》为题,刊发了莫言和汉学家交流的全场对话实录。这样的对话,让人深刻地体会到,中国文学走向世界,已不是一句空话。

　　去年,本刊也发表了很多年轻新人的作品,《上海文学》的微信公众号上定期推出新人新作,年末出了增刊专号。在手机上阅读本刊的新人新作,阅读短小的经典名作,已聚集起为数可观的年轻读者,这也是新时代令人欣喜的文学风景。

　　读者手中的《上海文学》2018年1月号,比去年稍有变化。刊物的开本,比以前小了一些,这是很多读者的建议。但文字的容量,和以前一样。元月号有不少值得推荐的佳作:宗璞先生的短篇《你是谁?》,以极短的篇幅,表达了博大的悲悯和怜爱;陈村的短篇《第一个苹果》,有出人意料的遐思。本期的短篇小说,篇幅精短,是我们的一种提倡。何立伟的中篇新作，也很可一读。专栏有了新的内容，陈丹晨的"钱寓琐闻"，回忆钱钟书先生生前往事，殷健灵的"访问童年"，展现不同时代人物的童年记忆，都是值得期待的文字。吉狄马加的诗歌新作，刘再复对《红楼梦》的思考，章念驰和周晓枫的散文，展现的是完全不同的心灵风景。

新的刊物就在你手上，请读者检阅，无须我赘言。

钱谷融先生去世后，钱先生的很多学生写文章怀念他。格非的文章题目是《逆来顺受，随遇而安》，读者看到这样的题目，都会想看一看，文章里究竟写了什么。我读了格非的文章，很感动，也引发深思。"逆来顺受，随遇而安"这八个字，是格非离开上海前向老师辞行时，钱先生送给他的。这是钱先生的风格，平淡的话，甚至是听起来带贬义的词语，在他的表达中，却有了深邃新颖的意思。此时此刻，我想着钱先生送给格非的这八个字，我觉得这也是送给我，送给《上海文学》的，我可以这样理解这八个字：逆来顺受，并非委屈逃避，不管是顺境还是逆境，都要坚持着往前走。尤其是在逆流中，也不能倒退，不能改变方向，而是要"顺受"，迎面而对。随遇而安，并非随波逐流，而是不管潮流和风向如何转换变化，都要以一颗恒常之心，保持着安静和操守，坚守理想和追求。用一句时髦的话来说，就是保持初心。做人，写作，办刊，都应该如此吧。钱先生曾经对我谈及他对巴金的看法，他说，巴老的最可贵之处，在于他的真。巴老创办的《上海文学》，必须坚持这样的真。此刻，看着钱先生为《上海文学》题写的"文学是人学"，感觉先生的气息是如此浓郁地弥漫在周围。他留下的精神财富，也是激励《上海文学》走向未来的一种动力。

2017年12月13日于四步斋

海风和地气

——《上海文学》2019年卷首

在地球的任何一处岸边看海,眼里的景象都是差不多的,海总是那么蓝,蓝得深沉、发黑,和大海交界的天空则显得浅淡。水天一色的时候其实并不多。海面翻卷的浪花,如积雪溃散,永无休止。鸥鸟在海天间鸣叫,风中掠过的身影连接着海水和陆地。

两个月前,我和莫言一起,站在阿尔及利亚的海岸上,遥望着深蓝色的地中海。海上的景象不陌生,脚下的土地却是不熟悉的。我们寻访的地点,是一座名为提帕萨的古罗马城池,虽然只是一片废墟遗址,但可以从残壁断垣和兀立的廊柱间想见当年的繁华。

莫言站在海岸金黄色的岩石上,默默地看着蓝色的海,看着海潮在崖壁上飞溅起满天雪浪,想着自己的心事。我用手机拍下了莫言在海边沉思的镜头,却不知他在想什么。

阿尔及利亚总统给莫言颁发了一个荣誉奖,颁奖会嘉宾云集,场面很隆重。莫言在颁奖仪式上的讲话很有意思,他说,阿尔及利亚盛产椰枣,这里的椰枣有一千多个品种。小时候,在他的故乡高密,他也吃到过椰枣,他喜欢椰枣的甜蜜,并萌生一个念头,想自己种椰枣。他把椰枣核埋在家园的泥土里,期望椰枣核发芽长叶开花结果。然而高密的水土无法哺养阿尔及利亚的椰枣,椰枣在高密种不活。不同的水土,培育出不同的植物花树,这是自然规律。他由此谈到文学,谈到阿尔及利亚和中国不同的历史文化和文学传统,话题的转换风趣而自然。阿尔及利亚文化部部长在随后的致辞中说,莫言的讲话,是文学家的表达,也是一个伟大作家的心声。由吃椰枣种椰枣而谈及文学的渊源,莫言的睿智让人佩服。

在阿尔及尔的海岸散步时,我向莫言约稿,希望他能为2019年1月号《上海文学》写点什么。他想了想,对我说:"我回去找找看吧。"

莫言言而有信,回国后不久,我的邮箱里收到了他发来的短篇新作"一斗阁笔记"。读这些新作,让人拍案称绝。"一斗阁笔记"中有十二篇短小说,短的才两百多字,长的不过四百来字,写的是家乡高密的故事,有古代传说,有童年记忆,也有形形色色的乡间人物故事。这些小说,让人联想起《聊斋》和《阅微草堂笔记》,却又完全不同于古人,这是一个当代作家对家乡,对土地,对生命,对世俗人性的描画和思考。这些短小说为读者呈现的故事,亦真亦幻,亦古亦今,庄谐相融,悲喜交加,精短的文字中蕴涵着智慧,是含泪的笑,让人回味叹息。《上海文学》的读者可以在新年第一期刊物上读到莫言的新作,真是让人高兴。

2012年莫言去瑞典接受诺贝尔文学奖时,曾在斯德哥尔摩大学朗诵他发表在《上海文学》的短小说《小说九段》。莫言手捧《上海文学》朗诵的照片,曾在全世界流传,也使我们引以为荣。在阿尔及利亚时,我曾和莫言开玩笑,我问他:你在瑞典手持刊物朗诵,是不是表达对《上海文学》的特殊友情?他笑着告诉我,很多外国读者只读过他的长篇小说,有些人以为他不会写短篇。《上海文学》当年发表他的《小说九段》,很快就被翻译成英文和瑞典文,让一些国外的研究者因此改变了对他的看法。诺奖评委马悦然在接受记者采访时曾说:"2004年,《上海文学》刊登了莫言的短篇小说《小说九段》,我看完后立刻就翻译成瑞典文,还开始尝试自己写微型小说。从这篇文章开始,我就觉得莫言对文字的掌握能力非常好。"优秀的作家,能写长篇巨作,也能写好精微短篇。

2018年1月号《上海文学》以短小说开头。短篇小说如何写得精短耐读,以极简的篇幅叙述故事塑造人物,并给读者深远的联想和启迪,以小见大,这是短篇小说的魅力,对小说家们也是一个挑战。对"微型小说"这样的提法,我的心里一直不太赞同,短篇小说中,应该包括这类篇幅极短的作品,不必另外分为一类。所以我们以"短小说特辑"作为栏目的名字,"短小说",并非小说新类,还是短篇小说,只是强调其短。莫言的"一斗阁笔记",为读者提供了短小说的独特范例。本期的短篇小说新作中,几代作家联袂登场,给人琳琅满目的感觉。年过八旬的王蒙先生宝刀不老,不断有新的创造,本期刊登的新作《地中海幻想曲》,洋溢着生机勃勃的气息,两篇短小说中剖示的人物心境,既有世道沧桑,更有强烈的生命活力。王蒙先生是《上海文学》的老朋友,这几年不断用新作支持我们,为刊物添辉增色。他用严谨的创作态度,用独具性格的生动文字,为后辈作家树立了典范。小白发在本刊的中篇小说《封锁》，今年刚获鲁迅文学奖，本期刊发了他新作的短篇《透明》，篇幅虽短，却延续着自己的风格，扑朔迷离的情节，出乎意料的人物关系，对当代年轻人婚姻情感生活的曲折情状，是一种独到的表现和析解。班宇、艾玛和张怡微等人的短小说，也各有不同的气象，值得一读。

  姚鄂梅曾是《上海文学》的小说编辑，当了专业作家以后，很安静地躲在城市的一隅写她的小说。本期发表她的中篇新作《基因的秘密》，这是作家以缜密的心思对现实生活的洞察思考，时世喧嚣多变，人性看似扭曲，其实仍有恒定因素在，基因是科学名词，也是文学的意象。小说中众多人物如劳蛛织网，诠释着基因之谜，让读者深思。

  本刊的专栏，这些年来一直备受读者关注。张辛欣的专栏已延续多年，她从海外发来的文字，总是散发着锐利的光彩，是很多读者的期待。本期有她的《邪恶的孤独》，从很多看似琐屑的情景和数字中，让人窥见当今美国的世态人心。"心香之瓣"专栏发了谢大光的《要走的路不会平坦》。这是一位资深老编辑对故人旧事的回忆，编辑对书和作者的深情，不会被岁月的风尘掩埋。"海上回眸"刊发裘小龙的《敏姨》，也是极为感人的文字，一个长辈生前死后的种种际遇，折射的是漫长时代的曲折跌宕，是人性的诡谲幽邃。裘小龙是我四十年前的诗友，这些年以英语写作风靡海外，读他这篇用母语写的新作，我在感动的同时，也为老朋友高兴。在国外生活写作，大概永远无法使一个中国作家在精神上背离故乡。"万象有痕"是梁鸿鹰去年新开的专栏，真挚的文字，袒露的是一个文艺批评家的心迹和情思。

  新年新刊，《上海文学》的很多老朋友都发来了新作，张抗抗，肖复兴，叶兆言，程光炜，读者可以在他们的文字中感受名家的风采。我们的"新诗界"，也将继续向读者展现中国当代新诗创作繁花盛开的景象。

  前不久，我们刚刚为《上海文学》过了65岁生日。巴金先生在65年前创办这个刊物时，把追求文学理想作为办刊宗旨。30年前，在巴金的客厅里，我曾经多次聆听他追忆往事。不管世风如何变幻，讲真话，不媚俗，坚持文学应有的品格，这是巴金先生对我们的要求，也是能让这个老牌文学刊物保持生命活力的根本。我们一天也不敢怠慢松懈。

2018年12月18日于四步斋

青春啊青春

——《上海文学》2020 年卷首

去年九月初,上海东方电视台的一位年轻导演将一段视频发入我的手机。看这段视频,让我心生波澜。视频拍摄于二十五年前,地点是在上海作家协会二楼的一个阳台上。画面中,八个作家聚集在阳台上一起唱歌,我是其中一个。我们唱的那首歌的名字是《青春啊青春》,上世纪八十年代初,这支歌曾在中国的大地上广为传播,我们这代人都曾经哼唱过:"青春啊青春,美丽的时光,比那彩霞还要鲜艳,比那玫瑰更加芬芳。若问青春,在什么地方?她带着爱情,也带着幸福,更带着力量,在你的心上……"这样的歌词,现在看起来并不算美妙,但歌的旋律却深情动人。那是导演滕杰俊拍摄的音乐历史纪实片中的一个片断。那天,滕俊杰带着他的拍摄团队来作家协会,把上海作家协会的八个专业作家请到阳台上,让我们合唱这支歌。他说:你们随便唱就是。八个人:赵长天、陆星儿、宗福先、王小鹰、叶辛、竹林、毛时安,还有我。我们有的坐着,有的站着,或放声或轻声地唱起来:"青春啊青春……"

视频中,我们看起来都是那么年轻。二十五年过去,青年时代经历的一切都已经成为遥远的往事,生命如流水,去而不返。更让人伤感的是,我们这辈人中已经有人离开这个世界。当年一起的歌唱者中,陆星儿和赵长天已经先后辞世,在视频中再看他们意气风发歌唱的样子,让人唏嘘。

电视台导演把这个视频发给我,是希望在七十周年国庆时录制一个节目,还是在这个阳台上,还是当年唱歌的这些人,一起来回顾往事,谈谈文学对于这个时代的意义。当年的八个人,只剩下六个。和当年相比,额头上多了皱纹,两鬓添了白发,然而谈起青春往事,谈起我们一生钟爱的文学,大家的目光依然清亮,青春仿佛又回到了身边。年轻的电视导演议论道:和文学打交道的人,青春会延长。

这个结论,也许让人怀疑。二十五年前一起唱歌的八个人,只剩下了六个,先我们而去的两位,就没有印证这样的结论。然而谁能忘记那洋溢着青春活力的歌声呢!

1990年,我去看望冰心,和她谈文学,谈人生,也议论社会问题,展望未来的中国。和她谈话,使我忘记了她是一个九十岁的老人,因为,她的感情真挚,思想犀利,她的精神状态中没有一点陈腐和老朽。从冰心的家里回来,我曾写过这样的诗句:"只要心灵不老,只要思想年轻,青春就不会离你远去。"

  以上这些感慨,和《上海文学》似乎没有关系,但为今年的新刊写卷首时,我却想起了这些往事。岁月无情流逝,生命新老更替,人间无穷无尽的秘密都隐藏在其中,千百年来文学其实一直在描述这些秘密。让人欣慰的是,因为文学,世界是常新的,生命也可能因文字的流传而永恒。前几日,收到莫言发来的短篇小说新作,他的短篇专栏"一斗阁笔记",在本期刊物上又和读者见面。莫言去年两次在本刊发表他的笔记小说,在国内外引起关注。本期刊发的十二篇小说,每篇都值得细细玩味,无论写人记事抒情,都生动独特,让人读而难忘。他去年答应我继续为《上海文学》写"一斗阁笔记",但稿子迟迟未来,我多次询问,他只是说,在写,正努力。这半年中,他多次出国访问,还来回奔波照看卧病的父亲,我担心他没有时间写小说。在本期集稿的最后时刻,莫言还是及时发来了这十二篇短篇新作。发稿后,他又多次来信修改,对其中的一些篇章字斟句酌,让我看到一个大作家内心世界的细致、真挚和坦荡。《东瀛长歌行》,是莫言新作笔记中体例独特的一篇。几个月前,莫言曾经在微信中发我一幅书法长卷,书写的就是《东瀛长歌行》,洋洋洒洒写了一幅长达七米的行书手卷。他将此篇归入"一斗阁笔记",我有些诧异。这是一首七言古风长诗,内容非常丰富,上天入地,溯古追今,记东瀛之行,谈书法艺术,忆文学人生,抒赤子情怀。当代小说家中难得有人写这样的文字。网上已流传其中的诗句:"竖子嘲我不爱国,吾爱国时句句火!"莫言前几日在发给我定稿后,随信关照:"长歌行请细读一下。"我对照他的书法长卷,细读了他新发来的长歌行,发现不少修改和添加的地方,都是让我怦然心动的文字,譬如:"自谦自嘲不自恋,自怨自艾不自贱。君子从来不好战,狗血唾面任自干。人生难得一次狂,嬉笑怒骂皆文章。挺我僵直病脊梁,反手举瓢舀天浆。后生切莫欺我老,踏山割云挥破刀。割来千丈七彩绸,裁成万件状元袍。"如此的坦诚和气魄,道出莫言的真率性情。

  写到此处,又生出一些怀旧之想。大约是1985年夏日的某一天,在上海作家协会的花园里,遇到老朋友陈村,他劈头就问:"读过新出的《中国作家》吗?"我回答还没读过。陈村说:"去读一下,有一个叫莫言的,写了一篇好小说。"当天晚上,我读到了《透明的红萝卜》,莫言这个名字,再也无法忘记。那年莫言三十岁。大约是在1995年夏天,《江南》杂志举办散文大赛,请我和老作家柯灵先生一起当评委,去浙江南浔读稿。为持公正,评委读到的参赛文章都被隐去了作者姓名。在来稿中,我发现一篇题为《仰望星空》的文章,眼睛一亮,文章从木星和彗星相撞引发感想,作者的文字在天文、地理、历史、人文和现实人生中自由驰骋,行文中的奇思妙想令读者惊愕。我把这篇文章推荐给柯灵,柯灵读后说:"这个人文字特别,思路特别,想象不俗,是个很有才华的作家。"我们两人一致认为,这篇文章应该获大奖。评奖揭晓时才知道,此文的作者,是莫言。那年莫言四十岁。转眼过去了二十五年,莫言已在诗中自称"老夫"。然而在莫言的新作中,哪里有一丝半点的老态和暮气。本期刊发的作品,和去年第一期一样,还是以短小说打头,这是我们坚持的一种提倡。篇幅精微的短篇小说,以小见大,方寸间展现人性的幽邃和世间万千气象,写好不易。莫言的"一斗阁笔记",为短小说写作树立了典范。

本期发表王尧的评论,对莫言的这些笔记小说作了深刻精辟的解读分析,诚如王尧所言:"这些笔记小说用非常'经济'的笔墨传达出一种蓬勃自然的自由状态。""一斗阁笔记"在本刊已累计发表了三十五篇。莫言告诉我,他打算写一百篇。我已和他约定,余下的篇章,将在《上海文学》陆续刊发。请读者耐心等待。

文学的宗旨并非怀旧,而是创造和创新。这样的创造和创新,其实无关年龄,只关乎心态、性情和才华。冯骥才的访谈,陈世旭的小说,南帆的散文,都是很生动的证明。本期刊发的诗歌中,有杨炼和宋琳的新作,两位都是诗坛骁将,也都是《上海文学》的老朋友。和杨炼相识于上世纪七十年代末,四十多年来尽管难得见几次面,但一直关注他如喷泉一般不断喷发的诗情,这几年他在《上海文学》发表不少新作,广受好评。宋琳是我的校友,我在华东师大读书时,年轻的宋琳比我低两届,刚开始写诗,至今还记得他初见我时腼腆紧张的样子。老校友仍在以诗明志,真让人高兴。

又想起了好友赵长天,他在世时,常常来我的办公室,那时,他是《萌芽》杂志的主编,经常交往年轻的文学爱好者。在我的堆满书刊信件的书桌茶几间,我们曾经很多次推心置腹地交谈。有一次,我问长天:现在的年轻人,不成熟,似乎有些心急气躁。对文学的未来,你担心吗?长天这样回答:我一点也不担心,我们当年不都是这样过来的吗?他们总有一天会取代我们,成为文坛的中流砥柱。其他领域,也都一样的。

写这篇文章,想说明文学能永葆青春,但似乎通篇都是怀旧。常怀旧者,老之将至也。所以,今天我们唱《青春啊青春》,除了怀念青春,更应该相信青年,相信未来,相信青春的生命和力量会一直无穷延续。

己亥冬月于四步斋

上海，诗的聚合

——《2017年上海国际诗歌节特刊》序言

"上海，聚会开始，却没有离散的时候。"阿多尼斯在他的文章中这样说。这是他对往事的回忆，也是对未来的预言。上海国际诗歌节，也许正应合着他的预言。

秋日的上海，又一次迎来了来自世界各地的诗人。

因为诗歌，世界变得很小，天涯海角的距离，无法阻隔诗人的相聚。诗人们相聚在上海，是诗的召唤，是友谊的邀约，是飞越了千山万水的真心，为一个美妙的目标而聚集。这个目标，便是诗。

也是因为诗歌，世界变得很大，大到无穷的浩瀚和深邃。每一位诗人的诗作，都为我们展示了一个与众不同的天地，宇宙和人间的万千气象，心灵中隐藏萌动的无数秘密，被诗人们用不同的文字构筑成变幻无穷的奇妙诗句，在上海的天空飞扬。

诗歌是什么？诗歌之于世界，之于人生，之于生命，到底有什么意义？是有用，还是无用？诗人们也各自在作不同的回答。

阿多尼斯在《诗之初》中说："你最美的事，是动摇天地"，"你最美的事，是成为辩词/被光明和黑暗引以为据"，"你最美的事，是成为目标/成为分水岭/区分沉默和话语"。诗中的玄机，让人在一唱三叹中沉思不已。

斯洛文尼亚诗人阿莱士·施蒂格在他的诗中抒写了他对诗的思考："他写作，置入符号，逐渐变得热情。/一种看来完全无用的活动，他在浪费生命。/无人关心他正在做的。/孩子们四处奔跑，不曾留意他们抹掉了他的努力。/尽管如此，他确定，宇宙的命运/在他手中，取决于他的坚持。"一个诗人，就是一个不同的世界，一个不同的宇宙，这个世界和宇宙的命运，无关他人，只是"取决于他的坚持"。每个真正的诗人，都在做自己的坚持，并天下的优秀诗人都在坚持着，所以诗的天空中星光闪耀。

诗人旅行在世界上，旅行在漫长的历史中，旅途曲折幽邃，源头古老得看不到头，未来的目标也飘渺遥远得没有穷尽，因为有诗，诗人可以寻找自己的血脉。高桥睦郎

《旅行的血》中有这样的诗句:"我们的来由古老/古老得看不到源头/我们紧紧相抱/悄声地,在时光的皮肤下/接连不断地流自幽暗的河床/我们时时刻刻都在旅途中/在旅途凉爽的树荫下"。

吉狄马加的诗也许是道出了诗人心中的一种永恒:"在我们这个喧嚣的时代,/每天的日出和日落都如同从前,/只是日落的辉煌,比日出的/绚丽更令人悲伤和叹息!/遥远的星群仍在向我们示意,/大海上的帆影失而复得。"

舒婷的《致橡树》,是中国当代诗歌中流传广的名篇之一,我曾在很多城市,很多不同的场合,听很多年龄不等,身份各异的人朗诵这首诗,那些动情的场景令人难忘。这决不是诗人对一棵树的简单的感怀,诗中蕴含的情致,是对人生,对人性,对诗,对故乡,对一个时代的深思和表白。正如此诗的尾声所述:"不仅爱你伟岸的身躯,/也爱你坚持的位置,脚下的土地。"

世界各地的诗人,用不同的文字,不同的语法,不同的构思,不同的声音,不同的意象,创造出形态迥然相异的诗歌,而诗中潜藏的秘密,蕴含的情感,散发的气息,是如此丰富而神秘。世界和人心的多姿,辐射在诗的氤氲之间。

大卫·哈森在诗中揭示着人生的秘密:"秘密人生里仅名字相同/那儿对的房子在错的街上,那儿咖啡馆/挤满和他们貌似不同的人,那儿声音/含混断裂。在像素化的世界里,他们触摸着走"。

郑愁予在花开的瞬间听见了人间的惊喜,也听见宇宙的叹息:"此际我是盲者/聆听妻女描叙一朵昙花的细细开放/我乃向听觉中回索/曾录下的花瓣开启的声音/且察得星殒的声音/虹逝的声音/……我又反复听见/月升月没"。

颜艾琳用她的诗把春花烂漫的大千世界揽入读者的视野:"樱花梅花桃花李花杏花都是灿烂的春花、/天空跳得更高,撷取更清澈的蓝;/野草往地平线跑向更远,让绿色辽阔如海……"

张如凌用自己的诗探索着灵魂的守候:"崇高不在天地间繁衍/在人的灵魂中游走/一种精神追逐/孤寂中守候千帆过尽"。

张烨也有铭心刻骨的诗句:"为了你的愿望我将继续活下去/我就是你"。这是恋人间的呓语,也是诗人对诗的倾诉和期许。

田原的诗中有树,树长成了他的诗,不管是枯枝还是绿荫,都是诗的奇妙意象:"枯枝是世界的关节/在寒流中冻得咯吱作响","没有树/我只能回忆鸟鸣留下的浓绿/没有树/我只能祈祷树在远方结出果实"。树也许不在身边,不在诗人的眼帘中,然而它在诗中成长。我们在诗人文字中感受到的,是诗歌荫郁的浓荫。

姜涛是这次诗歌节受邀诗人中最年轻的一位,一个大学教授,他的诗心并没有耽留在校园中,我在他的诗行中读到了当下中国年轻人的生活。他的诗中有现代生活的种种道具:电脑,冰箱,电视,电话,汽车,火车,也有生离死别,有现实中的欲望和焦虑,有岁月流逝的感伤,有熟悉而惆怅的枕边人。

诗人都是飘零的游子,天地宇宙,历史现实,都是诗人流浪寻觅的场所,然而不管游历在何方,不管走得多么遥远,诗人的心里都藏着一个珍贵之地,诗人的感情永远也不会背叛她。这个珍贵之地,是和母亲相连的故土,是灵魂的血肉故乡。杨炼在《和我一起长大的山》中写道:"天边重叠就像折叠进这里/嶙峋的内涵 每一步都埋在山中/和我一起长大的是这道碧涛/从未停止拍打海上的眺望/我无须还乡 因为我从未离开/小小的命注定第一场雪下到了最后/不多不少裸出这个海拔 火石一敲/心里的洁白——再造我的亲人"。读这样的诗句,让人流泪。千百年前,人们读李白的"床前明月光",读杜甫的"感时花溅泪,恨别鸟惊心"时,应该也会是这样的感动。无须还乡,决非对故乡的背离,而是因为"从未离开"。杨炼的诗中,有这样一句:"诗的名字里噙满远眺",可以忽略这句子的前引后缀,仅仅这一句,就可以引出无尽的联想。

二十多年前,我曾参加一场关于网络的讨论,有一个大学教授在会上断言:网络将使文学发生革命,传统的写作思维和手段,都会被抛弃,会被虚拟的世界取而代之。诗歌也是如此。就像机器人战胜了围棋高手,将来可以用电脑代替人脑生出诗句,传统的诗人将会失业。我认为这是危言耸听。二十年过去,这样的革命并没有发生,人们对文学的评判和期待,其实无关网络,而是取决于文字的魅力,取决于蕴藏在文中的真情和智慧。这期诗歌特刊中,加拿大诗人凯喆安展示了他用电脑生成的文字,这是很前卫的实验,是否能引起共识,读者可自辨。但在逻辑无序的排列中,也有耐人寻味的文字:"日常生活所呈现出来的特质:他们一会儿欣赏自己充满权威,一会儿又优柔寡断,依赖别人……"

来自荷兰的巴斯先生在他的文章中罗列了诗歌的种种无用和无奈:诗歌不能果腹,不能挡雨水,不能让人大发横财,不能改变世界……然而文章的结尾处却忽发奇想,令人会心一笑,也心生共鸣:"诗歌的意境远高于每个单一的词汇表达。就像汇集于这本诗集中的诗歌一样,它不仅仅是一场无声的演讲,更是所有无法安睡的词藻的呐喊。它凝聚了所有词汇的力量,生产出真正具有原创性的思想,优雅而狡黠,生机勃勃地穿越在梦想的灌木丛中。所到之处,那里便是一场色彩的盛宴,尖叫声中跌落一条彩虹;如此美丽无助,值得好生护在两颊之间。它潜力无限,既能模仿迁徙的鸟儿的叫声,又能凝聚起树叶上的阳光,还能和天上的云建立起关系。冰雪消融处,万物复苏,让我们突然想起那已经被遗忘了的真理。"

曾经有人说,上海不是一座产生诗歌的城市,上海是小说,是散文,是舞台戏剧,上海和诗格格不入。这样的谬论,早已被诗人们的实践否定。新诗在中国一百年的历史,也是上海产生新诗一百年的历史。一百年来,无数诗人在这里生活、观察、体验,在这里寻找到诗意,并把它们凝固成文字,成为中国新诗发展的缩影。上海国际诗歌节,正是在继续证明着诗歌和这座城市水乳交融的渊源。

上海是一个古老的城市,也是一个年轻的城市,她的历史可以上溯到数千年前,但她被世界关注,也就是近代的事情。上海是中国和世界交汇交融的一个自由的港口,一个舞台,一个让人产生无穷联想的现代都市。上海的大街小巷,犹如图书馆藏书库中幽长曲折的走道,路边的建筑,恰似典籍琳琅的书柜,书柜里那些闭锁的书本,正在被诗人们一本一本打开,用自己的诗歌大声阅读,世界听见了从黄浦江畔飞扬起的美妙诗情。

结束这篇短文时,想起阿多尼斯在上海发出的感叹:"薄暮时分,黄浦江畔,水泥变成了一条丝带,连接着沥青与云彩,连接着东方的肚脐与西方的双唇。"

2017年秋日于上海

灯塔和盐

——《2018年上海国际诗歌节特刊》序言

今年七月,在遥远的智利,在诗人聂鲁达的黑岛故居,在太平洋汹涌不息的涛声中,我出席了聂鲁达基金会为我举办的一场朗诵会,这是中国诗人第一次在这里吟诵诗篇,是一次无法忘记的奇妙经历。我曾经在聂鲁达的回忆录中读到他对黑岛的描述,那里留下了他生命中很多重要的印记。聂鲁达对生命的热爱,对海洋的倾诉,对世界的思索,诗人的情感和才华,凝固在滨海故居的每一寸空间。五光十色的贝壳、雕塑、绘画、酒瓶,来自地球各个角落的艺术品,在墙角、床头、楼梯、窗台和壁柜间交相辉映,还有那些定格在黑白照片中的微笑和沉思,是聂鲁达诗篇的无数注脚……在面向大海的一间小餐厅中,我发现屋顶的木梁上,刻满了大大小小的字母,这是聂鲁达在世界各地的诗人朋友的名字,他在黑岛经常想念远在天涯海角的诗友,思念迫切时,便用刀在房梁上镌刻下一个个刻骨铭心的名字……

三十多年前,我第一次访问美洲,在墨西哥,遇到一位满头银发的优雅女士,她的名字叫卡门,曾经担任过聂鲁达的秘书,黑岛是她经常去的地方。追忆往事时,卡门那种深情幽远的眼神,我至今仍清晰地记得。她说:在海边,可以看到聂鲁达书房里的灯光,他的灯每天晚上都彻夜亮着。我只能远远地看着那灯光,心向往之,却不敢走近……我和卡门分别时,她送我一本她珍藏的诗集,那是聂鲁达年轻时的成名作《二十首情诗和一支绝望的歌》。

站在聂鲁达黑岛故居的客厅里,我想起了远在地球另一边的中国,想起了我的故乡上海,想起了上海作家协会的那个面对花园的客厅。大半个世纪前,聂鲁达曾经走进这个客厅,花园里回漾着他的笑声,他的诗篇,被疾风般的西班牙语托举着,穿梭在水晶吊灯的光影里,环绕在那座意大利雕塑的周围,那座雕塑,是神话中的爱神……

最近几年,上海作家协会的客厅里,每年都会回响起用各种语言朗诵诗歌的声音。聂鲁达造访过的这个大厅,正在成为引人瞩目的诗歌殿堂。上海国际诗歌节,已经办到了第三届,从国内外来了很多诗人。诗歌节期间,黄浦江畔又会响起诗人的声音,诗歌会成为这个城市中撩动人心的风景,会成为很多人的话题。对热爱诗歌、热爱文学的人们来说,这是一个值得期待的节日。去年在黄浦江上举办的"诗歌之夜",人们还记忆犹新,叙利亚诗人阿多尼斯在浦江的涛声中接过金玉兰奖杯,成为第一个获颁金玉兰上海国际诗歌奖的诗人。阿多尼斯那天晚上的获奖感言,至今仍萦回在我的耳畔:"金玉兰诗歌奖对我而言是一座新的桥梁,这座桥让我跟上海、跟中国的思想家、文学家、诗人、小说家、科学家建立了一种更密切的关系,这座桥梁让我有更多机会了解伟大的中国人民。"

如果把上海国际诗歌节和诗人们的联系比作桥梁,那么,《上海文学》为国际诗歌节出版的特刊,犹如一座桥头堡,每年的诗歌节,就从这座桥头堡出发。欣赏在这个桥头堡聚集的诗人们的佳作,对我是一种莫大的享受。今年的国际诗歌节,又将有很多诗人从世界各地、从全国各地来到上海。与会者人未抵达,诗先登场。读他们的诗,让人惊叹人类文字的奇妙,也惊叹人心的曲折精微和浩瀚,诗人用独特文字展现的世界,和小说家虚构的世界,有着完全不同的风貌情状和质感,诗歌为读者展示了观察世界、洞察人性的丰富多彩的视角。一个诗人的作品,就是一片完全不同的天地,复杂多变的世界在诗人的灵性文字中繁衍成绚烂缤纷的花园。诗人的异想天开,有可能是连接远古和未来,融合虚幻和现实的钥匙。今年金玉兰上海国际诗歌奖得主,是来自丹麦的亨里克·诺德布兰德,他那些看似静谧的文字中,蕴藏着惊天波澜,他的每一首诗都揭示着生命和自然的秘密。他在旅行途中发现的诗意,让人回味无尽:"光在立于虚空的圆柱上闪烁。/它将万物变作盐,只需轻轻一触。/我要一个影子,你却给我正午的阳光/我要一张床,你却给我一条路/一条越往高处走越硌脚的路。"

亨里克的诗中写到了光和盐,这使我又想起了聂鲁达的黑岛,想起那日夜不息的大海涛声。亨里克的诗意,和我在黑岛写的一首诗不谋而合,这首诗题为《灯塔和盐》,文字中的光和盐,正是对诗歌的隐喻。在聂鲁达故居举行的诗歌朗诵会上,我朗诵了这首献给聂鲁达的诗。且抄录如下,作为这篇短文的结尾:

你的声音曾经如大海的涛声
汹涌回荡在辽阔的世界
海潮翻卷着浪花远去

寂静海滩上留下晶莹的盐
你把盐留在大地
也凝结在人心
那些宝石一样的结晶
汇聚你博大的智慧
隐藏着生命的秘密
还有那风云变幻的时代气息
求索真理
沉迷爱情
向往和平
那是大海永恒的滋味

我曾经无数次遥望你的黑岛
想象在海浪中屹立不倒的礁石
黑岛并非黑色
她汇聚了世上所有的色彩
汇聚成人类情感的原色
真诚,正直,自由,浪漫
你站过的地方,你依然站着
你沉思过的地方,你依然在沉思
你歌唱过的地方,你的歌还在回响
你是岛上的灯塔
映照着岁月大海
流逝的时光无法湮没你的亮光
我看到你澄澈的光芒正在辐射
照亮人心中每一个幽暗的角落

2018 年中秋于四步斋

天香和诗心

——《2019年上海国际诗歌节特刊》序言

秋风中，处处飘漾着桂花的清香。走在树林里，看不见桂花的影子，它们隐藏在绿叶丛中，却将那沁人心肺的花香倾吐得满世界都是。桂花容貌不张扬，小小的花骨朵，只是紧贴着枝叶的点点金黄，要走近了才能看清，而它们的香气却远比那些大红大紫的花卉迷人。

在为2019年上海国际诗歌节特刊写这篇开场白时，上海作家协会的花园里，桂花树正在盛开，我周围的空气中飞扬着桂花的香味，所以很自然地想起了桂花。如果要用一种花卉来比喻诗歌，我以为桂花正是合适的意象。桂花是中国特有的花，它散发的香味，是花的歌声，是天籁的气息，大自然用奇特的方式，把蕴蓄了一年四季的情感释放在天地之间，你看不见它，摸不到它，它却包围你，陶醉你，弥漫你的身心。这是天地间的秘密，是意涵幽深的花的语言，是地气和日光在风中奇妙的融合。古人在诗中称桂花的香味为天香："桂子月中落，天香云外飘。"李清照曾经这样吟咏桂花："暗淡轻黄体性柔，情疏迹远只香留。何须浅碧深红色，自是花中第一流。"中国词汇中的桂冠，和桂花的形象和气息有关，真正的诗人，有生命的诗歌，可以拥有这样的桂冠。

去年秋天，我在南京和阿多尼斯相聚，在先锋书店参加他的新书首发式。阿多尼斯告诉我，中国的桂花是一种神奇的植物，他喜欢桂花。离开南京，他要上黄山，他准备写一首关于中国的长诗，这首长诗的题目是《桂花》。分手后的这一年中，我一直期待着读到阿多尼斯的《桂花》，我好奇，他会用怎样的方式，写中国的桂花，而桂花，又怎么成了中国的象征。前几个月，阿拉伯语翻译家薛庆国告诉我，阿多尼斯的长诗《桂花》已经完成，他正在把这首诗翻译成中文。今年秋天，阿多尼斯将应邀出席上海国际诗歌节，并且带来了他献给中国读者的长诗《桂花》。非常荣幸，《上海文学》可以在上海国际诗歌节特刊上首发阿多尼斯这首长诗的部分篇章。在这首长诗里，阿多尼斯变成了一棵桂花树，扎根黄山，飞越时空，和中国古老的先哲对话，和中国的山水自然交流,桂花的清香,如灵魂渗透在他的诗心中。诗人的思绪如天马行空,如花气四溢,把天地宇宙和世故人情,把人类对前世未来的想象,把不同文化之间的交融和碰撞,表达得气象万千。阿多尼斯用他的新作,生动诠释了今年上海国际诗歌节的主题:诗歌是沟通人类心灵的桥梁。

在《桂花》中,可以读到很多让人怦然心动的诗句:

"在这个独具特色的地方,/以我的名字种下一棵桂花树。/于是,我开始在我体内,/发现一座从未发现的大陆。"

"我想象我是一棵桂花树,/我感觉仿佛握住了时间的火苗。"

阿多尼斯说:"有朝一日树木会成为墨汁,花儿会成为词语。"他用自己的长诗《桂花》,让这样的预言变成了现实。这首用阿拉伯语创作的长诗,会飞越语言的障碍,打动中国读者的心,成为诗坛的佳话。

这一期诗歌节特刊,发表了19位诗人的组诗,这些风格迥异的诗篇,是从不同的心灵中开出的奇花异卉,它们带来了世界各地的美景,也向读者展现了诗歌可能创造的奇迹,从一个心灵世界,到另一个心灵世界,相隔千里万里,却可以在转瞬之间便相互抵达。

翟永明在她的《变成孩子》中这样发问:"世界上有五千种语言,一个人占有几种?"喧嚣的俗世浊流泛滥,计算机语言吞噬大脑,欲望横流,病毒感染,在日益复杂混沌的天地间,诗人这样回答世界:

"变成孩子,就是把五千变为一/就是用孩子的心去询问世界/像手一样说话/像光一样阅读就/像影子一样灵通自然/我的视点低到草丛中去接近天空/变成孩子　就是变成一种语言"……

变成孩子,这是诗歌对人心的呼唤。时光不会倒流,生命也无法逆生长,但飞扬的诗心可以使一切成为可能。诗歌是沟通心灵的桥梁,诗歌,也是爱诗者共同的母语。诗歌如桂花的清芬沁人心脾,如天香清洁着世界,变混沌为清澈,变复杂为单纯,变虚伪为真诚,变世故为天真,变人心叵测为心心相印……

2019年桂蕊飘香时节于四步斋

天涯同心：发自上海的邀约

——《"天涯同心"国际抗疫诗歌特辑》引言

亲爱的朋友：

新冠病毒疫情在全球蔓延，给人类带来极大的伤害和挑战。病毒，是人类共同的敌人。病毒无形，无国界，我们看不见它，它狡猾，阴险，隐匿在空气中，所有生命都是它侵袭的对象。人类正在奋力抵抗病疫，保护生命，保卫自己的家园。此刻，我们需要团结，需要智慧和勇气，需要用发自心灵的声音，激励所有面临病毒威胁的人们。我们坚信，只要天涯同心，联合抗疫，人类一定能克服困难，战胜病毒，迎来生命的春天。

值此非常时期，我在上海向您遥致问候，祝您和您的家人、亲友健康平安。为了传达诗人在这非常时期的际遇和思考，上海国际诗歌节组委会将在相关的媒体和宣传平台上推出国际诗歌专辑，让读者通过诗歌感受人类此刻的心声。写此信，在问候的同时，真诚地发出邀请，希望您在近日能发来和抗疫有关的新作，题材和篇幅长短不论，我们会以最快速度请专家翻译成中文，让中国的读者听到您的声音。面对疫情，诗歌也许是无力的，无法治疗疫病，也无法挽救生命。但是，我们发自灵魂的祈愿，我们真挚沉静的思考，我们对现实的谛察、对未来的期望，会在人们的心灵中引发回声，会激发起生命面对危难时的勇气和力量。相信我们对此会有共同的认识。正如贝多芬的《欢乐颂》中所唱："我们心中充满热情，来到你的圣殿里，你的力量能消除一切分歧。在你的光辉照耀下，人们团结成兄弟！"

期待您的回音。衷心感谢！

赵丽宏
2020 年 3 月 20 日于上海

欣慰的开场白

——《上海文学》社区中英文增刊前言

很高兴为这期增刊写几句开场白。

为什么高兴？因为这期增刊，对《上海文学》这本有六十多年历史的文学名刊，创造了几个"第一次"。

第一个"第一次"：这是《上海文学》第一次为一座城市中的一个社区的文学爱好者的习作出一期特刊。这期特刊的作者，是莘庄工业园区的员工，他们中间有企业管理者、科学技术专家、工程师、教师，也有普通的工人。他们在这片土地上工作、生活，也在这里感悟人生，憧憬明天。他们的文字，不是无病呻吟，而是对生命的讴歌，对人生的思索，是多彩多姿的生活在他们心头溅起晶莹的浪花，化成了这些真情的文字。

第二个"第一次"：这是《上海文学》第一次出版一期中英文双语的特刊。用中文和英文两种文字出版刊物，并非赶时髦求新奇，而是现实的需要，也反映了时代的特征。随着中国改革开放的深入，上海这座城市正在向国际化的道路迈进。越来越多的外国人来到这座城市工作生活，莘庄工业园区的外企和中外合资企业中，就有很多外国朋友，他们也用自己的文字参与了这次征文。用中英文双语出版这期特刊，对中外读者的交流，是必要的。这样的出版形态，也为我们刊物未来的方向提供了一种可能。

第三个"第一次"：这期特刊的作者，全部都是业余作者。《上海文学》在中国被公认为是一流的纯文学期刊，能在这里登堂入室，发表作品，不是容易的事情。很多人抱怨我们的门槛太高，这样的门槛，是一个优质文学期刊必须有的。出这期特刊，我并不认为这是降低了我们的门槛。莘庄工业园区朋友们的写作，是源于对文学的向往，更是因为对生活和人生的热爱。能用文字来表达这种向往和热爱，是一件值得称许的事。推出这样的特刊，是我们社会打开文学的大门，欢迎更多真心热爱文学和写作的人们能走进来，亲近文字，亲近文学，欣赏文学花园中的美妙风光。

写这个开场白的时候，我想起了《上海文学》的创办者巴金先生，把心交给读者，让文学走向读者，走向民众，一直是他的追求。三十多年前，巴金先生曾在赠我的一本书中为我题辞："写自己最熟悉的，写自己感受最深的。"这位文学大师，用最朴素的文字，道出了文学创作的真谛。我想借此机会，把巴金先生赠我的题辞送给莘庄工业园区所有的文学爱好者，让我们共勉。

2015 年初夏于四步斋

三　为他人书作序

生命的留言

——序德拉根·德拉格耶洛维奇中译诗集《爱之笺》

德拉根·德拉格耶洛维奇是享誉世界的塞尔维亚诗人。在和平年代和战乱时期,他的诗,都曾以优美、真挚和奇丽大胆的幻想,引起无数读者的共鸣。世界的动荡,人世的跌宕,并没有消磨诗人的激情和灵感,反而激发了他创造诗歌的欲望。四十多年来,他用自己与众不同的声音,用凝练有力的文字,用幽邃多变的意象,用充沛丰满的感情,构筑着他的诗歌王国。他在诗中追寻真理,呼唤和平,也在诗中沉醉于天籁,缠绵于爱情。他的诗,以静穆却余韵悠长的风格,在众声喧哗的当代世界诗坛赢得自己的一席之地。他的作品已被翻译成很多种文字流传在世界,中国也曾翻译出版过好几种他的诗集。

德拉根·德拉格耶洛维奇的诗集《爱之笺》,是对爱情的礼赞,也是对人性的探寻。这部出版于1992年的诗集,二十多年来在很多国家被传诵。如今,这部诗集有了中文的译本。读这本诗集,我的心灵不时被诗人深挚的情感震撼,也被诗中那些因爱而产生的美妙境界吸引。

在《爱之笺》中,天地间所有一切,都可以成为爱情的象征。诗人把爱比作火,不管在什么时候,只要心存着爱,诗人的周围就会有火,或者是飞扬的烈焰,或者是飘忽的火苗,甚至是微燃的余烬。这些火,有真实的燃烧的火,也有幻想的火,它们燃烧在阳光下,让天地灿烂,燃烧在黑暗中,让世界光明,燃烧在冰雪中,让人间温暖。当现实中的火焰熄灭,只要爱还在心中,那"炭火的余温,将随时燃起,曾经的烈焰"。关于爱情之火的诗篇中,有一首诗题为《让文字点燃火焰》,这是诗人为自己的爱情诗所作的注解,诗歌的语言是如此奇妙,在洋溢着爱意的文字中,"将我们的声音铸成永恒,将我们相互寻觅的目光铸成小径",这样的小径,可以一直走到心灵深处。

诗集中的很多诗篇,将爱的深挚表达得铭心刻骨,让读者难以忘记。如《刻下你的名字》中,恋人的名字,刻在身上,刻在眼里,刻在心头,所有关于爱的秘密、欢乐和风雨,都已和灵魂融和,"它将随着我的心跳,获得重生,直到永远"。诗人很多奇幻大胆的想象,让爱情插上了飞翔的翅膀。他在诗中如此幻想:"我想将那落日的天空扯下,为你缝制一件衬衣。再细细绣上挂满梦想的日历……"

有很多秘密,蕴藏在他的诗歌中。诗中那些迷离的时刻,那些神秘的意象,让人感觉生命和情感的深沉和飘忽。如《静静地,那声音渐渐逝去》中,诗人在日落后,感觉心中所思念的名字,在空中被拆散成无数个辅音和元音,"联成一首挽歌",那名字,"将在沉寂中回想,并跨越夜的鸿沟,黑暗中受苦受难的生灵开始说话,萤火虫在暮色中穿梭,忙碌地修复着夏天"。诗人呼唤着心中的名字,在寂寥中自言自语,他在诗中发出这样的诘问:"你是否还记得,我声音的颜色?"那是非常稀奇的一问,声音的颜色,大概只有相爱的人才能辨别吧。

爱情,是一种极为单纯却又无比复杂的感情。欢悦也许很短暂,有时只是一个瞬间,而惆怅、迷惘,苦痛和哀伤,可能伴随整个人生。德拉根在他的诗中这样地咏叹:"我是那沉默中哭泣的声音,苦涩是清晨的甘露,从今往后,你将以泪洗面","用苦涩吟咏的歌声,将会比伤痛和嗓音,更长久","那声音伴着我们一路走来,却始终触碰不到,好比天空永远摘不到的星星","清晨的露珠,如莫名的眼泪,簌簌落下","所有的星星都因这世上的黑暗和冷漠,失去了光彩"。有时,爱只存活在梦中,但是,"我们的梦,像孤儿一样无处安身",在梦中和爱人相聚,瞬间也可成为永恒。梦和现实,有时会混为一体,让人无法辨识。诗人用他独特的方式问道:"梦会记得我们么?""在我们的梦里,我们都成了道具么?"抖落了那些梦的残片,诗人在阳光下醒来,大声告诫世人:"让我们相信,爱是令生活溢香的唯一妙方","唯有爱,才能够坚守,才能够化解仇恨"。

诗集中有一首诗题为《你还记得那个留言么?》,诗中却没有明说那句留言是什么,但无数故事,无数诗情画意蕴藏在其中。当鬓发斑白时,还会记得年轻时那句爱的留言,遐想联翩,"挣脱岁岁年年的拥抱,光着脚丫迈过门槛来不及地奔向你"。

如果有一颗诗人之心观照自己的人生,珍藏曾拥有的爱情,我们每个人都可能挣脱岁月的拥抱,光着脚丫奔回到青年时代,回味生命的留言。德拉根关于爱的预言,正在人间传播。相信他的诗会在中国读者的心里引起悠长的共鸣。

2013年4月8日于上海

可贵的是真性情

——序徐亚斌散文集《父亲和烟的记忆》

徐亚斌先生从少年时代便热爱文学,读书和写作是他毕生的爱好。写了几十年,终于可以出版一本自己的散文选,这对于他,当然是一件重要的事情。这本散文选,是他对岁月的回溯,对人生的感悟,也是生活和理想对作者的回报。

徐亚斌先生的散文,文字朴素,感情真挚,虽然大多篇幅短小,但能引起读者的思索和共鸣。他写故乡崇明岛的篇章,写父母亲情的文字,尤其动人。作者的情感沉浸在文字中,通过一些特殊的细节和感受,表达出他对故乡和亲人的深厚情感。譬如《芦苇情思》《故乡的牛》《父亲和烟的记忆》《怀念母亲》等篇章,都是让人读了难以忘怀的作品。故乡的芦苇,在他的心目中犹如慈祥的母亲,芦苇陪伴他的童年,给他抚慰和快乐,也给他憧憬和启迪。我也是崇明人,读这些文字,自然会有更多的感动和共鸣。《父亲和烟的记忆》,写的是少年时代的一件小事,是一个儿子的忏悔,却表达了深挚的父子之情。这本选集中的文字,除了写故乡和亲情,还有不少其他题材的作品,其中有他的云游萍踪,有他对各种社会现象的描述和评论,大多也是短文,作者善于以小见大,管中窥豹。让人感觉可贵的,是文中的诚实态度。

散文应该是表现作者真性情的文字,虚情假意是散文的天敌。读徐亚斌的散文,我窥见了他的人生履痕,也了解了他的性格品行。我在他的文字中感受到真诚和纯朴。徐亚斌比我小几岁,"文革"中,我到崇明岛"插队落户"时,他还是岛上农家的一个中学生。我和他曾有过一面之缘,那是1976年崇明岛上的一次文学活动。我和他并没有交谈,之后也没有交往,我的记忆中没有他的影子。但这次见面,却一直留在他的记忆中。以至于三十多年过去,在他编选出版自己的散文集时,他想方设法找到了我,并执意要请我为他作序。我想,这也是一种缘分吧。

读徐亚斌的书稿时,我很自然地想起自己出第一本散文集时的情景。我出版第一本散文集,是在三十年前。第一次出书,心情有点激动。那时,出书是一件大事情。我在这本散文集的后记中曾这样写:"出色的散文,除了优美、凝练、富有个性的语言,最要紧的有两点:一是必须从生活出发,必须真实,靠编故事,靠凭空想象绝不可能写出好散文;二是必须抒发真情,虚情假意,是为人的大忌,也是为文的大忌,只有真诚的歌唱,才可能打动人,'繁采寡情,味之必厌'。也许,这两者是相辅相成,互相联系着的。"当年的看法,现在依然没有改变。我将年轻时代对散文的看法抄录在此,和亚斌先生共勉,也是对他未来写作的一种期许。

2013 年 7 月 18 日于四步斋

真实的青春回声

——序姜梁散文集《有一个美丽的地方》

读罢姜梁的《有一个美丽的地方》，心情很不平静。这是一个老知青对青春岁月的回忆，也是一个知识分子对历史的思索。遥远的往事，并没有随岁月的流逝而消散，他把所有的经历都珍藏在记忆中，写成了这本很特别的书。书中的叙述，发自心腑，情真意挚，虽淡淡道来，却连缀成珠，让人感动。姜梁回忆在西双版纳的知青生活，并非纯为怀旧，他追溯往事，不是简单的回忆，而是对那个不寻常年代的反思。书中没有故作深沉的议论，也没有惊人之语，写作者的智慧和思索，蕴涵在朴素沉静的文字中。读这本书，不仅能回味我们这一代人斑斓苦涩的青春滋味，也能窥见一个老知青面对历史的诚实和真挚。

《有一个美丽的地方》，是一首老歌的名字，在中国传唱了很多年，中国人因为这首歌而知道了西双版纳。姜梁用这首歌的名字作书名，却不是重复那优美抒情的歌声。书中开首告别上海的一幕，就揪人心肠："汽笛一声肠已断，月台犹如灵堂，淹没在一片哭喊声中……"火车站中这样的场景，在那个年代我多次经历，此刻读之仍心颤。

这本书中，最重要也是最动人的，是对一批知青的生活和命运的描述，姜梁就像一个笔法简练的画家，生动地画出了一幅西双版纳知青人物的素描群像。姜梁牵记着当年在农场认识的很多同伴，他们来自全国各地，每个人的性格、遭遇也都不一样，有的早已离开人世。这些人物出现在书中，让人过目难忘：大班长、二木匠、三妹、大嗓门、"字典"、"农场三李"、毛男……有些人的名字在书中只是一个字：乔、艾、经、薇……作者只寥寥几笔，就写出了人物的个性和命运，也表达了友情的恒久和珍贵。给人印象特别深刻的，是三个死去的知青：立宪、清芳、春光，在书中每个人只有两三百个字的篇幅，言虽简，却情景俱全，节制的叙述中，涵藏着深挚的情感，读之难忘。还有那位叫明珠的女知青，她的故事，像一篇寓意曲折的小说，凄美而忧伤，让人感叹时代的诡谲和生命的无常。事过三四十年，这些人物在姜梁的记忆中竟清晰如昨。作者在写别人的时候,其实也是在写自己。只有重情重义,热爱生活的人,才会小心翼翼地珍藏着这些记忆。姜梁在书中也回忆了自己的知青生涯,在艰苦的岁月中,是书籍、音乐和艺术给了他滋养和抚慰。他也是知青中的"秀才",甚至还曾代人写情书。来自北京的阿城也是西双版纳的下乡知青,曾是他志同道合的朋友。书中写了他和阿城的交往,他们一起读书,一起听古典音乐,欣赏世界名画,一起交流对文学和艺术的见解,一起筹办知青书法展。他曾从阿城那里借过很多世界名著,还常常听阿城讲故事。而他的住所,曾一度成为知识青年的"沙龙",集聚了一批喜欢文艺的知青。姜梁一直关注着后来成为名作家的阿城,并为昔日朋友的成就高兴。我想,阿城一定也记得姜梁,那个爱读书,爱艺术,兴趣广泛,心地善良,对朋友诚挚热心的上海知青。

姜梁笔下的西双版纳,确实是一个美丽的地方,他在书中描述了那里的群山、江河、花树、水果,记录了很多独特的世象风情。大自然和人间的美景,即便在苦涩的年代,也一样吸引人。书中那些描绘风景的文字,只是全书的点缀和过渡,比重极少,但也给人深刻印象。他远眺天地风云,也细察身畔事物,出现在他笔下的,大到群山江河,小到草丛中的萤火虫。这些颇具艺术性的描述,不仅使书中的文字洋溢生命的活力,也表现出一种积极开朗的精神境界。

青春和人生的命题,其实是没有标准答案的。此书结尾处,姜梁有意味深长的感慨,发人深思:"有人说青春无悔,也有人说青春无奈。我不能准确地概括我留在那里的青春和岁月,究竟是无悔还是无奈。但我始终认为,当年所发生的一切,或悲、或喜、或苦、或难,其实都是一种生存状态。中国十多亿人口,过去有很多人是这种生存状态,现在仍然有很多人还是这种生存状态,而知青的命运不过是在时间,地点,群体,理由上发生的差错,如此而已。"

我和姜梁认识很多年,也是老朋友了。他虽身居要职,但却从不摆架子,待人谦和坦诚,朋友有困难,他必定热情相助。承蒙他信任,嘱我写序,使我有幸成为这本书稿最早的读者之一。读他这本新书,让我惊喜,也使我对他有了新的更深的了解。遂写下这些感想,为读者作一个粗浅的引导,也为我们的友情作一个纪念。

2013年11月19日于四步斋

真挚·睿智·绚烂

——序《王勉散文精选》

王勉写散文几十年了,他像一个执着勤劳的农夫,孜孜不倦地耕耘在散文创作的园地里,读他的散文集,犹如欣赏他从自己的园圃里收获的果实,新鲜,亲切,琳琅满目,清芬沁人。他的散文作品中,有不少脍炙人口的佳作,使人印象深刻。读他的文字,读者或许能会心一笑,或许会心灵为之一颤。读罢掩卷,眼前有难忘的画面,心里有悠长的回声。徐中玉先生曾这样评价他的散文:"文笔明快,情感真挚,娓娓写来,生动有味。亲情跃然纸上,人情盎然生辉。"这是中肯贴切的评论。

我一直以为,写好散文,离不开三个字:情,知,文。情,即写作者真诚的态度,真挚的情感,真实的描述,情,和真连在一起。知,即智慧、知识、写作者对所表达事物的独特见解。文,即文采,就是写作者驾驭文字和谋篇布局的能力,也就是文章的形态。如从这三个方面看王勉的散文,他的作品是耐人寻味的。

感人的散文,贵在一个情字。王勉的散文,很多都是写他人生经历中的真实境遇,无论是叙事还是写人,都是他的真情实感,写得挚切动人。有些篇章,让人读而铭心。如《永远的白蝴蝶》,写一个聪明单纯的哑女孩,曾被人误解,最后为救人而溺水身亡。作者当时是一个下乡知青,对这个可怜的哑女孩充满了同情,他观察她,关心她,为童心的纯真无瑕而感叹。他坐在田边为哑女孩吹口琴的景象,犹如一幅深情的油画,是那个时代纯美的记忆。再如《房东阿妈》,也是一篇记事散文,写一位善良而有个性的村妇,文字质朴,故事也不算跌宕,读者却记住了这位房东阿妈。这篇散文,以真情动人。这真情,有两个层面,一是文中老人的正直善良和亲人般的关爱,写得自然真实,这是人世间珍贵的爱心;二是文中的"我"对老人的钦敬和怀念,虽没有很多议论,却能让读者体会到作者真挚的感恩之心。读王勉的这些文字时,我心有共鸣,因为,我和他有类似的经历。这类经历,在有些人的回忆中也许是生命的蹉跎,是不堪回首的歧途,但对一个作家来说,这是财富。出现在王勉散文中的当年情景,并不灰暗,他的文字中,有人性的温暖,有年轻的心对未来的憧憬。读这样的文字,使我想起自己当年的下乡生活,想起那些曾经为我驱散孤独、让我感受人间真情的农民。这样的经历,其实影响了我们这辈人的整个人生。

若以"知"字观照王勉的散文,他的作品也是斑斓多姿,给人美不胜收的感觉。王勉散文涉及的题材和内容极为丰富,他除了写自己的人生往事,写他所经历的事件、他所结识的人物,也写他的心境,写他对天地万物的观察和思索。可以说,进入他眼帘中的所有一切,都可以被他描绘,都能引发出他的遐想和思索。他在散文中读书品画,游山玩水,博览四时风景,遍尝人间美食,读者可以追随他的思绪和情致,穿越时空,上天入地,窥见一个读书人兴致盎然的见识和智慧。王勉散文中描绘的事物,似乎是随手拈来,吃一碗面,喝一杯茶,读一本古帖,看一张名片,在他笔下都能衍化成既涵知识,又富情趣的文字。他并非以学者严肃的面目出现,而是以一个生活和艺术的追寻者和体验者,沉醉在自己的文字中,让读者也跟着他一起,长知识,开眼界,舒胸臆。我想,作品内容的丰富,取决于作者阅历、学养和情趣的丰富。

王勉的散文中,有大自然的绚烂多彩的表情,这一点难能可贵。芦苇、麦苗、银杏、梧桐、花痕树影、雪踪雨声,在王勉的笔下,都是多情善感的生命,它们在天地间自由生长,有情有爱有个性,也有希冀有期盼。文学作品中对大自然的描绘和抒情,现在被很多人忽略,有人甚至对此不屑,认为这是轻浮无用的文字。这样的观点,实在荒唐,也是一种浮躁的表现。一个文学家,怎能面对大自然千姿百态的美妙景象而无动于衷?王勉把他喜欢的自然景物当人来写,当朋友来写,它们表情丰富,形态各异,讲述着天籁的美妙,讲述着它们各自所代表的历史,也表达着作者内心的向往,向往远离喧嚣和浮躁,回到自然宁静的生活中去。王勉在写芦苇时,有这样的感叹:"我应该在疲于应付这个繁忙的世界时,多来这种地方。我曾几回在梦中,与所有的芦苇同日同月同风同雨,自由自在平淡地过着无忧无虑的日子。"我相信,这是作者发自内心的向往。

王勉散文的文风,基调是质朴和自然,大多是白描式的文字。然而他的作品面貌却并不单一,不同的题材,他能用不同风格的文字来表现。写往事人物,是质朴沉着的文字,时而单纯如素描,时而凝重如油画;写自然景物,是诗意抒情的文字,如水彩,也如水墨写意;写世态风情,是生动诙谐的文字,像幽默的漫画,也像热闹的年画。王勉散文风格的绚烂多姿,其实是在变与不变之间,变的是外在的形态,如一个人根据不同的季节和场合更换衣服,不变的是内在的精神,即作者的诚恳和睿智。

2014 年 5 月 1 日于四步斋

唐子农画意序跋二题

读唐子农新作荷花图《云蒸霞蔚》

面对子农的画卷，我的视线与水面齐平。荷花在我的视野中，既沉静，又喧哗，既优雅，又激昂。荷在地下，荷在水面，荷在天空，荷舒展伸张在所有我能感知的时空。花是生命的精灵，蕊瓣中蕴藏着对自由和美的向往，经历了黑暗中的挣扎和期待，此刻正怒放着迎候旭日，接受来自天堂的洗礼。那昂然向上的一枝巨萼，顶托起漫天燃烧的霞云。荷在云间，云在荷中，花如红云，云如繁花，天地间飞扬着如花的生灵之歌唱。

2014 年 5 月于四步斋

题唐子农《映日荷花》

观一朵荷花在雨后初阳中静静绽放，犹如夏日清风中读一本好书，看花瓣渐次开展吐艳之过程，恰似书中妙语清境脱颖而出，花事迷人，文字醉人，观花者情迷，读书者心醉，莲荷文字各有魂魄，融合于笔墨神韵之中。

戊戌夏日，题子农兄新作《映日荷花》

发自心灵的欢笑

——序赵辉摄影集《爱之笑颜》

翻开这本摄影画册,吸引我目光,并且使我感动的,是画中人物的表情。在一片素洁的白色背景下,他们笑着,笑得自然,笑得欢悦,笑得坦诚,他们的笑容,发自内心,这是开朗的笑,是欣慰的笑,是由衷的笑,是心怀挚爱而自然流露的笑。这样的笑容,是人间最真实美好的表情。面对这些微笑的面孔,或许有人会发问:他们是谁,他们为何有如此欢颜?

画册中的主人公,并不是名人和高官,也不是娱乐明星,而是普普通通的市民,是上海的四十位道德模范。他们来自各行各业,有老师、医生、法官、民警、学生,也有保安、清洁工、修理工、卖鱼卖菜的小贩、扦脚的师傅、捡垃圾的退休女工……其中有步履蹒跚的耄耋老者,有风华正茂的年轻人,也有尚未成年的少年,最年长者99岁,最年幼者才11岁。他们以高尚的行为,赢得周围民众的称赞和敬佩。他们的仁慈和善良,他们的诚实和勇敢,他们对家庭、对社会的奉献,是人间的大爱大美,是社会和谐、人间友善的基石。他们是老百姓评选出来的道德模范,被称为"好人""好心人"。这样的称号,很普通,却让人感觉亲切。"好人"之好,好在善,好在真,"好心人"之好心,是爱心,是责任心。画册中这些人物,以他们善良真诚的爱心,以他们对社会的责任心,向世界展现了当代中国人美丽的精神境界。

拍摄这本画册的是摄影家赵辉,我被他镜头前这些善良可爱的人物深深感动。他精心构思,捕捉到了表现人物内心世界的珍贵瞬间。这些平凡的普通人,被摄影家拍出了明星气质。我欣赏摄影家这样的表现风格,被拍摄的这些普通人,他们是生活中真正的明星,我们的时代需要这样的明星,老百姓热爱这样的明星。这些"好心人",在镜头前笑得如此真率,如此坦荡,这是发自心灵的笑容。世间的浑浊和苦难,在他们的笑颜中一扫而散,人性的真善美,在他们的笑颜里荡漾蔓延。

2014年8月28日于四步斋

清新的古风

——序《邢小燕诗选》

读邢小燕的诗集,给我的感觉,清雅活泼而有韵味。诗人用古体诗的形式,抒发现代女性的心情,表达一个都市人对自然的向往,也生动地描述了当下的生活。她的表达,自然流畅,不造作,不牵强,把心中的诗意娓娓道出。诗人特别擅长的是五言诗,语辞简练,节奏铿锵,诗句似随手拈来,却将情绪和思索表达得灵动而传神。譬如《自绘小像》:"夜来飞针忙,晨起煮羹汤。莫道冬风冷,厨下暖生香。欲品世中味,事事先自尝。烟火可入诗,词曲话家常。酸文七情韵,字字以心亮。万籁或成句,音韵却难芳。入世笑对人,出尘泪沾裳。昨夜女才子,今时红尘娘。"用这样的古风,写一个现代女性的人生状态和精神追求,无论是对生活情景的描述,对人生的感慨,对诗词的见解,还是作为诗人的自谦,都表达得贴切自然。十行诗句,五十个字,内涵却如此丰富,这是诗词的魅力,也是汉字的魅力。也许,用古典诗词专家的眼光来看,诗集中的很多作品并没有严格地遵循古诗的格律,但这并不影响读者喜欢这些文字。

读邢小燕的诗集,生出一些感慨。

感慨之一,是为古体诗有如此蓬勃的生命力而欣喜。我一直认为,中国的古典诗词,是人类文学殿堂中的绮丽瑰宝,是中国人智慧和情感的结晶,是中国人的骄傲。古人作诗不费力气,因为诗词音韵已烂熟于心,随心所欲,便成格律。流传千百年的古典诗风,至今仍在中国大地上吹拂。现代中国人,不仅在读古人留下的诗,还在用古体诗言志抒情,表达对生活的热爱,而且民间不乏高手。邢小燕能如此自如地写诗赋词,将现代的生活和自己的心情自然地诉诸交融于诗词,得益于她自小受中国古典诗词的熏陶,所谓"熟读唐诗三百首,不会作诗也会吟"。母亲以唐诗为她启蒙,教她诵读大量古典诗。她在自序中说:"我的童年被烙上诗词印迹","这烙印竟如影随形,像时光一样紧紧贴附在我的生命中,以至于在读遍家中所有藏书之后,我将所爱的几本古典长篇小说,全以五言七言诗写就"。中国年轻一代的文学青年,肯花时间用五言七言重写古典长篇,大概是凤毛麟角。这样的写作训练,并非有人强迫,而是因为兴趣,因为对古典诗词的热爱。邢小燕的诗词,只是当代中国古体诗写作浪潮中的一朵浪花。面对这样清新晶莹的浪花,我们的老祖宗一定会为此欣慰。

感慨之二,是互联网的神奇。邢小燕的诗词创作被人关注,源于互联网。她在自己的微博上写诗,被网友"围观",引来一片赞声,这也激发了她写作的热情。她的诗作,在网上不断被传播,成为出名的网络诗人。在网上,她和读者的关系,不是简单的作者和读者的关系,还是一种互动的作者和评论者的关系,网友们在她的微博上评点她的诗作,给她鼓励和建议。还有人为她的诗作配画和摄影作品,把她的文字写成书法作品。如她自己所说:"在我心情起落的日子里,他们在我的诗词后面所留下的点点滴滴,都化作一缕缕温暖的关怀,亲切地来到我心中";"他们总在时空上延展着我梦想中的世界"。对一个写作者而言,这样的关怀,会成为创造的动力。有人说,网络是一潭浑水,网络上的很多文字,都是垃圾。而在邢小燕发布诗歌的这个网络圈子,却是一池清波,池中有优雅的涟漪,有清新的浪花,有曼妙的涛声。邢小燕的诗由网络走向纸质的书籍出版,也是向世人证明,网络这个浩瀚强大的传播系统,正在为有才华的年轻人提供舞台,让他们的才华以极快的速度和极高效率传播于世,被人发现,被人欣赏。网上确实有浑水,但有品味的读者还是会作出明智的选择。

读邢小燕的诗集,让我想起唐朝诗人刘禹锡的《乌衣巷》:"朱雀桥边野草花,乌衣巷口夕阳斜。旧时王谢堂前燕,飞入寻常百姓家。"刘禹锡写这首诗是怀古,但以今人的心情读,却能很自然联想起眼下景象。

2014年8月9日深夜于四步斋

直挂云帆济沧海

——序士敏散文选《国王的心有多重》

士敏先生是资历很深的老作家了,在读者的印象中,他是小说家,他的很多小说,在不同的时代,都曾留给读者深刻的印象。现在,士敏先生一部散文集马上就要出版,他用自己的作品告诉读者,他也是一位出色的散文家。

其实,在我的阅读记忆中,士敏先生就是一位散文家。那是上世纪六十年代初,我还是一个孩子,有一次,读到少年儿童出版社出版的散文选《荔枝蜜》,书名是用了杨朔的一篇散文题目。这是我很喜欢的一本散文,收入这本书中的散文,都出自当时的名家手笔,其中就有士敏先生的《瞿塘一日游》。这是一篇写三峡风光的散文,但不是一篇平常的游记,文章中有对自然风光的生动描绘,有对历史风物的介绍和追怀,也有对在那里生活工作的普通劳动者的赞美。在《荔枝蜜》这本散文选的入选作者中,士敏先生也许是最年轻的,但他这篇散文却让人感觉气象万千,有气势,有感情,十分耐读。我至今仍记得他在这篇散文中对三峡急流的描绘,那种谋篇布局和驾驭文字的能力,使我联想起在急流中争渡的船夫。在士敏先生即将出版的散文选中,他把写于五十多年前的《瞿塘一日游》放在了首篇,让读者看到一个优秀作家以怎样的姿态作为自己散文的开篇。这是一个可以让人细细观赏的美妙开篇,也可以看作是一个作家为自己的写作定的一个基调。

散文是非虚构的文体,读一个作家的散文选,可以窥见作者的人生履痕,也可以发现他的心路历程。士敏先生的散文选,写作的时间跨度长达五十多年,这些写于不同年代的文字,记录了他所经历的时代风云和人间冷暖。他在散文中写自己的遭遇、自己的观察、自己的思索,写他的所见所闻,写他和各种人物的交往,文章记录的是个人的经历,折射的却是大半个世纪的岁月沧桑和历史沉浮。士敏先生从前曾被人归入"工人作家",这个称号,曾经时髦光鲜,也曾暗淡失色。士敏先生似乎并不在意别人怎么将他归类,他在作品中写自己熟悉的生活,抒发自己真实的感情。这大半个世纪来,他一直以一个生活的探求者和写作的探索者来要求自己。当很多当年活跃一时的工人作家停止写作，淡出文坛时，士敏先生一直没有中断笔耕，文坛上仍能看到他活跃的身影。他不甘于生活的一成不变，始终对世界充满了好奇。中年以后，他远游异域，客居他乡，虽然寂寞，但却丰富了自己的写作内容。这些内容，大多体现在他的散文中。他在散文《在美国》中这样感叹："已经知天命之年，为何还要离乡背井，到异国他乡生活？而且是个语言、文化习俗、社会制度和生活方式迥异的国度，对此我也说不清，但有一点肯定，套句流行语：想换一种活法。"这样的感叹，好像有些茫然，但很真实地表达了一个作家想探索世界、扩展视野、丰富人生阅历和写作领域的欲望。士敏先生走出国门后写的那些散文，很值得一读。这些文字，不仅拓阔了他的思路，也使他的作品更加文采斐然。

士敏先生已经年过八十，但在我的印象中，怎么也无法把他和一个"老"字联系在一起。三十年前，有一次我曾和他一起到大连参加一个文学笔会，那时我三十出头，他刚过五十。我们一起登山观海，兴致勃勃。最近看到他，感觉他还是老样子，依然兴致勃勃地关注着他身边的世界。岁月在他身上留下的，竟然不是衰老，这也许是文学的魅力。三十年前，我在海边曾赠他李白的诗句，三十年后，读罢他的散文选，我还是想用李白的这两句诗赠他："长风破浪会有时，直挂云帆济沧海。"

2015年6月18日于四步斋

朴素天下莫能与之争美

——序《赵冷月书法集》

赵冷月先生是我钦敬的书法大家。我见过他几次,并无交往。他的名字中有一个冷字,但给我的印象,这是一位和善的老先生,彬彬有礼,温润儒雅。在我的记忆中,他的脸上总是含着谦和的微笑,耐心地倾听旁人言说,没有一点大艺术家的架子。我为什么钦敬他?当然是因为他写的书法,从他的墨迹中,可以识见他的性情和为人,感受他的学识和人格魅力,也可以发现一个艺术家的心路轨迹和艺术追求的履痕。

我从小养成一种习惯,读书,喜欢透过书中的文字,分析揣测写作者的性情,只要用心阅读,一定可以窥见藏在文字背后的那个真人。所以很多作家,虽然永无机会谋面,但在印象和记忆中,他们却是我熟悉的朋友。读书法家的墨迹,其实也是一样的道理,阅字可识人。墨写的字,有血肉有灵性,笔墨之中,涵藏着书者的情感、思想和学识。一个性情中人,必定会将自己的真性情倾注在砚纸之间,笔笔见性情,字字映心迹。

我读冷月先生的书法,不仅欣赏酣畅优美的线条墨韵,也留意他书写什么内容。他写古人的话,披露的是自己的信念和胸襟。他写"惟善以为宝",写"道义无古今,功名有是非",写"守古老家风,惟孝惟友;教后来恒业,日读日耕",写"真率中还存礼意,深微地始见文心",写"金石其心,芝兰其室;仁义为友,道德为师",这是他的为人处世之道,一个仁厚长者的形象,通过这些文字,凸显在读者面前。他喜欢写李白、杜甫和苏东坡的诗,抄录古人的诗句,展示的却是他自己的心境和生活情状。我特别喜欢他写的一幅草书,写的是李白的《友人会宿》:"涤荡千古愁,留连百壶饮。良宵宜清谈,皓月未能寝。醉来卧空山,天地即衾枕。"我以为,这样的草书,在当代的书家作品中,是一流神品,那种自由不羁和洒脱散淡,让人神往。李白的诗意,一定是冷月先生心领神会的境界,即便是住在喧嚣的都市,面临着嘈杂的俗世,他可以沉浸在自己的艺术天地中,沉浸在自己的精神生活中,闹中取静,晦处探幽。在冷月先生的书法作品中,能看到很多这样的内容。他用隶书抄录苏东坡的《题清淮楼》,"观鱼惠子台芜没,梦蝶庄生冢木秋。惟有清淮供四望,年年依旧背城流",传达的也是类似的心境。他用草书写"小窗多明,使我久坐;入门有喜,与君笑言",在神采飞动的墨迹中,让我想象他在明窗下和知友神聊时的快意。他用楷书写"独坐当阶,天高月满;忽披书本,古到今来",飘逸的字体中,漾动着一个读书人由衷的欢欣。他用隶书写"文喜爱莲说,书珍片玉辞",写"爱书灯有味,能画墨生神",也是读书人掩卷后的奇思妙想。

冷月先生的书法成就,已经有很多专家作过精妙的评论。年轻时读冷月先生的书法作品,感觉他是一个十八般武艺样样精通的书法家,对中国书法的古老传统,他是一个很有力量的传承者,也是一个孜孜不倦的实践者。从他的一些书法作品中,可以看到他艺术追求的轨迹,他写"九层之台,起于累土",是借老子的话阐述艺术的基础,那就是脚踏实地;他写"揽齐鲁一代胜迹,校汉魏六朝残碑",说的是对书法传统的博采众长;他写"守独悟同,别微见显;辞高居下,置意就难",是他所坚持的艺术品格。他很多次写庄子语录"朴素天下莫能与之争美",这是他心向往之的艺术境界,他晚年的书法艺术所展示的,正是这样的境界。

赵冷月先生书法生涯中最令世人瞩目的,是他晚年的变法求新。对一个功成名就、誉满天下的老艺术家来说,要摆脱已有的风格,走一条新路,需要极大的自信和勇气。我见过一些追求新奇的书法作品,把汉字写得东倒西歪,龇牙咧嘴,让人难以辨认。这样的新,会引来几声惊叹,但难得审美的共鸣,相信也不会有生命力。冷月先生晚年的书法,洗尽铅华,归真返璞,将苍劲和童真融合为一体,看似不讲究章法,布局随意,笔墨中有孩童般的稚拙,但细细品读,却能感受到冲淡的深沉,能窥见一个历尽沧桑的智者宁静幽邃的心境。他很多次书写杜甫的诗句"书贵瘦硬方通神",写对联"杜陵评书贵瘦硬,放翁拄杖且通神",这也许是他晚年书法的秘诀之一。他晚年的字,无论写什么字体,笔下都是瘦硬枯涩的线条。他的楷书中,有隶书、魏碑甚至篆书的意味,对他而言,写什么字体已不重要,落笔可以随心所欲,把自己所理解的书法艺术融汇贯通在笔墨中。浩瀚的书法艺术如一棵茂盛的大树,长在他的心里,根深叶茂,随便怎么描绘,这棵大树总是自然而美妙的。年过古稀之后,冷月先生用他"瘦硬"的笔墨描绘这棵大树时,为读者展现了很多不同寻常的视角。

冷月先生变法后的墨迹,并非都是瘦硬枯涩的线条,也有浓墨淋漓的时候,他写的一些大字,笔力千钧,大气酣畅。他写一个"墨"字,浓墨重彩,满纸灵动,让人感受到他对书法艺术深沉浓烈的情感。他用浓墨写"心之韵","蓦直去",写"独坐观心","默悟通一",都是大字,线条非但不"瘦硬",还写得粗犷滋润,感觉他的笔墨如江河急流,如苍山烟云,在纸上奔腾、弥漫,虽然静默无声,却有幽远的回声轰鸣不绝。

读赵冷月先生晚年的书法作品,竟使我联想起安徒生的童话。安徒生的童话,读者并非只是孩子,从尚未开蒙的幼童一直到历尽沧桑的老人,都可以在他的文字中认识自然、社会和人性。冷月先生晚年的书法,和安徒生的童话有异曲同工之妙,真诚,朴素,单纯,明澈,孩童般的外表下,深藏着睿智深沉的心。

在赵冷月先生诞辰百年之际,谨以此篇短文,表达我的敬意。

2015年7月12日于四步斋

雨花石

——序池澄《中国雨花石图典》

老诗人池澄从南京寄来《中国雨花石图典》，厚重的三大本。图典中，荟集了一千二百余颗雨花石的图片，千姿百态，美不胜收。

雨花石，在我心里有难忘的记忆。大约是三十年前了，在南京，和几个写诗的朋友一起欣赏雨花石。座中有忆明珠，冰夫，池澄，路桦。一张大桌子上，放着十几个白瓷小碗，每个碗中都有半碗清水。诗人池澄是雨花石收藏家，他带来了很多珍藏的雨花石，一枚一枚放到小碗中，一个碗中放一枚。雨花石没有放到碗中时，似乎暗淡无光，一浸入水中，顿时荧光四射，异彩纷呈。雨花石的形状、颜色和大小都不同，在白瓷和清水的映衬下，一颗雨花石，就是一个神秘斑斓的世界。雨花石色彩绚丽，橙黄的如琥珀田黄，鲜红的可媲美昌化鸡血，还有乳白、银灰、嫩黄、湖绿、雪青、桃红、孔雀蓝……天地间可能有的色彩，在雨花石中都可以找到。然而雨花石的奇妙，并非只是它们的色彩丰富，而是不同色彩在同一颗石子中的组合，是蕴含在色彩中的肌理、线条和天然的图形。一颗长不过寸半的椭圆形石子上，群山起伏，云霞飞涌，烘托着一点鲜红。无须提示，人人都想到了日出。另一颗小小的圆形石子上，温润如玉，透明的淡紫色中波光闪烁，簇拥着一颗晶莹的珍珠，池澄说，这是"海上升明月"。石中的肌理印痕，有峰峦峭岩，有流水波纹，也有烂漫花树，飞禽走兽，甚至还有人影浮动。"黛玉葬花""李白赏月""孔明出山""秋水伊人""八仙过海"……看看这些名字，便可以想象石中的景象。有几颗雨花石上，呈现出一些狰狞变形的面孔，像是毕加索的人物画。面对形形色色的雨花石，你心里想到什么，这些彩石中便能为你呈现出什么。

忆明珠也爱雨花石，他有识石慧眼，能在石中窥见常人无法发现的奇景。那天，他带来一块暗绿色雨花石，未入水时看上去粗粗糙糙，就是一块寻常卵石。我问忆明珠，此石有什么名堂，忆明珠微微一笑，说："里面藏着一片树林。"说罢，他将手中卵石放到白瓷碗中，竟然如魔术一般，只见卵石通体绿光莹动，石中丝丝缕缕的肌理，变成了密集交织的树枝,绿荫之中,还泛出点点橘黄和晶红。这颗雨花石中,真的展现出一片树林的景象,枝叶间,还有累累果实,像苹果,像柿子,也像金柚。忆明珠见我面对那颗奇石发呆,笑着说:"你就把这片树林带回去吧。"

忆明珠赠我的这颗雨花石,曾和我收藏的几十颗雨花石一起,养在一个水仙盆中。凝视那"一片树林",会觉得自己化身为鸟,飞入林中,身边有绿叶红果,耳畔有燕歌莺啼。一颗石子,竟能将人引入如此奇妙的境地。小小一颗雨花石中,有时能呈现大千世界的奇丽雄浑。所谓"一拳一握之中,蕴千岩万壑之秀",并非妄言。

三十年来,多次搬家,那几十颗雨花石已不见踪影。"一片树林",在记忆中恍如梦境。池澄寄来的画册,又使我想起那些美妙的往事。

天下的所谓宝石,其实都是石头,是人的审美习惯将它们分门别类,判出高下,有的因稀而珍,有的因奇而贵。有些宝石被捧到天上,价值连城,其实本质上还是一块石头。有些石头,尽管不值钱,但如果遇见投缘者,能发现其中美妙,也是宝石。雨花石,当年喜爱它们的人,从未将它们和金钱联系。现在,据说雨花石的身价也很高了,奇异者,身价不低于羊脂白玉。那也是世态的变迁吧。然而雨花石的美妙,不会因为有了标价而变色,它们依然静静地躺在沙土中,等待着寻觅者的目光。

池澄先生一生痴迷雨花石,他主编的画册中,凝集着他一生的发现和追寻。那一千多颗奇美的雨花石,给他自己带来无限的欣慰,也给无数喜欢雨花石的人带来惊喜。雨花石若有知,也应感谢这位石痴诗人,让天下人都来欣赏它们举世无双的美色。

2015年9月6日于四步斋

谢谢你,神奇的小耳朵

——序林少雯小说《亲爱的小耳朵》

《亲爱的小耳朵》,一个多么奇怪的书名。一个人只有两只耳朵,而这只小耳朵,却是一个孩子的第三只耳朵。小读者一定会说:这怎么可能?一个孩子怎么会有三只耳朵?在你们即将要读到的这本小说里,就发生了这样的怪事情。四年级小学生李右年,因为健忘,丢三落四,被母亲和老师责怪。母亲和老师和他开玩笑,希望他长出第三只耳朵,帮助他记忆,想不到,这玩笑话,竟然变成魔咒,李右年的头上真的长出了一只小耳朵。这只神奇的小耳朵,是一个附在李右年身上的小生命,它会说话,会思考,怕痛怕痒,会笑会哭,还会变魔术,一会变大,一会变小,能在右年身上到处移动,一会长在脸上,一会跑到头顶上,还可以挪到身体的各种部位。这只小耳朵,不仅提醒李右年记事,还能为他解题,帮他应付考试。更神奇的是,这只小耳朵能听到世界上任何地方的声音,还能像电台广播一样,把它听到的声音播放出来……

一个孩子,身上长出这样一个神奇的小耳朵,将会引出何等有趣的故事。他将为之惊喜,也将为之烦恼,而他周围的小孩和大人,也将因此而睁大了惊奇的眼睛,人人都想探知其中的秘密。长出了第三只耳朵的李右年,会遇到多少难以预料的怪事情?所有一切,都将围绕着神奇的小耳朵翩翩起舞。《亲爱的小耳朵》这部小说,将把小读者引入一个新奇的世界,这世界,真实可亲,却也奇幻如童话。神奇的小耳朵改变了李右年,使他变得有记性,有责任心,让他在学校里扬眉吐气,却也让他增添不少苦恼,让他发现了这世界上的很多毛病。这第三只小耳朵,会不会永远附在右年身上?故事将会以怎样的情节结尾?不要着急,让我们翻开这本引人入胜的小说,慢慢往下读。

《亲爱的小耳朵》是台湾女作家林少雯为孩子们写的一本小说,是一部脍炙人口的名作。这部小说,曾经使台湾的无数小读者为之痴迷。现在,这部小说要在大陆出版,大陆的孩子们一定也会喜欢这部小说。我读这部小说时,深深地被吸引,读完一章,还急着想读下面一章,那只神奇的小耳朵,似乎也长到了我的身上,使我想象着接下来会发生的事情。那只小耳朵，其实也是一个可爱的孩子，它神通广大，却童心满满。小耳朵依附在李右年身上，却始终保持着自己的个性，它说的是孩子的话，想的也是孩子心思，所以它和李右年之间，每天都会吵架，每天都会发生出人意料的矛盾。对这第三只耳朵，李右年又爱又恼，他们是两个朋友，也是一对冤家。我们无法看到小耳朵的表情，只能听到它的声音，然而读着这部小说，小耳朵的音容笑貌，仿佛活生生地就呈现在我们面前。

这部小说，为什么吸引孩子，为什么年龄不同的读者都喜欢读？我想，是因为小说非同寻常的想象力，这样的想象力，是童心的美妙产物。我相信，对这个小耳朵的故事，天下的孩童都会产生浓厚的兴趣。这个异想天开的故事，不是简单的搞笑逗乐，而是在使人惊奇，逗人发笑的同时，让人明白该怎么克服缺点，怎样和人相处，怎样解决人生的难题，让人懂得做人的道理。

我在读这本书时，感觉自己又回到了稚憨天真的童年时代，这是让人陶醉的美好感觉。我在想，我小时候，是不是也曾有过第三只耳朵呢？

谢谢你，神奇的小耳朵，你让我们听见童真的呼唤，你把灿烂的童心展现在读者面前；谢谢你，林少雯，你创造的小耳朵会活在你的书里，也会活在孩子们的想象中。

2016 年 1 月 25 日于四步斋

坚持的味道最美

——序王继红散文集《来不及寂寞》

老友黄玉峰向我推荐王继红的散文,并希望我为她的散文集作序。这几十年中写了不少序文,还出了两本序跋集。说心里话,对写序这件事,实在是感觉厌烦,甚至有点畏惧了。为自己的书写序跋,可以随意谈谈自己对生活和写作的想法,为别人的书作序,决不是一件让人愉悦的差事。这些年拒绝了很多求序者,也曾决心不再为他人作序,但还是无法真的做一个决绝的"拒作序者"。玉峰先生说,王继红是中学的语文老师,热爱文学,一直在坚持写散文。现在很多语文老师在教孩子们阅读写作,自己却疏于动笔,王继红老师的写作值得鼓励。玉峰先生此番话打动了我。

二十多年前,我的一个朋友,拿着她在读中学的女儿的作文簿向我求助,说女儿喜欢读课外书,也喜欢写作,但有点逆反,竟然对语文老师的点评很有意见,说老师读不懂她的作文。我读了那孩子的作文,也读了老师在她的作文簿上写下的片断评点,结论让我纳闷。孩子的作文写得灵动有见地,而语文老师的评点,时常文不对题,而且还有文理欠通之处。很明显,这位语文老师,没有能力指导她的学生。我当时曾心生悲哀,这样的语文老师,如何担当起辅导引领学生学习语文的职责?我也曾担忧,在我们的学校里,还有多少疏于阅读和写作,只能照本宣科上课、教学生如何考试测验的老师?二十多年过去,时下的中学语文教学,和当年大概已不可同日而语,现在的语文老师,门槛也已抬得很高。当年的忧虑,也许已是历史。但是,我还是对王继红的散文产生了兴趣,我想看一下,一个正在教育第一线的语文老师,会写出什么样的文字。

我读了王继红的散文集《来不及寂寞》,可以说读得很愉快,她的文字时常使我共鸣。集子中大多是短小的散文随笔,文字清雅隽永,叙事活泼灵动,抒情和议论也不落俗套,能感受到作者的真挚和率性。文章涉及的领域很丰富,读书、品艺、友谊、亲情、衣食住行、时尚生活的感慨、云游四海的屐痕。作者对自己文字涉及的每一个话题,都如数家珍,写得引人入胜,也能写出自己的观点和个性。她的文字,既能关注社会热点,议论人生至道,也能追随风雅,沉浸于风花雪月。她不满足于泛泛而谈,即便是千字短文,也总想言他人未有之言。这是一个现代知识女性生活的真实写照,而她描述自己的生活,并非炫耀,是因为这样的生活确实让她有感可发。她描绘周围的物质世界时,其实是表达了自己的精神追求,是用文字勾画出一个现代知识女性的精神世界。王继红的故乡在东北,但她的文字却有细腻的江南情韵。她文中涉及的很多事物是我熟悉的,譬如文学、音乐、旅游,读她的文字,我还是不时有新鲜感产生。她和上海女作家程乃珊只是在一个读书活动中邂逅,但却在文章中生动地勾勒描画出她所认识的程乃珊,不仅描绘作家的音容笑貌,也议论作家的创作风格。程乃珊是我熟悉的老朋友,读这篇和她只有一面之交的读者文章,感觉写得准确而传神。这是什么原因?我想,因为王继红是一个有热情有见解的读者,也是一个驾驭文字的好手,两者交融,才能写出这样的文字。

黄玉峰告诉我,王继红在当语文老师的同时,一直在坚持写作,她奉献给读者的这本散文集,是坚持的结果。这本集子中,有一篇文章题为《坚持的味道》,写一位长期以书信抒怀的教育家,写得很感人,文中有这样的感慨:"坚持的味道最美。"我想,王继红自己的写作,也是尝到了坚持的美味吧。读完这本集子,心里也有一个疑惑,书中,似乎没有看到她作为语文老师的教学体会,没有她和学生交流的情景。不知是作者刻意回避,还是另外已有专门的文字来叙说这个话题。不过,我相信,能在王继红的班里上课的学生,应该是幸运的,他们的语文老师,一定能以自己的才情和智慧,以自己的优美文字,引领学生抵达阅读和写作的辽阔境界。

2016 年 1 月 28 日于四步斋

春风拂面问飞鸟

——序《陈洪法诗词选》

中国的古典诗词,是中国人智慧和情感的结晶,也是汉字的光荣。能用这么简洁凝练的文字,展现天地人间的浩瀚气象,表达人心中千变万化的情绪,这是文学的奇观。一首五绝,才二十个字,一首七绝,才二十八个字,优秀的诗人却可以用这二十几个字编织出无限美妙的景象,抒发博大深沉的情感。背诵过一点古典诗词的中国人,都可以引经据典,从三千多年前的《诗经》,到唐诗宋词元曲,有多少脍炙人口的杰作千百年来被人传诵,那些美妙的文字生生不息,没有任何力量能湮没割断它们强大的生命力。中国的古典诗词,是最可以让中国人引以为骄傲的。如果把人类的优秀文学作品比作一个珍宝库,那么,中国的古典诗词,就是这宝库中的钻石极品。

上世纪初,中国的新一代文人发起文学革新,以白话取代古文,新文学运动风起云涌,成为那个时代的新潮和时尚。曾经有人预言,中国的旧体诗,已经走到尽头,此后的诗坛,应是白话新诗的天下。一百年过去,这样的预言并没有在现实中被兑现。最近这一百年,世代变迁,万象更新,科技的发展让人眼花缭乱,人类的生活方式发生了巨大的变化。然而文学还是依照它的规律在人间繁衍。新生的白话诗和有着三千多年历史的古体诗词抗衡了一百年,前者并没有把后者消灭,也没有取而代之。当今的中国人,读古诗,背古诗,朗诵古诗,几乎是全民的行为,从牙牙学语的童稚幼儿,到七老八十的耄耋老人,大家都在诵读古诗。李白杜甫苏东坡的影响,在中国大过任何一位现代诗人。当代的中国诗人,也没有抛弃古人的诗韵,还有数不清的人在写古体诗。古典诗词的生命力,不仅体现在经典的诗词被广泛诵读,也表现在古体诗词的写作方兴未艾。我的文友中,就有几位热衷旧体诗词写作,而且成就斐然。陈洪法先生便是其中一位。

陈洪法先生和我是同乡,他是一位成功的创业者,然而更令他梦魂牵绕、呕心沥血的,是古体诗的写作。他从小喜欢读古诗,记忆中难以磨灭的唐诗宋词,成为他精神的一部分。成年之后,他开始写作旧体诗,在写作中得到快乐,成为他生活中的一种精神动力。我认识他,是因为他写的诗。他喜欢收藏奇石,家中荟集了大量奇石,让人惊叹的是,他居然为每一块自己喜欢的奇石创作了旧体诗。上海的《新闻晨报》,曾经连载他的咏石诗,奇石图片和他的旧体诗相互映照,图文并茂,得到很多读者的赞赏。他写旧体诗,不卖弄噱头,故作高深,而是用古人创造的形式,写他熟悉的日常生活,抒发他的真情实感。他的诗并不受严谨格律束缚,而是率性而作,平实质朴的文字,贴近生活的情境,使他的古体诗有了时代的新意。他在诗中回溯往昔,那些艰困的日子,在诗中化为一声含笑的叹息,如《破屋》:"嫦娥天眼望,夜半看情郎。疑是东方日,床前铺白霜。"离乡创业,他也常有游子思乡的惆怅,如《难阻重阳》:"薄雾压山沟,霜煎小草头。流星回故地,似箭射乡愁。"虽然身居都市,但他怀念乡村的生活,诗中写过年的情景,是不同时代中的相似的记忆:"除夕寒风夜,烟花爆热场。邻村招女婿,隔壁嫁姑娘。一顿团圆饭,三堂话语长。儿孙围桌笑,老子独称王。"乡村的天籁和人情,被他用朴素的文字写得生动有趣,如《扫雪》:"雪压荒山一地封,风弯老树两头弓。村姑扫起三春雪,舞动花裙四面红。"人间亲情是他诗词写作的重要主题,他多次在诗中写自己的母亲,如《祭母》:"独映灵台冷雨飞,萱堂从此不相依,悲中涕泪呼慈母,膝下亲情裹孝衣。十里亲常伸挚手,八方邻每助温肌。人情价比黄金贵,手抚香棺感热辉。"丧母的悲情,在他的诗中表达得声泪俱下,是率真之作。他也用诗句展现自己的胸怀襟抱,表达他的人生理念,譬如《人生》:"雪片霜花沾上头,风刀日剑额前游。誓将生死当河岸,来去轻松一渡舟。"再如《做人》:"锋芒毕露太逞能,退让过头无爱憎。正负相当人正义,精华美玉串成绳。"这类诗,最忌端架子好为人师,而陈洪法的诗作将理念隐藏在意象中,别具一格。

天下热衷写诗的人,怀着不同的目标,有人以诗抒情明志,有人以诗斗智炫才,有人以诗为文字游戏,娱乐而已。陈洪法沉醉于旧体诗的写作,为的是抒发来自生活的感受。他把写诗当作了一种生活方式,从中得到的乐趣,旁人难以想象,但读者可以从他的诗作中感受他的沉醉和愉悦。诗歌给他的回报,并不是虚名浮利,而是诗意盎然的人生情趣,是超然脱俗的精神境界。面对着周围的自然,即便是几声鸟鸣,也能撩动他的诗兴,他能在诗中和鸟对话。且看《点绛唇·人鸟问答》:"伫立窗前,静观树上欢声叫,问询飞鸟,怎把清晨搅?浩荡春风,更比君行早。勤劳好,万千芳草,一夜开多少?"人鸟对话的奇迹,只有在诗人的生活中才可能发生吧。

　　读洪法先生即将付梓的诗集,有了上述感想,写下来,为读者作一个简短引导,也为朋友留一个友谊的纪念。

2016 年 2 月 12 日于四步斋

贺《许淇文集》出版

亲爱的许淇先生：

　　欣闻《许淇文集》首发式暨许淇先生从事文艺工作六十周年作品研讨会在包头举行，由衷地为您高兴！本应赶来参加您的盛会，因上海有预定的活动，时间冲突，无法前来，很遗憾，只能遥致祝贺。祝贺您的文集问世，也预祝研讨会圆满成功。

　　您是我敬重的文学前辈，您的作品，六十年来影响了很多读者。您从来不是大红大紫的文学明星，但您的文字如清泉长流，滋润了无数文学爱好者，也让同行们钦佩。您的创作，是中国当代文学百花园中风姿独特的一枝，也许不是那么耀眼，但是耐品，耐看，有着长盛不衰的生命力。对您的作品，我是真心喜欢。记得还是上世纪八十年代初，距今三十六七年了吧，我在新创刊的《散文》月刊上读到您的一篇写玫瑰和屠格涅夫的散文，优美的文字，深邃的思想，真挚的感情，独特的形式，让人耳目一新，留给我极其深刻的印象，也影响了我的写作。这篇诗化的散文，其实就是您的创作风格的缩影。此后我一直追踪您的文字，您的新作总是给人带来惊喜，您将塞北的旷达辽阔和江南的细腻曲折融合在自己的文字中，把读者引入幽深开阔而又优美的境界，让人感受到文学的魅力。后来我们有机会相识并参加各种文学活动，一起谈诗论文，一起泼墨绘画，您作为一个文人的修养、情操和才华，让我由衷钦佩。有您这样一位文学前辈，一位知己的老朋友，老同乡，我深感荣幸。现在，您的文集问世，这是您的喜事，是文学界的喜事，也是出版界的盛事。您的洋洋大观的文集，是对您的文学生涯的一个小结，也可以让读者有机会对您的文学成就有一个比较全面的认识。

　　很巧，我主编的《上海文学》和《上海诗人》，最近分别发表了您的散文诗新作《中国诗之光》，这是您对中国历代大诗人的礼赞，也是您的文学理想的展现。发表您的这批新作，也算是对这次盛会的一点小小的献礼吧。

再次祝贺您的文集问世！也祝您身笔双健，等春暖花开时，我们在江南再聚会。

赵丽宏

2016 年 3 月 25 日

一个诗人的幸福和痛苦

——序王果先生遗诗

2016年3月17日夜晚,诗人王果先生不幸逝世。王果,本名王北秋,甘肃文县人,生于1927年1月,是一位风格独立的老诗人。他一生坎坷,历尽人间磨难,仍保持着一颗赤子之心。

王果先生是我的老朋友,我和他相识三十多年,对他的遭遇有一些了解。年轻时代,王果先生是一位向往革命的文学青年,上世纪四十年代就在诗坛崭露头角,曾有过值得骄傲的经历。解放后,因和胡风有过一点交往,被株连批判,流放边地,九死一生,二十余年不见天日。我认识他时,他刚获平反不久,我们同在《萌芽》杂志做编辑。他沉默寡言,独来独往,对自己经历的苦难岁月,很少和人谈及。我们有了交往后,他视我为知己,我们曾多次彻夜长谈。前半生的悲苦,并没有把他压垮,也没有折断他心中理想的翅膀。他常常把他新作的诗篇给我看,诗中所表达的,是对历史的思考,对人生的感悟,对真理的追寻。他用质朴平实的文字,写出很多深沉浑厚的诗篇,成为他们这一辈诗人中杰出的代表。晚年,他不断地用他的诗文表达对这个时代的看法。近年来,《上海诗人》和《上海文学》曾多次刊发他的新作,引起读者的关注。2012年,他写成《洪荒六记》,反思他经历的艰辛岁月,是一本浑厚深挚的书。一颗历经磨难和沧桑的心,平静地回望历史,追述往事,却让人读得流泪,这是真实的力量,是人道的力量,是情感的力量。这样的历史,也许不堪回首,但中国人应该了解,而且必须认真面对,铭记在心。曾经的坎坷和灾难,是我们民族的心头之痛,却也是财富。所谓"前事不忘,后事之师",即此道理。遗忘和逃避,决不是一个民族对待历史应有的态度。为了不再重蹈覆辙,为了不让践踏人性的历史重演,回顾和反思,是何等重要的事情。《上海文学》曾发表此书的选章,震撼了读者的心灵。此书的结尾,王果先生用了自己的诗句:

我是最幸福的,因为我思想自由。
　　我是最痛苦的,因为我自由思想。

　　一个诗人的幸福和痛苦,凝聚在真诚的文字中,留给读者的,是余音不绝的思索。
　　今年初,王果先生将他的新作《三思三首》寄给我,希望在《上海诗人》上发表。编辑部决定刊发在今年第二期,就在刊物编辑过程中,传来了王果先生去世的哀讯。《三思三首》是王果先生最后一次为读者奉献的诗作,可视为他的绝笔,也是他留给世界最后的心声。本期《上海诗人》为王果先生开设专辑,发表他的《三思三首》,悼念驾鹤远去的王果先生,愿他一路安宁。

2016 年 3 月 26 日于四步斋

接地气的短文章

——序侯宝良散文集《弹街路》

前些年,流行"大散文",很多写作者雄心勃勃,以浩瀚的篇幅,恢宏的气度,华丽的文字,溯古道今,谈天说地,摆出架势寻历史之根源,探人文之渊薮,每写一篇长文,似乎都要揭示天底下的惊天秘密,都要解答人世间的千古谜团。引领风气者,确有大手笔,登临绝顶,俯瞰群伦,留下厚重之文。然而,当跟风者群起,"大散文"便走向歧途。跟风写作,往往事与愿违,大则大矣,大而无当,便失之空,大而浮泛,便失之浅。就如大风掠过空谷,留不下什么痕迹。其实,作大赋写长论,两千多年前便曾经风行过一时,写得洋洋洒洒,亮艳华丽不算很难,然而能让人神往心动,却并非易事。当年喧嚷热闹的赋章,能流传千年而仍有生机的作品,又有几篇?

和大相对的,自然是小。陈词滥调的长文章,其实很小。而短小的文章,如果写得真切,写得独特,也能打动人,给人深刻的印象。和空泛的长文相比,这样的短文,反而显出其大来。我喜欢读短文,尤其是那些有血有肉有个性,对所述事物有独特见地的短文。

侯宝良写散文很多年了,不管人生的状态如何变迁,他始终坚持着对文学理想的追求,孜孜不倦地读书写作,将自己对生活和历史的感受写成一篇篇短小的随笔。侯宝良不写长篇大论,也不追赶时髦,他的文字,虽没有轰轰烈烈的呼啸和气势,但那种娓娓道来的文风,犹如涓涓细流,源源不断从他的笔下流出,也汇集成属于他自己的微澜清波。真挚质朴的情感,丰富多彩的趣味,清雅平实的文字,构成了他文章的风格。在上海的报纸副刊中,常常能读到他那些充满生活气息、言之有物的短小散文。他将自己多年写的文章汇集在一起,一百多篇短文,编成散文集《弹街路》。"弹街路",又称"弹格路""弹硌路""蛋格路",是沪语中的一个谐音,外地人听不懂,但上海人都知道这种用岩石铺就的道路,那是这个城市记忆中的一部分。我读侯宝良的散文,时有共鸣。为何共鸣?是因为文中情真意切的怀旧情节,是因为作者在寻常生活中感受到的人生乐趣,是因为文中描绘的底层人物的命运和生存状态。这样的文章,尽管篇幅短小,但却是耐读的。他写童年往事,写家人亲情,写旅途见闻,写众生世相,也写生活中的点滴感悟。特别要提一下的,是他在不少文章中写到的"文革"往事,他没有躲避那个灰暗年代的丑恶和荒诞,虽然都是凡人琐事,但却能真实地折射那个时代。这样的书,和很多人追求的"高大上"没有什么关系,却是值得一读的书。这本书中,凝聚着作者大半世人生经验,传达着真挚的情感,是一本能让读者走进昔日时光,留住岁月足印的散文集,是一本上海味道很浓的散文集,是一本接地气的草根散文集。

侯宝良是我中学时代比我高一届的同校学生,读中学时并不认识。中学毕业时,正是"文革"烽烟四起的年代,我们离开校门步入不同的人生,几十年中,几乎没有任何交往。人过中年之后,才知道老校友中有这样一位执着的文学爱好者。我很高兴老同学新著问世,也乐意向读者推荐他的这本散文集。

是为序。

2016 年 5 月 2 日于四步斋

梦中的汗血宝马

——序张如凌诗集《红蓝如凌》

> 我晾出满手宝石
> 如数家珍
> 一阵风
> 将它们吹上天
> 变成满天星斗闪烁

这是张如凌诗作《我绕过记忆》中的诗句。诗歌如宝石,从她手中晾出,其实是从她灵魂里涌出。它们飞上天穹,变成闪烁的星斗……读这样的诗,不仅感叹诗人的想象力,也感佩她的自信。她确实有这种自信的底气,我眼前的这本诗集《红蓝如凌》,是一个很有说服力的证明。我是断断续续读完这本诗集的,阅读的过程中,常常陷入遐想,她的诗作,不时引起我的共鸣,也引发我的思索。毫无疑问,张如凌是一位才华横溢的女诗人,她既有东方襟怀,也有西方情韵。她在《致诗人》中宣告:你既然是诗人,就不能只有一片天空,一块土地。你既然是叛逆的诗人,就应该去浪迹天涯,眺望另一片天空,游走另一块土地。她生在中国江南,中华文化为她的诗歌创作夯下厚实的底蕴,她长期在欧洲游历,西方文化开拓了她的视野,两种文化,在她的诗中有美妙的碰撞,也有水乳交汇般的融合。《远古的呼唤》是一首描绘梦境的诗,构思奇特,意境幽邃,而蕴含其间的深情,让人回味不尽。诗人在法国诺曼底海边做着古老的中国梦,梦醒时分,历史和现实融为一体,时空失去了距离:

> 昨夜,梦里
> 我亲爱的马走了
> 那匹深褐色的汗血宝马

沿着诸暨浣溪河边
一个清凉寂静的中秋夜
圣洁的月光照引它
朝春秋国广漠的草原去了
是载着美女西施上的路
她是吴王夫差心爱的女人
同去找三千年前的家园
追逐梦。无缰疾驰
早该让它奔向远古的
属于它的岁月
如此洒脱。无牵挂

梦醒,泪如雨下
是马蹄声惊了我
窗外。白沙滩
诺曼底海边的马场
骑着汗血宝马
驰骋远去……

　　她在诗中说梦,在梦中寻诗,对故乡的深情,对岁月的感叹,对爱情的向往,凝聚在一首短短的诗中,寄付在那匹汗血宝马的蹄声中,飞过海滩,穿越时光,那种深长曲折的意蕴,让人读之心颤。

　　如凌的诗,有天马行空的自由遐想,她在冥想中"飞越天际,与永恒拔河"。她云游天下,笔锋一转,便飞越万水千山,然而不管身在何方,故乡和亲人,都是她诗中无法分离的主角。她在诗中写乡愁,写情爱,写杭州西湖烟雨,写上海复兴路上的梧桐树,写岁月的沧桑,写人生的悲欢离合,都饱含着真挚的情意。她的诗中没有空泛之词,她在自己熟悉的生活中寻获灵感,捕捉诗意,她诗中出现的意象,都蕴涵着引人思索的深意。诗集中那些抒发对父母的思念、感恩和爱的诗作,尤其感人。

如凌不是职业写作者,她有轰轰烈烈的成功事业,让人惊奇的是,她竟然有精力和时间写诗。然而从她的诗中感觉到的,绝非忙碌和浮躁,而是一种沉静,是对人性的思索,对生活的挚爱。她在喧嚣的市声中"给灵感挪出空间,捡回一路丢失的诗句",她把理想中的诗篇比作钟乳石和琥珀,必须在洞穴中养精蓄锐慢慢生长,在地下深埋千年而臻圆润完美。她拒绝平庸,在诗中展现着自己的个性,也表达着对生命的独特思考。如《沉香醉》这首诗,便体现了她的追求。在诗人笔下,沉香之馨香,竟源自"一场情感浩劫,遍体鳞伤,痛着,欲罢不能"。其中的傲骨美德,令人感伤,那是"残缺的审美,残忍的沉醉"。这样的意象和境界,是如凌独到的发现。

稍纵即逝的时光,是张如凌诗中经常出现的主题,或许可以说,这也是隐含在她诗作中的一个永恒主题。诗集中有一首诗题为《来不及》,是表现这个主题的奇妙之作,不同的读者,可以从中品悟出不同的情境。时光从每个人身边飞过,留下了什么?如凌将她与众不同的感受定格在她的诗句中:

  梦中传来你熟悉的呼唤
  焦虑的我只挪着碎步
  来不及牵手已然转身告别

  睡梦中你叩响了我的门
  微笑间添了几道皱纹
  来不及触摸你却离我远去

2016 年 8 月 14 日于上海四步斋

来自血地的心声

——序天谛散文集《血地》

天谛的《血地》,是一本值得一读的散文集。我仔细读了集子中的每一篇文章,其中很多篇章深深打动了我,甚至震撼了我的灵魂。这是一本饱含真情,闪烁着智慧光芒的散文集。

书中的很多作品,是表达作者对故乡崇明岛的深挚之爱。这些篇章,也是我最为欣赏的。故乡在天谛的记忆中,七彩斑斓,有着神奇的色彩。故乡是什么?是田野,是竹园,是芦苇,是老岸河,是童年冬猎的记忆,是情窦初开时的心跳,是善良苦命的奶娘,是含辛茹苦的父亲母亲……

我也是崇明人,青年时代曾回乡"插队落户",崇明岛是我走上文学之道的起点。天谛的散文中对家乡的生动描绘常常引起我的共鸣。崇明的乡土风情,曾经被很多人写过,但在天谛的笔下,却写出和别人不一样的独特感觉。《南宅竹园》中,他不写竹子的风韵,却写了童年记忆中在竹林中看到的种种神秘景象,黑夜中飞舞闪烁的火光,轻烟一般飘出竹园的白纱,文中没有为读者揭秘,让人感受到的是童年的幻想和天真。《莱妞》是作者的童年记忆,写的是一头母牛和一条小牛的故事,是一篇让人读来心颤的佳作。写的是牛,折射的却是人性之光。文章的结尾,小牛误食农药死去,悲伤的母牛无声地流泪,作者陪着母牛哭。这样的情景,能打动所有的读者。《崇明岛冬猎》,也写得非同一般,这前后关联的三篇散文,写出一段引人入胜的捕猎记忆,也表现出作者作为一个散文家的才华。童年的好奇,大自然的多彩,围猎的激烈紧张气氛,人和动物之间的奇妙博弈,被作者用细腻生动的文字娓娓道出,文中那只咬住猎人的手指至死不松口的黄鼠狼,让人读而难忘。这样的冬猎,表现的并非只是乡野童趣,其中有更深的情致和意涵。在一个忍着饥饿参与围猎的孩子心里,是一段刻骨铭心的记忆。《老岸河》也是天谛写得很用心的一篇散文,他把这条河称为自己的"父亲河、母亲河",这条河"流过我的血、我的汗、我的泪,我也靠着她度过了生活中最贫穷艰难的日子,收获了勇敢、坚韧和自强不息的精神财富"。然而这决不是简单的感情表白,打动读者的,是文章中大量的情景和细节,是发生在河里和河畔的故事,贫困灰暗的年代,无法湮没童心的灿烂澄澈,无法阻挡对美好明天的憧憬。

这本散文集中,最感人的文字,是几篇写人的散文,《父亲走的时候》,是作者对父亲的追怀,文章用饱蘸深情的笔墨追述了父亲的一生。在风云变幻的岁月中,父母的命运多舛,历尽人间的悲欢离合,但亲情如同日月在天,风雨阴霾无法将其湮没。在天谛的文字中,读者能看到一颗感恩的心。《奶娘》也是这本书中的一篇力作,奶娘的淳朴慈爱,以及她悲苦辛酸的命运,让读者感动。然而这篇散文中,震撼灵魂的文字,是作者的忏悔,面对奶娘凄凉悲苦的惨境,他曾经躲避、曾经逃离,成为一个旁观者。这样对灵魂的自我解剖,需要真诚的勇气,作品也因此而撼人心魄。

用来作为书名的散文《血地》,值得说一下。这篇散文,是作者对崇明岛的礼赞,是对故乡大地的深情表白。这是一篇将近万字的长文,感情深挚,文字优美,犹如一首抒情长诗。真实而富有诗性的描绘叙述和议论抒情,在文中如水乳交融。血地,决不是一个空洞的概念,组合成这个概念的,是故乡的历史风情,是生命的孕育成长,是万类生灵的美妙风姿,是无数人的命运,是发生在故乡大地上的沧桑变迁,这一切,伴随着优美的童谣、智慧的俚语、飘漾在田野里的亲切浓郁的乡音。作者这样解释他心目中的"血地":"窃以为是父精母血糅合之地,母亲大人临盆生产之地,你的生命孕育诞生之地。血地是丰饶的,她提供周遭的子民饮食安居;血地是豁达的,她引导人们在最恐怖的年月里,寻找到最天然的快乐;血地又是睿智的,她教会人们耐心、勤勉、创造……"这是来自血地的心声。

这本散文集,是天谛的人生小结,除了写家乡的文字,也有他云游天下的感想,有他对人生经历的回顾。书中还收入他发在微信上的一组短文,纵览时事风云,评点世态万象。从这些文字中,可以窥见他对人生的思考,对人间至美的憧憬。

我一直认为,优秀的散文家,其作品之所以动人而有生命力,核心是三个字:情,知,文。情,是真情,是真话,是作者真诚的态度,离开这个情字,散文便没有灵魂。知,是智慧,是知识,是作者对所述事物的独特见解。文,是文采,是文风,是作者富有个性的表述方式,也就是散文的谋篇布局和文字个性。如果以这三个字来看天谛的散文,我觉得他符合我心中对优秀散文家的要求。"情"和"知",我在前面说到了一些,关于

"文",天谛有不同于常人之处,他经常在文中引用崇明的土语,不是炫耀,也不是滥用,而是用得恰到好处,使他的文章有了特别的崇明岛气息。这正是一个写作者应该追求的独特性和个性。

描绘故乡风物人情的文字中,又增添了这样一本独具个性的散文集,并能先睹为快为之作序,我深以为幸。

2016 年 8 月 27 日于四步斋

东方的智慧

——序郑福田文集《中国古代思想家赞述》

郑福田先生的新著《中国古代思想家赞述》，是一本值得向当代中国人推荐的书。因为，这不是一本简单的中国古代思想家群英谱，而是一部别具一格的中国古代哲学史。

中国的哲学，源远流长，早在三千多年前，已产生洞察天地人世的奇思妙想。到春秋战国时期，出现了哲学的大繁荣，思想界群英荟萃，百家争鸣，涌现出一大批独具个性的哲学家。他们对宇宙天地的诘问和遐想，对人间万象的观察和思考，对过往历史的回顾和反思，对人类未来走向的展望，都达到了前所未有的深度和高度。那些简洁有力的文字，诗一般阐述深邃的哲思，让人叹为观止。他们之间，有辩论，有互证，有融合，任何一种独创的思想，都可以发出自己与众不同的声音。这种思想界群星灿烂的盛景，是人类文明史中的一个伟大奇观。那个时代的中国思想家，已经抵达人类智慧的峰巅，时隔数千年，依然让人仰望叹息。人类的所有哲学命题，在那个时代，似乎都已经被提出，而且得到了极具个性的艺术化诠释。从春秋战国时代开始，中国的哲学如一条波澜壮阔的大河，汹涌而曲折地奔流了两千多年，沿途风光潋滟，不时有奇峰突起，风景让人眼花缭乱。这条大河奔流的轨迹，是人类思想史中辉煌耀眼的一脉。

中国的古代哲学，是一个内容驳杂的巨大库藏。不同时代涌现的思想家，多如繁星，与此相关的论述和典籍浩如烟海，其中难免鱼龙混杂，泥沙俱下。同一人物，在不同时代会有完全不同的评价。孔子在中国历史上的跌宕之命运，便是一例。很多思想家，出现时如闪电横空，如惊雷醒世，到后世却历尽沉浮，甚至被湮没。他们的命运尽显世态的诡谲和时光的无情。然而真金和美玉，终不会被埋没。郑福田构思《中国古代思想家赞述》，其实是对中国古代哲学史作了一次全面的梳理，他选出其中的代表人物，用精湛古朴的文字，真心礼赞。他最初的设想，就是写一组赞赋，讴歌先贤。如果仅止于此，这本书的意义，大概就是一本古代哲学家的群英谱，经书法家抄录，印成册页，可成为今人向先哲致敬的艺术品。然而郑福田没有到此为止，这一组赞赋，成为这本书的提纲挈领,他以此为据,洋洋洒洒地写来,在每一位思想者的赞赋之后,写出一篇篇专题文章,描述这些思想者的观点、性格和历史地位,并揭示了他们之间互相影响、传承和创新的关系。书中赞美的五十三位中国古代思想家,从春秋战国的儒家创始人孔子,到清代唯物主义思想家戴震,跨越贯穿了二千三百年历史。这本书中的文字,是诗性和理性的融汇,是古典和现代的结合。古雅的赞赋,加上思路清晰、内容翔实的释解,由点及面,深入浅出,成就了一部体例独特的中国古代思想史。

读这本《中国古代思想家赞述》,让我联想起罗素的《西方的智慧》。罗素是二十世纪影响巨大的英国哲学家,他曾写成篇幅浩繁的《西方哲学史》,然而曲高和寡,读者寥寥。罗素不甘心,认为如此丰富多彩的西方哲学,更应该让大众了解,所以又用文采斐然的笔调,写成一本篇幅较短、可读性极强的西方哲学史随笔,就是后来风靡天下的《西方的智慧》。有趣的是,罗素写《西方的智慧》的过程,是从繁而简,而郑福田写《中国古代思想家赞述》,却是由简而繁,从一组诗化的赞赋,衍生发展成一部中国古代思想史。郑福田的这本书,也可以称之为《东方的智慧》。

郑福田是我的好朋友,我和他十多年前相识于北京。他来自内蒙古,是学养深厚的古典文学教授。他曾不止一次对我说:"我是一个农家的孩子。"他生在内蒙古,在农村度过童年。我读过他记叙少年耕读生活的文字,写得情真意挚,生趣盎然。他从小便选择做一个读书人,在灰暗喧嚣的年代,历尽艰辛,从浩瀚的书海中感受中华文化的魅力,并找到了自己的人生和事业之路。他的成长和成功,也是这个时代的一个奇迹。我从他写的旧体诗词和文赋中认识了他的学养和才华。他能随心所欲驾驭古文,写诗作赋,谈人生,论时事,说历史。他的文字古雅,却神采飞动,灵气飘逸,绝不陈旧古板,抒写的是一个现代知识分子的见解和感情。

福田嘱我为他的《中国古代思想家赞述》作序,使我有机会先睹为快,也使我更加深了对老朋友的了解和钦敬。这本书,是他多年专研中国古代哲学的成果,是他深厚文化积蓄的一次喷发,也又一次展现了他对中国传统文化的卓越见解和情怀。能为这样一本优秀的中国古代思想史读本写引言,实在是我的荣幸。

丙申二月初九于四步斋

向古典文学致敬

——序马小娟画展

马小娟的国画,以她清新雅致的独特风格,引起广泛的关注。马小娟在宣纸上画荷花,画在荷塘泛舟采莲的年轻女子,画身着蓝印花布衣衫的村姑。她笔下的墨彩,落到纸上化为漾动的荷叶、含羞的莲花,它们带着湿漉漉的灵动之气,张扬着诞生于水的生命活力。而徜徉在莲荷中的女子,身姿优雅,神态安闲,眉眼中闪动着文雅和聪慧。马小娟画的人物,无论是古装女郎还是现代姑娘,她们飘逸的衣衫如云霞如水波,仿佛是从梦中飘然而至。她们神情恬淡,默然无语,却浑身散发着灵气。花草和人,同是天地间的生命,她们在马小娟的画中融为一体,给人美妙联想。

马小娟的国画,有江南水乡的韵律,有女性的细腻和妩媚。人物的适度变形,凸现了画家的个性,也使她的作品洋溢现代气息。这类作品的题材并不新鲜,但看马小娟的画,却使人耳目一新。画家丰富的想象力和独到的表现力,可以使传统的题材焕发出新颖的光彩,这就是具有独创性的艺术之魅力。

以上文字,是我十五年前对马小娟国画的印象。这些年来,马小娟没有停止她在艺术道路上的追求和探索,并且不断给人惊喜。我曾得赠她画《红楼梦》人物的画册,这部伟大的古典文学名著,激发了她创作的灵感。从她的《红楼梦》人物画中,可以看到画家对文学的神往和独特理解,文学名著中的人物,在她的笔下有了灵动的生命。她这次新办的画展,也是一个人物画展,画中人物,都来自中国古典文学。其中不仅有《红楼梦》《西厢记》中的场景,还有祝文君、西施、貂蝉、王昭君、麻姑、红线女等文学作品中的女性形象,杜甫名诗《观公孙大娘舞剑器行》,也成为她的画作题材,杜诗中那位把宝剑挥舞得出神入化的公孙大娘,在宣纸上翩然若仙……这次画展,是马小娟绘画艺术的新成果,也是她品读中国古典文学得到的灵感,是一个现代画家对中国传统文化的敬意。正如画家自己所说:"能静下心来欣赏古典文学和由其演绎引申开来的绘画作品,学习体会其中的悠远、潇洒、旷达和从容优美的意境,提高各自的艺术品位,是多好的事情!"

丁酉秋日于四步斋

音乐的共鸣

——序刘蔚散文集《安达卢西亚浪漫曲》

语言的结束,便是音乐的开始。这种说法,是指人间很多微妙的情感和思绪,用语言难以表达,但音乐可以。这样的说法,有些夸张,但确实是爱乐者的由衷之言。有人说,音乐可以听,可以欣赏,可以用自己的心情和思想去感受,但很难用文字叙述。甚至有更偏激的说法,文字不可能描绘音乐,所有对音乐的文字诠释,都是无稽之谈。我不能同意这种偏激的说法。音乐的魅力和逻辑确实不同于文字,用拙劣的言辞和风马牛不相及的文字去解释音乐,也许会是对美好音乐的曲解和亵渎。但音乐决不是文字的仇敌,而是文字的亲密朋友。作为一个爱乐者,我不仅在聆听音乐时得到享受,也曾无数次通过文字了解音乐的奥秘,加深对音乐的理解。而那些隐藏在旋律背后的音乐家的故事和音乐诞生的背景,只能用文字来叙述。阅读和音乐有关的美好文字,对一个热爱音乐的人来说,是一件乐事。

刘蔚是一位资深爱乐者,音乐一直是他人生最重要的伴侣。他曾做过电台音乐节目的主持人,曾主编过推介音乐的报刊。他也是一个有影响的音乐随笔作家,他把自己听音乐、研究音乐、从事音乐活动的感受和经验,转化成了生动的文字。我经常在各种报纸杂志上读到他的音乐随笔,他的文字,不是简单地介绍音乐知识,讲述音乐家的故事,而是倾注着自己对音乐的深厚情感,传达着一个爱乐者对音乐的独到见地。他的视野开阔,对不同风格和流派的音乐都有兴趣,而且善于追根溯源,常常由一阕乐章而揭示一个音乐家的风格,纵论一个时代的音乐。他的音乐随笔,篇幅不长,但行文生动,内涵丰富,读来饶有兴味。这些文章中,有音乐评论,有乐坛轶事,有音乐家的传略,也有对音乐史的研究。他关注的很多音乐家,也是我喜欢的,如莫扎特、贝多芬、勃拉姆斯、柴可夫斯基、卡拉扬、索尔蒂、阿巴多、小泽征尔……他对这些音乐家的很多看法,引起我的共鸣。刘蔚告诉我,他要将这些年来撰写的和音乐有关的文字编辑成书,由上海书店出版社出版,并希望我为他的书作序。我读了他书稿中的部分作品,引发一点思索,也重温了他的音乐随笔曾给过我的愉悦和启示,写成这篇小文,为他的新著作一个简短的引导。相信他的书能引人入胜,带读者遨游浩瀚美妙的音乐天地。

2017 年 2 月 12 日于四步斋

贵在深挚独特

——序杨华诗集《摇曳未定》

杨华是一位教师,是一所中学的校长,在教书育人的同时,她也从事文学创作,写小说,写诗,追寻着缪斯的脚步。读她即将出版的诗集,让我生出不少感慨。《摇曳未定》是一本很有特点的诗集。全书七十余首诗,题材很丰富,咏叹历史,回溯岁月,抒发曲折情感,讴歌自然天籁,有诗人留在天涯海角的足迹和思绪,也有校园生活的回声。读这些诗,可以看到一个热爱生活,钟情文学,也勤于思考的诗人的优雅心迹。

这是一本十四行诗集。每一首诗,都只有十四行。但是很显然,这些十四行诗,并非简单的模仿外国的十四行诗。尽管诗的行数相等,但形式时有变化。在简短的十四行诗句中,要写出人间曲折幽邃的情感和思绪,并对历史、对自然、对世态万象表达与众不同的看法,这不是一件容易的事,对诗人有很高的要求,需要情思,需要见识,需要驾驭文字的能力,当然,更需要个性。

杨华这样写李白:"千古江山不见君王/舞蹈作杯中佳酿/刻在书卷那几行"。这样写陈圆圆:"兰花指轻拈起珠帘/秦淮河上的红颜/嬗变了一个朝代的天"。那首为纪念9·11事件十周年而写的《活着之外》,读来让人心灵震动:"没有人告诉活着的人活着/恍惚的烛泪证明你活着/没有人告诉冰冷的墓碑活着/你无法向它证明你活着……生与死正如那天一样莫测/肉体与信仰被毁尸灭迹的时刻/不是你我想要的选择"。读这样的诗句,感叹这十四行中蕴涵的丰富能量。

诗集中那些抒写情感的文字,有一些让人读过便能留下较深印象的诗行,因为深挚,也因为独特。如《没有》中:"世上本没有等待/他不想你/你就成化石了"。《等待》中:"若能多看你一眼/我会瞬时结束冬眠/等待你的呼唤/让刹那间的闪电/撕裂掌心的交织线"。《如果爱》中:"如果爱/想着你便拥有了世界"。《风车之恋》中:"旋转了千年/重复画着一个圈/风与你的纠缠/已爱得晕眩"。

杨华喜欢旅游,她的诗集中有不少写在国外的诗,她去过的地方,很多人都去过,但她在诗中写出了自己的独到感受。如写在德国的《别了,天鹅堡》中,并不是简单地赞美天鹅堡,而是在短短的诗中引发深长的思索:"这座城堡千年后的寒暑/世人解不开的厚重的帷幕/或许就是恒久的孤独"。在贝多芬的雕像前,她发出了这样的感慨:"英雄的脚步凝固成风景/却留不住一片浮云/为音乐朝圣者深邃的眼睛/覆盖上一层光明"。

少年时代,我曾读过几本西方的十四行诗集,如莎士比亚的十四行诗、白朗宁夫人的十四行诗,这些诗集中的很多诗句,很深刻地留在我的记忆中,至今仍能背诵。年轻时代,我也曾写过十四行诗,以此和西方的诗哲对话。西方的十四行诗,有规定的格律音韵,翻译成中文后,原有的格律已不明显。中国人写十四行诗,只是取其行数而已。杨华的诗,写得自由率性,虽以十四行规定诗的长度,但并不拘泥于固定的形式,句式也有很多变化。我想,读者被杨华的诗打动,并非因为这些诗的形式,而是因为这些诗中流溢出的率真和睿智。

2017 年 4 月 14 日深夜于四步斋

构建迷宫的耐心

——序吴斐儿诗集《青叶集》

恕我孤陋寡闻,在读到这本诗集之前,我还不知道吴斐儿,也没有读过她的诗。老友陆澄先生向我推荐吴斐儿的诗,并希望我为她的诗集作序。我想,也许是一位诗歌爱好者的习作吧,看一眼再说。然而展读《青叶集》,却让我惊喜。集子中的诗作,感染了我,打动了我,使我产生共鸣,也让我感动。

吴斐儿的诗,也许还没有广为人知,但她的作品,不是初学者的习作,而是情感深挚,意象独特,底蕴浑厚的佳作。她的诗中,没有陈词滥调,没有轻浅的抒情,而是对人性的思考,对生命的沉吟,对大千世界的细致观察后发出的诗意感慨。她的诗大多短小精致,内涵却浑厚悠远。对自己想在诗中抒写的景物情状,她不会人云亦云,总是力图写出有别于常人的独特。她诗中流露的苍凉、忧伤、无奈、怅惘、思念和温柔,都是真情的表达,也是诗意的自然流泻。

她写乡愁:"把一条路走成一个故乡/算不算旅人的回乡";"看云看得久了/一低头就流出泪来/只因乡愁蓄满了/得溢出来"。她写《草》:"用匍匐用沉默/生生不息地/吟唱/苍穹下隔世的长调"。她在《客居》中有这样的幻想:"若能在静到幽深处把自己长成一株木槿/就长在时间的倒影里/让停留的更多停留/让不舍的更加不舍"。只有诗人,才可能有如此情怀和幻想。

写诗,对于吴斐儿,是怎样一种状态和境界呢?且读她的诗句:"用一支笔构筑一个世界/该有多大的野心……有时遇到井水/就汲上来/蘸着浓夜书写/混沌的眼睛就动荡就出一片星辰";"火炬无力时/内心的星辰就亮起来/若不是暗夜/眼睛如何看得见";"把自己深邃成一片海/缄默是必然的代价/那一切不可言说的/全部沉入海底/算是有了个去处";"为了让你记住来时的路/我种下记号/希望它在某个时刻能把流逝截住/把阴影收拢";"怀里装着一座旧城堡/白发生出一根/城墙的苔藓就绿一层/故纸堆的灰一吹/花就穿上隔年的红装/谁不是/自己堆砌之物的看护人"……这些诗句,不需要我来解读，它们非常生动地把一个诗人的思绪和才情铺展在纸上，让人感受到诗的独特和灵动。

吴斐儿的诗有时给人一种幽邃之感，诗中有人物，有故事，有曲折的岁月痕迹，但却不是一目了然的清晰。淡淡的文字中，蕴藏着一些秘密，仔细品读，会有惊心之感。如诗集的首篇《喊父亲》，诗的开场，"对着山谷喊父亲/一直喊一直喊/直到把自己喊小/把山谷喊成平原/把河流喊得倒流/喊到被春天遗落的那个清晨"；喊得声嘶力竭，父亲并没有出现。而场景突变，进入室内：帘子，茶缸，"炉子上煎着中药"，以为父亲会出现，还是不见人影。诗的下半阕，又回到山中，"我终于不喊了/我就开始漫山遍野地找/找那一株药草"，她确信父亲就是山中的一株"没人认得没人心疼"的药草，诗的结尾突兀而慷慨："我确信我可以/认得出/因为我还没来得及滴下的/眼泪/就会让他在风中/颤抖不已/地动山摇"。父亲没有出现，但满篇都是父女间的心魂感应，不仅情深意挚，而且惊心动魄。

我没有读到吴斐儿更多的诗作，仅见的这本《青叶集》，虽然作品数量不多，但已经可以窥见一个诗人的不俗的襟怀和格局。关于诗和人性的思考，关于诗性的追求，渗透在她的每一首诗中，正如她自己的诗句所言："文字/是西西弗的巨石/它构建迷宫的力量和耐心/远比岁月/长久"。

2017年7月14日深夜于四步斋

宁静是一种高贵的态度

——序王铁仙散文集《平静》

王铁仙先生的散文集《平静》即将出版，铁仙先生希望我为他的新书写一篇序，心里既高兴，也有点惶恐。

王铁仙先生是我的老师，在华东师范大学中文系上学时，他的现代文学作品欣赏课，是学生喜欢的课。他讲鲁迅的散文，讲徐志摩和李金发的诗，讲郁达夫的小说，都不是简单的介绍，而是独具个性的解读。记得他讲解郁达夫的短篇小说《春风沉醉的夜晚》和《迟桂花》，柔石的《为奴隶的母亲》，把作品分析得丝丝入扣，讲得引人入胜，课堂上气氛活跃。对鲁迅的人格和创作风格，铁仙先生有自己的见解，当年在课堂上讲鲁迅的散文《风筝》，他就解读出很多文字背后的情愫和意蕴。他喜欢同学的质疑和提问，从不摆老师的架子。他说："你们可以不同意我的观点，可以坚持自己的看法。我的观点也许不高明，但我是真心这么认为的。"他还说："如果你们觉得我的课太乏味，可以在课堂上做别的事情，看书，写文章，打瞌睡，或者离开，没有关系。"说这些话时，他的态度诚恳，没有一点造作。然而他的课，恰恰是大家欣赏的。毕业后，王铁仙老师一直和我保持着联系，关心着我的创作。他后来当了华东师大的副校长，但还担任着博士生导师。多年前，上海文艺出版社出版了我的四卷本自选集，铁仙先生仔细读了我的书，还写了一篇热情中肯的评论，发表在《文艺报》上，使我再一次感受到老师的关怀。

铁仙先生对自己的定位，是教授和文人。这些年，不断读到他的新作，他研究鲁迅，解读瞿秋白，对现当代文学的种种现象，发表很有见地的论述，作过有深度的分析。他也写一些抒写性灵的散文，虽然数量不多，但偶有所作，总是让人心动，让人窥见一颗历尽沧桑仍保持着纯静的赤子之心。

散文集《平静》，荟集了铁仙先生这些年写的各种题材的散文，是一本有着睿智见识的学者散文，也是一本表达了真性情的文人散文。全书共分七辑，前三辑"永远的山""永远的树""宁静境界"和"丽娃河畔",是抒情散文和随笔;后四辑"白如霜雪""人性的探索""始终如一的启蒙主义""学的力量",是说文论史的散文。这本集子的很多文章,我以前读过,如《鲁迅的魅力》《诗人瞿秋白》《白如霜雪,坚似磐石》《率真的人》《大学人文精神谈片》等。他谈我的散文的那篇评论《永不厌倦的优美的歌》,也收在这本集子中,重读他语重心长的话语,让我感到分外亲切。

  铁仙先生是瞿秋白的嫡亲外甥,也是国内研究瞿秋白最权威的专家。这本散文集中,有多篇有关瞿秋白的文章,都是有分量有见地的力作。对自己的舅舅,铁仙先生当然有不同于常人的感情。但是他还是以一个学者严谨的态度,对瞿秋白的心路历程和世界观、文学观作了恰如其分的有深度的分析。读者会记住他对瞿秋白的评价:"瞿秋白确实是一个温文尔雅的知识分子,《多余的话》确实表达了他临终前的真实心境。但是瞿秋白的儒雅风致后面有英雄的胆识,文采风流里面是一以贯之的崇高信念,复杂矛盾的意绪中间弥漫着凛然正气。而且后者是主要的。"散文集中《相通相契的心灵档案》一文,揭示了鲁迅和瞿秋白的友谊之谜。此文最初发表在我主持的《上海文学》上,文章刊出后,被很多读者称道。铁仙先生对两位在中国现代文学史上举足轻重的人物的解读,对他们的性情、品格和世界观、文学观的分析,对他们之间的真诚相待、互相理解和帮助,作了生动精到的描述和论述,这是两颗相知相契的心灵之遇合。此文的最后,铁仙先生如此结论:"人的心灵,是比所有可见的事实加在一起都还要广阔深邃的世界。心灵的奥秘来自于人性的多重结构、情感的细微曲折,是探索不尽的。心灵的相通相契同样复杂微妙,尤其是在这样两位杰出人物之间,无法只用抽象的理论、逻辑的推理来破解,也是探索不尽的。"

  这本散文集中,有几篇写人物的文章,给读者留下很深刻的印象。这些人物,都是华东师大的名教授,许杰、施蛰存、徐中玉、钱谷融等,他们也是我熟悉敬重的师长。铁仙先生的文章表达了自己对这些前辈由衷的敬佩。读铁仙先生的文章,使我对这些师长有了更深的认识。铁仙先生的这些人物散文,以真挚的情感、平实的文字、生动的细节,一一刻画出几位前辈的个性和风范。譬如《钱谷融的文学情怀、识见和格调》一文,在我读到的众多写钱先生的文章中,这是留给我印象最深刻的一篇。在这篇文章中,铁仙先生不仅谈了钱先生的学术成就,谈他讲课的魅力,谈他做学问的睿智,也以自己的亲身经历,写出了钱先生为人的真诚和宽容。"钱先生文内文外,言谈容止,都透出文学的气息。简直好像是文学的化身。""坚持真理,又温柔敦厚,这是钱先生为文为人的格调。"文章中有这样一个情节:"记得多年前我在他家里遇到一位外地来的同行,坐下不久就大声地、与人争论似的滔滔不绝讲他对某个文学问题的看法,也不管人家听不听,有点粗鲁。我有点反感。钱先生好像注意到我的神情,待他告别后,钱先生对我说,这个人是很真诚的,他坚信自己的观点呀,不要看不惯这样的人。"

铁仙先生自己也是一个性情中人。他生性淡泊,热爱生活,热爱自然。他的性情,很自然地流露在自己的散文中。集子中有一篇很特别的文章《虚拟我的大学校园》,写的是铁仙先生作为一个大学教师谈理想中的校园。他说:"我们不能因改建校园而失去一些地方的淡淡历史感和艺术气氛,因为这些对于人的情感、人的心灵的养育,并不是可有可无的。说到头来,对于人的精神生活,本来就需要一些非实用的东西,一点仅供欣赏、使人轻松、给人怡悦的东西,人生才不至于干枯。"他喜欢草坪:"草坪有什么用?但是你看啊,那绿茵茵的草坪,永远不使人感到多余。"面对被破坏的校园,他想起了杜甫:"物质贫困的杜甫曾经歌唱:'安得广厦千万间,大庇天下寒士俱欢颜,风雨不动安如山?呜呼,何时眼前突兀见此屋,吾庐独破受冻死亦足!'在物质丰足的今天,我则要夸张地学舌一句:'呜呼,何时眼前突兀见此园,吾庐独陋受穷心也甘!'"他以文学作品来比喻校园:"我觉得,规模大的大学校园如长调,小的高校的校园如一首小令,或者如长短不同的诗、散文。一个校园是否值得称道,是不是'绝妙好词',是不是'美文',就要看它是不是有境界。"

我喜欢集子中几篇抒写性灵的短文。如《平静》《独处》《永远的山,永远的树》《人生不老水长流》等。这些文章,篇幅短小,文字淡雅,感情却挚切深邃。在这些文章中,不时能读到触动人心的文字:"不再年青的人的生命里,是否就没有或不再有春天的景象了呢?我想不是。这是因为,人的生命,不仅是一种自然的存在,还是精神的存在,而且精神是主体……年青的躯体会慢慢衰老,精神却可以保持热力,并不必定因衰老而冷却、灰暗。"《永远的山,永远的树》,写自然,也写人,由自然的山和树,写到一个他熟悉的人,"一个很普通的高校干部,一个很平凡的人",老汤。文章中写了铁仙先生和老汤交往的一些小事,淡淡地写来,却感人至深。他在文中发出这样的感叹:"我深深感到,对杰出和平凡难以作出绝对化的评判。我接触过不少知名学者和其他名流,接触多了,有的实在不能令我敬重。倒是不少平平常常像老汤的人,给我留下不可磨灭的印象。"在写人之后,他又写到了自然:"大地上永远存在或者总会生长出来的山丘林木,却能给人以沉静的力,给人以永远的怀想。就是在戈壁大漠荒滩上,也是如此,甚至我们会感受得更深。人自身也何尝不是如此?朴实的品德和合群的理性,就是人的最自然的也是很可宝贵的品性,它植根于人的一般本性之中,就像自然界的山丘林木一样,普遍而永恒。"

在这些性灵散文中,读者可以发现铁仙先生的生活情景和精神状态,譬如在《独处》一文中,他这样描述自己的生活:"有点闲暇时,我最希望做的,是在家里独处一室,整理好杂乱的书桌,收拾出干净的一角小天地,静静地呆一会,或者在校园僻静的小路上走一走,让一直处于紧张状态的神经松弛下来,让头脑里纷扰的思虑渐渐消散,就好像是战地上尘埃落定,恢复平静,从忙碌的人堆里这么暂时超脱出来,真是愉快的休息。我不看一般性的电视剧,也是这个缘故,自己刚从纷纷扰扰的人事中来,又何必再来看人家的纠葛呢?这么独自平静着,有时,会心里一亮,忽然悟到在人堆里忙碌时某个想法、说法的错误,不期而至地冒出真正的好主意来。譬如今天天热,我读一首宋诗:'纸屏石枕竹方床,手倦抛书午梦长。睡起莞然成独笑,数声渔笛在沧浪。'默默地借它言自己之志抒自己之情,会仿佛在这烦嚣的都市听到了远处清亮的笛声。"

铁仙先生用《平静》作这本散文集的书名,这也是他借此抒怀,表达出自己的心境。正如他在文章中说的:"宁静是一种令人愉悦的气氛,是一种高贵的态度,是一种美的境界,是人可以创造的。"铁仙先生用他的文字,创造出了这样的境界。

2017 年 9 月 7 日深夜于四步斋

时光的秘密

——序恩里克诗集《时光就这样流逝》

孔子曰:"逝者如斯夫,不舍昼夜。"

时间像流水一样过去,不管是白天还是黑夜,没有任何力量能使之停滞。孔子的感叹,千百年来不知引起多少人的共鸣。这样的共鸣,不仅在中国,也在世界的任何一个角落。

阿根廷诗人恩里克·索里纳斯的汉译诗集《时光就这样流逝》,也是对孔子感叹时光流逝的一种共鸣。在他的诗中,时光如何流逝?这是读者感兴趣的。他在自己的诗中写自己的故乡的风景,写他的童年记忆,写对父母的深情,也写他见识的天空和大地,写他云游四海的观感,写他对生命和人性的思索。他诗中吟咏的一切,都是流逝的时光在他灵魂中留下的印记,这些印记,是一个诗人的情感、智慧和与众不同的个性的集合,也是一个在人生路上寻觅的思想者对时光的解释。诗集的最后一首,也就是这本诗集的书名《时光就这样流逝》,这首诗,是诗人在上海生活之后留下的印象。他曾站在黄浦江畔,看着汹涌的江流,面对着闪烁在江面的霞彩和灯光,感叹时光的流逝。他在诗中说"我走了,一如时光流逝",有点伤感,也有点无奈;但结尾的两句,却给读者无限遐想:"我把自己交给这个世界,而我将乐在其中。"

恩里克·索里纳斯是阿根廷诗人,在拉丁美洲和西班牙语的读者中有广泛影响,他的诗,情感真挚,意象独特,视野开阔,思绪绵密深邃,极富想象力。2014年秋天,他曾参加上海写作计划,作为上海的驻市作家,在上海生活了两个月。我们曾有过几次交流,在我的印象中,他开朗真诚,对所见一切都兴致勃勃,充满好奇。我也听到他用西班牙语朗诵诗歌,尽管听不懂,但能感受到他的沉醉和深情。读到这些被翻译成中文的诗作,我才真正窥见了他的丰富多姿的心灵世界。翻译者奚跃萍以洗练的汉语,展现了原作的意蕴,是一本值得细品的汉译西班牙语诗集,相信中国的读者会喜欢这本诗集。

2017年11月16日于四步斋

折射人性的光芒

——序朱大建散文集《从故乡到远方》

朱大建的《从故乡到远方》，是一部有特色的散文集，荟集了作者多年来的散文佳作。大建在新闻媒体担任领导工作很多年，他经常在《新民晚报》和其他报刊发表杂文，议论世态，针砭时弊，也评点文艺，在很多读者的印象中，他是杂文家和时评家。这本新出版的散文集，将他写作中的另外一面展现在读者面前。这本集子中的散文，以真挚的情感，质朴的文字，富有个性的描述，写出了当代中国人的生活情状和精神天地，既接地气，也有思想深度。其中有些篇章，曾经感动了很多读者，如《我的父母我的家》《我是"两万户"少年》《饥饿》等，以独特的视角，真诚的态度，抒写珍贵的人间亲情，回忆反思那些风云变幻的岁月，这是作者的心路旅程和人生展痕，也是对所处时代的真实记录。《我的父母我的家》发表后，广受读者好评，荣获第十二届《上海文学》奖。这篇长文，是大建格外用心的倾情之作，文中写的是他的父母和家庭，从中折射的是社会的变化和人性的光芒。

《从故乡到远方》这本散文集的出版，对大建具有特殊的意义，这些文字，表现了一个散文家的艺术修养和社会担当。作为老朋友，读他这本新书，又一次被感动，受到心灵的沐浴，由衷地为他高兴，祝贺他为读者奉献了这样一本好书，也祝贺他在文学追求的道路上到达了一个新的境界。

2017 年 11 月 27 日于四步斋

源自生活的大海

——序姚海洪长篇小说《南汇嘴传奇三部曲》

不同的气候和土壤,培育出不同的花草果树。不同的生活经历,使作家写出不同于他人的文学作品。长期生活在浦东海滨的姚海洪先生,又为读者奉献出他的长篇新作《南汇嘴传奇三部曲》,其中的三部小说,都以"海"为题目:《海啸》《海神》《海恋》。作者对海情有独钟,小说中的海,是自然之海,更是生活之海,读者看到的洋洋乎三大卷小说,是作家在海中沉浮寻觅、思索感悟的收获。

姚海洪先生与海有缘分,他的生活和工作,也一直和水有关系。他出生于上海浦东南汇海滨,几十年供职于南汇水务部门,他写的小说、散文和诗歌,题材大多和水有关。去年文汇出版社出版了他的《白龙港传奇三部曲》,也是与海与水密切相关的题材,今年出版的新三部曲,又是生活之海洋赐给他的厚礼。

姚海洪已年过七十,却一直保持着创作的激情和活力。他近年来创作的两个小说三部曲,近300万字,篇幅甚为可观,其中汇聚凝集着他丰富的生活积累。他是一个勤勉的写作者,每天坚持笔耕,从不使自己的创作园地有片刻的荒芜。读过他小说的一些作家和评论家认为,他的小说展现了宽阔的生活场景,人物形象鲜活,故事情节如海浪般起伏,文字中蕴涵的情感既有风雨中波涛汹涌的豪迈,也有阳光下风平浪静的温柔,这样的评价,是符合姚海洪小说特点的。

《南汇嘴传奇三部曲》表现的是当代生活,《海啸》中的矛盾冲突尖锐曲折。从省城到海滨机场需修筑一条12车道的高速公路,途经沧海县境内三个镇,可是基础工作困难重重,多种利益冲突错综复杂,做了两年还没完成。县委书记徐中华亲自挂帅,组建了精干的拆迁拆违班子,对几个重点障碍分别不同情况,对症下药攻坚克难。在巨大的经济利益面前,各色人等表现不一,有合理诉求顾全大局,也有用金钱美色低价买地弄虚作假漫天要价,人性的善良和自私在小说中交织纷争,利益和欲望的战争虽无枪林弹雨,其中展开的人性搏杀却惊心动魄。小说无情揭露了"老虎"和"苍蝇"的丑恶面目,更揭示了正义必然战胜邪恶。小说着力塑造了徐中华这个正面人物,面对复杂的情势,他刚正不阿,仗义执言,敢于担当,真正做到了"威武不能屈,富贵不能淫",国家和人民的利益在他心里比泰山还重。《海神》中历经磨难不忘初心的县委领导虞无畏也是一身正气的人民公仆,小说中写到他英年早逝后,县城万人空巷,无数人自发去火葬场送别,读来让人怦然心动。

姚海洪的小说,可以把读者引入丰富多彩的沧海地区,走进波澜起伏的人生故事,认识众多个性迥异的人物,这些人物,无论高尚或卑微,无论美丽或丑陋,给人的感觉,是生动形象的,是真实的。因为,这些人物都来自生活。这些人物我们似曾相识,但又感觉新鲜,他们有着不同的性格和人生的隐秘,给人丰富的启迪。

姚海洪的小说中,写了很多普通平民的形象,他们善良勤劳,面对世道的驳杂和人生的艰辛,始终保持着一颗热爱生活的心。这是人性的主流,也是生活的主流。在《海恋》中,他倾情塑造了郑杜鹃、杨蔷薇、虞美人这三个年轻女性,她们热爱生活,历尽辛苦,始终保持着进取之心,生活对她们的回报,是事业和爱情的双丰收。在姚海洪的小说中,常常情不自禁地流露出对弱者的同情,这在他是很自然的事。有熟悉的友人告诉我,在现实生活中,姚海洪是一个热情善良的人,常常有慷慨助人的善举。数年前,有一个外来务工者家人生重病无钱动手术,几乎绝望。姚海洪带头捐助,并发动朋友共同募捐了数万元送去医院,救人于危难之中。

姚海洪在两年多时间中出版六部长篇小说,可谓高产,有人称他为文坛潜伏者,不鸣则已,一鸣惊人。其实他的一鸣惊人,并不是变魔术做快餐,而是长期积累和修炼的结果。他扎根生活几十年,就像潜水员潜伏在海洋深处,置身在漩涡之中,游历于暗礁险滩之间,观察品尝到了生活海洋中的真与假、美与丑、善与恶。生活的积累,是创作的源泉,姚海洪如井喷般的创作灵感,就是起源于此。厚积而薄发,是他几十年创作实践的真经。他新出版的小说,正是生活给一个勤奋的写作者最珍贵的报偿。

在一次小说研讨会上,姚海洪曾经动情地回忆,四十多年前,他作为郊县作者参加了著名作家茹志鹃、杜宣、菡子、孙颙和张抗抗等人组成的采访团,去外地农村体验生活,途中,茹志鹃老师曾语重心长地告诉他,写小说,一定要写好人物,写出人物的情感。小说的素材是从生活中来的,作家在生活海洋中的根扎得越深越好。这些话,他一直铭记在心。在生活的海洋中潜伏修炼了几十载,如今有了不小的收获。对写作的热爱,对文学的追求,已经成为姚海洪的生活方式,听说他每天坚持笔耕,从不间断,我相信,他还会用新的作品,为读者带来惊喜。

2018 年 2 月 11 日改定于四步斋

一座大楼的史诗

——读徐策长篇小说《魔都》

我小时候住在苏州河南岸,河对岸的河滨大楼,是当时上海最大的公寓楼。这幢由犹太人沙逊建造的七层楼公寓大楼,占地超过一个足球场,曾被誉为"亚洲第一公寓"。童年时代,我无数次眺望这幢大楼,它庞大的身躯上到底有多少个窗户,我永远数不清。我也曾无数次经过它面向苏州河的显赫大门,好奇地往里窥望,里面很大,看不真切,是一个神秘幽深的世界。我没有机会走进这幢大楼,只能远眺,只能想象,而想象也是毫无依据的,因为我不认识大楼里的任何人。"文革"时,听说大楼里揪出很多坏人,也亲眼看到有人跳楼。但这幢巨大的楼房里,到底发生了什么,对我而言,一直是一个谜。

最近,读了徐策的长篇小说新作《魔都》,这部小说,像一幅篇幅浩繁的工笔长卷,精细生动地剖露了苏州河畔的一段历史,为我解开了河滨大楼之谜。《魔都》是徐策长篇三部曲的第二部,这个长篇三部曲,就是围绕着河滨大楼来写的。第一部《上海霓虹》,写的是二十世纪四十年代末到六十年代初,《魔都》写的是六十年代中期,也就是那场史无前例的浩劫。

这是一部有着极其鲜明特色的海派长篇,小说中的情节描述、人物对话,有明显的上海腔,不时有上海的方言俚语插入其中。小说的叙述风格,绵密周到,不厌其烦,如评弹说书,细流涓涓不绝蜿蜒,如苏绣织锦,针线密集百色交汇,也像无微不至的工笔线描,不仅把复杂的故事情节交代得滴水不漏,也把人物的音容和内心刻画得细致入微。作者不慌不忙地讲着他的故事,对当时的场景、人物的动态的描绘,精雕细刻,纤毫毕现。读者却不会嫌其繁琐絮叨,因为,这些精微的描述,剖析人性,关乎生死,无不紧扣着人物跌宕的命运。小说如现代版的《清明上河图》,徐徐缓缓地展开,引人入胜,让读者随着这些带着上海味道的文字,走进河滨大楼,窥见大楼里的杂色人生,见识那个匪夷所思的时代。

读着《魔都》，原来在我心中那幢神秘模糊的河滨大楼，露出了它结构繁复的内在面目，而且是如此逼真，逼真得让人惊愕。一个时代的风云变幻，几代人在这个时代中的挣扎沉浮，汇聚在一幢大楼里。河滨大楼里的人物形形色色，不同的阶层，不同的职业，不同的性情。有住在豪华套房里的富商、高官、外国侨民、医生、名演员、围棋国手、大学教授、摄影师，也有住在辅楼小屋中的娘姨、帮佣、裁缝、富人的乡下穷亲戚。"文革"中，河滨大楼改名为"反修大楼"，大楼里的所有居民，命运都遭突变，大多数人灾难临头，少数人因祸得利。在喧嚣混乱中，人性被扭曲，黑白混淆，善恶颠倒，河滨大楼像一个超级大舞台，演出了一幕幕超出现代人想象的人间荒诞剧。

读《魔都》时，我想起苏联诗人马雅可夫斯基的一首诗，他访问美国，在纽约的摩天大楼外面遐想，大楼的每间房间里正在发生什么？他在诗中想象自己劈开了一幢大楼，使里面的每一间房间都暴露无遗，暴露的瞬间，呈现的是一片泛滥的欲望之海，这是诗人的幻想。《魔都》中的河滨大楼，也像是一幢被剖开的建筑，所有曾经私密的房间都公诸于众，但这种公开，不是一个瞬间，而是一个漫长的时代。每个房间里发生的故事都不一样，每个房间的主人都无法掩藏自己的隐私。马雅可夫斯基刀劈摩天楼，表达的是对西方生活的鄙夷，而徐策的小说对河滨大楼的剖露，则是折射了一个时代深刻的悲哀。

《魔都》为读者展现的，并非都是世道的灰暗和人性的扭曲，人间的情爱，人心中对美好的憧憬和追求，在艰难时世没有被扼杀淹没，很多这样的细节，如珍珠嵌在混浊的泥流中。小说中贯穿始终的重要人物祖鸿和娇鹂，他们"叔接嫂"的恋爱，经历了辛酸曲折的过程，却不乏人性的亮色。在一片批判打倒声中，竟然还有这样的景象："外面铜鼓咚咚敲，大喇叭汪汪响，墙头标语刷得几无空隙，但关上窗子，窗帘一拉，并不妨碍老婆婆与儿女们用喷银的茶壶，煮上一壶格雷爵士红茶，细细一注，咕噜噜泻入骨瓷杯里，喝下午茶。母女们交流，只说英语……"在小说中，建筑和人一样，是有生命的。《魔都》中的河滨大楼，在作者的笔下发出奇妙的喘息。徐策对这幢巨大的楼房的了解和熟悉，非同寻常。从它的历史起源到建筑风格，从里到外，从上到下，无所不知，无处不晓。随着故事的展开、人物的活动，小说中不时会出现对建筑风格的描绘，门厅、电梯、走道、阳台、游泳池、豪华的套间客厅、逼仄的辅楼小屋，在小说中都能让读者如临其境。甚至是走廊的窗户："窗子有六扇，全开或开一小半，无论怎样都风雨不动，关键在于窗的黄铜搭扣上有个可以任意调节的旋钮,一拧就行。窗玻璃是夹层的,里面有一道细六角形格子金属网,就是玻璃砸了,碎玻璃或碴子仍粘在上面,不会往下掉。窗扇与窗框之间还挂着一根细链子,确保安全无虞——你不得不承认,人家外国人想的是周到。"

《魔都》的故事情节,以河滨大楼为中心,向城市的四面八方辐射。小说中出现的很多地方和场景,都是我熟悉的:苏州河、天妃宫、邮政总局、河滨公园、曙光电影院、外白渡桥、外滩、市立医院、上海大厦、和平饭店、南京路、虹庙、中央商场、西郊公园、万国公墓……徐策对这些地方的描绘,生动,细腻,准确,有些场景,也是我在那个时代曾经亲历的。读这部小说,引起我很多回忆和共鸣。徐策的创作态度是严谨的,他写上海的长篇小说三部曲,篇幅超过百万字,可以说是史诗式的叙写,而这样的史诗,凝集在一幢大楼中,我们可以从中读到一个时代真实细致的悲欢沧桑。这部小说的价值和意义,就在于此。徐策是一个沉得住气的作家,他默默地写着,不事张扬,写河滨大楼的两部长篇小说出版后,似乎没有被太多人关注。但我相信,这样的小说,一定是有生命力的,对于上海这座城市,它的价值和意义,不应被忽视。

河滨大楼在上世纪七十年代初被加高了三层,变成了十层大楼,随后又迁入无数新居民。这幢大楼的居民的命运,一定也在随着时代的变迁而发生各种变化。在徐策的第三部长篇中,大概会看到这种变化吧。我很期待。

2018 年 3 月 20 日于澳门

在纷繁驳杂的世态中发现诗意

——序征帆诗集《荒芜的吊影》

两年前,我参与主持"禾泽都林杯"诗歌散文大赛的评奖终审,组委会收到数千份来稿。这个大赛,主题是关于"城市、建筑与文化",参赛的诗文都将思维的触角凝聚于建筑的历史和美学。参赛者各显神通,其中有些不俗的作品,被遴选进入获奖候选篇目。评委审阅的候选作品都隐去了作者姓名,在评奖结果揭晓之前,不知道得奖者是谁。有一组题为《建筑是人类心灵移位的净化》的参赛诗作,显得与众不同,引起评委们的关注,并给予很高评价。这组诗文字绮丽,视角独特,奇幻的意象中飞扬着哲思。其中有这样的诗句:

楼与楼的斜影如战地的骑士

从宇宙星光穿越至茂密丛林

一万年的空气浓缩在瞬间的经纬

看不清路标、分不清影子

地铁周而复始如疲惫的铠甲

随时挤压在没路的岩壁

人如风、心似云、摇滚不息

……

城市建筑是与生俱来千年的圣经

每一行让人心动的文字

恰似每一段绽放的芭蕾

像风、像雨、像雾、又像光

像旗帜如潮的精神雅典

……

与其说一座城市建筑承载了历史精神

　　不如说承载了人类心灵移位的净化

　　诗人的思维如天马行空,跳跃的文字传达着自由不羁的想象,意象有些怪诞,犹如蜿蜒曲折的街巷,在建筑密集的城市中通向幽深,却不至于把人引入迷途。

　　这组诗,最终被评为这一届"禾泽都林杯"的诗歌最高奖。评奖结果揭晓,评委会发现这组诗的作者是一个陌生的名字,大家都不认识,经多方打听核实,才知道了作者的真实姓名,原来是上海的诗人征帆。征帆故意匿名投稿参赛,就是想证明一下自己的诗作是否能被评委们接受。这样的奖,可以说是当之无愧。

　　26年前,我曾经为征帆的第一本诗集《人性的呼唤》作序,当时留给我的印象,是他的努力好学,是他的勤于思索,他也能大胆地用诗行表达对生活、对人性、对时代的看法。他那时的诗,技巧谈不上成熟老练,但诗中表达的都是真实的情感和思绪,所以诗集中的不少作品使我产生共鸣。他在诗中主张"让思想主宰温情",喜欢在诗中阐述哲理,探寻禅机。岁月如飞,一晃竟过去了这么多年。这些年来,征帆一直活跃在诗坛,一直不停地在探索,在用诗歌追求他的文学理想。他即将出版的诗集《荒芜的吊影》,展现了他这些年来在诗歌道路上前行的展痕。读他的近年新作,我发现他仍然保持着年轻时对诗的痴迷和热爱,仍然是那个勤于思索大胆表达的思想者。他对文字的运用,对诗歌意象的构筑,对世界的探求和诘问,和26年前相比,有了更为丰富深邃的气象。他把目光投向城市建筑,可以写出让人称道的佳作《建筑是人类心灵移位的净化》。他的诗作题材比以前更丰富。他在诗中描绘自然,以自然映射人生,也可以写得非同寻常:"星球上一个小小的咳嗽/江山就会折叠变形/海啸就会涌上街市","以水影子掀开了人的影子/水原本没有渡/却飞渡了众生","水的话题是一张绝命天书/剑刻了载舟和覆舟两个不老的咒语"。云南石林,在他的诗中是"逆光晕的亿万年前的火焰"。他用诗追溯历史,重现二战时期上海保护避难的犹太人的情景:"签证官叩撞子午线波澜的音节/用神圣撕裂了犹太难民地狱无缝的大门/使黄浦江上温暖笛鸣的礼焰/点亮了荆棘寂寥的犹太家园萤萤烛光……"

　　我答应为征帆这本新的诗集写序,是因为读他的新作仍像当年一样,不时使我心生共鸣。能在纷繁驳杂的世态中发现诗意,能在喧嚣嘈杂的市声中追寻生命的真谛,这是为诗之道,也是诗人之幸。

2018 年 4 月 16 日于四步斋

在灯塔的光芒中看见什么

——绘本《灯塔》导读

在海岸上,那座被废弃的灯塔像一座古老的雕塑。从前,它曾经在黑夜里发光,给夜航的水手引路。现在,它只是孤独地站在海边,再也没有人注意它。在里奥九岁生日那天,他得到了一件奇特的礼物。外公把海边的这座灯塔送给了他。外公曾经是看守灯塔的人。

外公带着里奥登上了高高的灯塔。里奥在这里会看到什么呢?

外公像一个魔术师,他点亮灯塔,把自己的身姿投影在天上,变成一只展翅飞翔的鸟,他用烟斗喷出烟雾,化成云彩,变成银幕,在天上放映神奇的电影……灯塔,是外公的生命在闪光。它的光芒中,蕴藏着岁月的密码,闪烁着人间的智慧和温情。外公的灯塔,曾经是黑暗中一只雪亮的眼睛,射穿夜幕,遥望着远方,给很多人带来平安、希望,带来幸福,带来收获和团圆的喜悦。

这本书中,画面不算太多,但是可以让人产生无穷的遐想。小读者一定会猜:外公在天上给里奥放了什么电影呢?外公还给里奥讲了什么故事呢?外公在天上投影出来的那只鸟,会飞到什么地方去呢?相信每一个小读者都会有自己的答案,而这些答案,一定五彩缤纷。

这本书中,小读者只能看见两个人物:里奥和他的外公。但是,在灯塔的光芒中,有许许多多人物在忽隐忽现。

这是些什么人物呢?这些人物,都活在灯塔的记忆中。在外公守着灯塔的时代,从这里每天夜晚放射出的光芒,曾经给多少人带来希望。

在海上漂泊的水手看到了灯塔的光芒,他们的眼睛里就亮起了欢乐。这灯光,是平安的提醒,是港口的召唤,是亲人的挥手,是家乡对海上航行者无比亲切的慰问……

在海岸上等候亲人归来的人们看到了灯塔的光芒,他们的眼睛里就燃起了希望。这灯光,是丈夫给妻子的飞吻,是儿子对母亲的呼唤,是父亲告诉翘首盼望的儿女:我就要平安回家了！

想一想，在灯塔的光芒中，曾经有多少双眼睛在黑夜中闪闪发亮，那是人间最美丽的闪光。

小读者一定会问：外公把灯塔送给里奥，里奥要这座灯塔干什么呢？灯塔的故事，属于过去的年代，这是历史，是前辈对生活的责任，对未来的憧憬。里奥不会住到灯塔上去，他也不会像外公一样成为一个守灯人。但是，他会记住灯塔的故事，他也会继承外公对人生和事业的态度。那只射穿夜幕的眼睛，会一直在他心里亮着。他也能把自己的身影投射到云彩中，变成一只鹰，飞到很远的地方去……

2018 年 5 月 24 日夜于上海

追寻前辈的脚印

——序郭皓诗集《梧桐叶飘落的秋天》

郭皓是柯灵故居博物馆的馆长，他工作的场所，曾经是文学大师柯灵先生的家。这是我熟悉的地方，柯灵先生在世时，我经常来这里，穿过梧桐树的浓荫，踏上临街的阶梯，走进那扇深褐色的圆形拱门，柯灵先生会站在门口迎接我，银发下面，那双温和睿智的眼睛，总是含着笑意。在柯灵先生的客厅和书房里，我们曾经有过很多次愉快的交谈，文学前辈的儒雅风范和他对世道人心真挚深邃的见解，让人永难忘怀。

因为筹备柯灵故居博物馆，我认识了郭皓。他爱好文学，也是柯灵先生的崇拜者。年轻时，郭皓也经常来看望柯灵先生，柯灵先生称他为"小郭"。在很多人的共同努力下，柯灵故居成为向公众开放的故居博物馆，虽然空间不大，但却完整真实地展现了一个现代文学大师生活写作的场景和氛围，并保留了柯灵先生曾经使用过的所有器物，还有他和国内外文学家来往的书信。这里，是中国当代文学的一个具有纪念意义的地方。郭皓参与了筹办柯灵故居的工作，并担任了故居博物馆馆长，他告诉我，他珍视这份工作，因为，他可以在这里追求文学理想，可以继续寻找他敬重的文学前辈留在世界上的脚印。

这几年，郭皓参与组织了多次文学活动，其中有诗歌比赛。他不仅参与组织筹办，也以自己的作品参加活动。我读了郭皓的一些诗作，发现他是一个有才华的诗人。他的诗，追溯上海的历史，咏叹城市的春夏秋冬，讴歌他景仰的前辈，也袒露自己的心路历程。他的诗，有很强的抒情性，但他并不是沉溺在抒情中，在他的诗作中，有他对历史和社会现状的描述，更有他对人性的求索，对时代的反思。在郭皓的诗作中，可以窥见他在文学前辈开辟的道路上追寻前行的脚印。郭皓的诗就要结集出书，他希望我为他的第一本诗集作序。写下这些印象，为他的新作作一个引导，也表示我对他的祝贺吧。

2018年5月19日深夜于四步斋

人间的挚爱

——序叶良骏散文集《我的窠娘》

散文是否有灵魂,是否能打动读者,取决于作者是否有真诚的态度,也取决于文字中是否潜藏着深挚情感,还有作者是否对所描述事物有独特见解。我记忆中那些历久而不忘,经常能回味咀嚼,并为之心动的散文,都具备这三个特点。近日读叶良骏的散文新作《我的窠娘》,深受感动,她的散文,就具备这些特点。

叶良骏的这本散文集,是一组系列散文,作品中的主角,是生活中一个真实的人物,一个平凡的普通人,她和叶良骏没有血缘的关系,却是作者生命中难忘的亲人,叶良骏对这位长辈的感恩和思念,甚至超过自己的生母。这位普通人,是她的"窠娘"。何为"窠娘"?那是浙江宁波地区对伺候产妇的娘姨的称呼,这样的职业,类似现在城市里照顾产妇的月嫂。然而叶良骏散文中的这位窠娘,和今人概念中的月嫂,是两个完全不同的概念。叶良骏笔下的窠娘,是她至亲至爱的亲人,而这种感情的形成,是无数琐碎而温馨的细节的沉淀叠合,是细水长流绵延不绝的心灵关照,是沙里淘金的岁月积累,叶良骏在文章中告诉读者:"几十年相依相存,这份亲情早就超过了血缘,在我的心里,她是我的另一位母亲。"叶良骏笔下的窠娘,善良,温厚,诚挚,正直,坚忍,她的博大的爱心,在散文中通过无数细节得到生动的展现。一双皮鞋,半张鞋样,几十双鞋底,一件毛背心,一把钢调羹……这些经窠娘的手留下的遗物,每一件都有让人感动的故事。叶良骏在文中深情地回忆往事,描述窠娘对自己无微不至的关怀,从幼年一直到中年,这是长者对后辈最无私的爱,也是人间质朴纯真的亲情。作者在写这些往事时,并非一味赞颂窠娘,也伴随着反思,甚至忏悔。年轻时承受着亲人长辈的关怀爱抚,当时不以为然,甚至觉得唠叨烦人,当一切成为往事,成为对逝者的回忆时,才发现自己当年的无知和轻慢。于是有反思,有忏悔,这也是对亲人最深挚的怀念。这些袒露灵魂的文字,作者含泪写成,它们是这部散文集中给人印象最深,也是最感人的内容。而这些反思和忏悔,正是写作者真诚态度的体现,也展示了一种求真向善的人格魅力。

这本散文集,呈现给读者的是一种朴实无华的风格,拉家常式的叙述,白描式的文字,却引人入胜,不失活泼生动,和作品要表达的思绪和情感是吻合的。叶良骏在寄书稿时给我的信中,有这样的表述:"散文若干篇,文有长有短,多少感恩、歉疚,多少痛楚,皆在其中,字字句句都从心头流出。"这是她的心里话。

叶良骏写出这样一本情真意挚的散文,我衷心地祝贺她。相信读者和我一样,会记住这位善良的窠娘,会被这段没有血缘却无比深挚的亲情感动。

2018 年 7 月 10 日深夜于四步斋

山高水长，清溪不断

——序《路桦文集》

欣闻老作家路桦的文集即将出版，这是值得祝贺的事情。这套文集中，荟聚了路桦六十年文学生涯的创作成果，不仅向读者展示了他的文学成就，也展现了他的心路历程和人生屐痕。在这套文集中，可以清晰地看到一个热爱生活，勤于思考，孜孜不倦追寻着文学梦想的作家的足迹。他的生命之旅和文学之路，在他丰富多彩的诗文中重合，这些文字，在展示文学魅力的同时，也能引起读者的沉思。因为，这些写于不同时代的文字，不仅描绘了时代风云和人间风情，也揭示了这大半个世纪来中国发生的巨大变化。这些变化，反映在一个作家真诚坦率的诗文中，是意味深长的，值得细细品读，读者可以从中联想并反思历史和岁月在每一个人心中留下的痕迹。

这套文集中，有多种不同的文体，诗歌，散文，短篇小说，还有长篇小说。路桦是诗人，年轻时代写过很多激情洋溢的优美诗歌。他早期的诗歌创作，写过军旅生活，厂矿见闻，边疆情思，也写他游历山川的感怀。他的散文，大多是洋溢着生活气息的短章，是他的真情流露。他也写短篇小说，数量不多，篇幅极短，构思巧妙，可以视为微型小说。

收在文集中的长篇小说《巴山女》是路桦的新作。这是一部反映当代乡镇生活的小说，很可一读。小说塑造了善良纯朴的巴山女水妹子，她曲折的命运令人同情，也让人叹息。小说以宽广的视角，细腻的观察，对当代乡镇生活作了生动的描绘。人性的曲折和复杂，在这部小说中得到了生动展现。小说在陈述人间辛酸的同时，也展示了人生的希望；在鞭挞人性的丑恶时，也讴歌了真和善；美好的心灵在自私和淫欲的浊浪中闪现着纯洁的光芒。

路桦是我的老朋友，我们相识于四十多年前，那时，我还是一个大学生，他是一家文学杂志的编辑，他来上海约我写稿，曾经很多次走进我当时居住的那间暗无天日的小黑屋，我们在一起谈文学，谈写作，谈他年轻时代在云南当兵的生活。和他的交往，成为我年轻时代的美好回忆。他的诚挚和热情,今天回想起来还让我感动。如今,路桦已年逾八十,依然热爱生活,关注现实,依然保持着那颗热情洋溢的赤子之心。前几年收到他寄来的长篇小说时,我很惊奇,一个八十岁的老诗人,竟然还能写长篇,而且是这样一部反映现实生活的长篇。细读了他的长篇新作,我由衷地钦敬,这部小说中,有一个作家的社会使命和艺术追求,更有一颗赤子之心的真情流露。路桦并不是专业作家,但他一直从事着和文学有关的工作,他曾经很长时间负责江苏作家协会的外事工作,有时我们在国际文学交流的集会中相遇,他的热情和真诚,在和外国作家的交往中同样让人有深切的感觉。

这套文集的出版,对路桦是极有意义的事,这是他一生钟情文学的一次检阅,也是人生的一个珍贵留念。前几年,路桦曾经以《溪水长流》为题出过一本文选,在他的文字中,如清溪长流不息的,是真挚的感情,是美好的憧憬,是一个作家追求真善美的执着情怀。承蒙他看重,希望我为他的文集作序,于是有了这篇短文。文短情谊长,清溪流不断。但愿我的浅陋的文字可以为我们的友谊留一个纪念,也可为读者作一个简短的引导。

2018年8月26日于四步斋

时光的履痕

——序朱开荣水彩画展

上海这座城市，在世人的眼里，是摩登的，也是怀旧的，是浩瀚的，也是精微的，她既有涵纳百川的海洋襟怀，也有曲径通幽的江南情调。黄浦江和苏州河流经的土地，也许是我们这个星球人口最密集的地方，也是建筑风格最缤纷多姿的城区。中华本土的古老涵养，和五洲四海的域外文明，在这里汇合交融，成为一个举世无双的中西文化合璧之地。没有一个人能用简单的词汇描述出这座城市。文学家的想象，历史学家的追溯，摄影家的记录，还有街头坊间的传闻口述，都在以自己的角度再现这座城市的斑驳记忆和昔日时光。这座城市的昔日记忆，有一点模糊，也有一点神秘。她的风韵和情感，被一层神秘的面纱遮盖着，使很多人产生欲想，希望撩开时光的面纱，看一看她真实的面容。

画家朱开荣用他灵动的水彩画，展现了这座城市的昔日时光，也捕捉着大半个世纪来城市巨大的变化，为我们呈现出视角独特的城市记忆。朱开荣的很多作品，画的是二十世纪上半叶的上海风光，百年前的外滩，十里洋场的南京路，店招飘动的老街古镇，这些遥远的风景，在今人的眼中，既陌生，又熟悉。画中有时光的尘烟，有历史的氤氲，而被他描绘的很多建筑，有些至今仍伫立在万象更新的城市中，读来似曾相识，却有沧桑前世之感。在静安图书馆举办的展览中，可以看到他描绘静安风光的新作，静安寺、百乐门、蔡元培故居、张爱玲故居、海关图书馆，以及从老建筑群中耸起的现代高楼。画家以飘逸多彩的画笔，撩开了时光的面纱，展现出这座城市的历史记忆和生存情状，也可以让人从中窥见静安区在新时代发生的种种变化。这些画面，也许只是管中窥豹，吉光片羽，却留住了岁月的履痕，让观者对上海的风光有一种丰繁多彩的认识。

朱开荣的创作，展现了水彩画的魅力，让人感受到这个画种丰富多彩的表现力。画家手中摇曳多姿的画笔，可以勾勒风花雪月的轻灵，也可以渲染历史沧桑的浑厚，从中能看到画家真诚的态度,这些绘画,不是简单造形,而是倾心求真。艺术的奇妙和传神,形象地诠释了上海文化推陈出新的气象。

2019 年 2 月 14 日于四步斋

一种值得称道的生活方式

——序金迎新散文集《寻踪四方》

文学和现代人的生活有什么关系？也许，很多人对此无言以对。如果你从不问津文学，既不读书，也不会用文字表达自己生而为人的感受，那么，你当然无从回答，你的生活和文学没有直接的关联。如果你热爱文学，你的人生曾经被文学滋润，被文学引导，甚至被文学改变，那么，你的回答一定是丰富多彩的。大多数文学爱好者，只是从阅读中得到愉悦和滋养，阅读的积累，不仅是知识的积累，也是拓展视野，提升心智，深化见识的过程。有一部分爱好文学的人，在爱阅读的同时，也爱上了写作，用文字记录生活感受，描述对生命的挚爱，对世界的观察和思考，这就进入了一个更高的境界，也使自己的人生有了新的天地。

读金迎新的散文集，使我产生了上述想法。金迎新拥有可以引以为傲的人生履历和成功事业，他的职业是律师，他的工作关乎法律，他的日常事务和各种诉讼有关，写作并不是他的职业，然而他却向读者奉献出一本又一本散文新作。毫无疑问，金迎新的生活也关乎文学，阅读和写作，已经成为他的一种生活方式，他的著作，便是最生动的证明。这是一种值得称道的生活方式。

览云而见天，阅文而知人。金迎新的散文，用质朴的文字，生动地记录了自己的生活，剖露了自己的心路历程，也展现了他云游天下的履痕。读他的文章，不仅可以感受他丰繁多姿的生活经历，也可以窥见他达观的人生态度。这本书题为《寻踪四方》，书中的文章有不少是旅游纪实，有世界各地的旖旎风光，也有国内的历史名胜和文人故居，还有不少参观博物馆的心得。他的文字，是一个写作者对自己的生活方式的描述，也是一个思想者对世界，对时代，对历史的观察和思考。在他的文章中，常常可以看到独特的视角，还有对历史的反思。同样的景观，在不同的游历者眼中，自会有不同的联想。他在拉脱维亚旅行时，漫步里加街头，很自然地想起了自己的故乡："在兄弟会大楼与圣彼得教堂等主要建筑物之间，有个空旷的广场，地面都是小石板铺就，几百年以来从未变过，踏上去要比水泥路面或柏油路面舒服多了。我们上海人称这样的路面为'台阶路'，可惜现在上海越来越少了。"他经过黄河花园口时，面对曾被滔滔黄水淹没的中原旷野，追溯往事，反思历史，不仅回顾了当年黄河决口造成的巨大灾难，也对那段让人心情沉重的复杂历史作了梳理。这是一个现代知识分子对历史的思索。他的散文中，有很多写人的篇章，他笔下的人物，大多是在历史长河中留下重要痕迹的先贤，也有不少重要的文人和艺术家。对题材的选择，其实也反映了文人的志趣和性情，读者从这些文字中，可以认识一个写作者宽广的胸襟，也可以感受到他真诚的态度。

金迎新这本书中，有一篇文章写了他参观巴金故居的感想。这使我回想起我和巴金的交往。很多年前，我曾很多次走进武康路的那个宁静的小花园，巴金曾坐在那张写出了《随想录》的小桌子前，微笑着对我说：作家如果不讲真话，那还不如放弃写作。前辈的教诲，对所有的写作者，都是最宝贵的金玉良言。在结束这篇短短的序文时，我想用巴金的话，与作者共勉。

2018 年 9 月 12 日于四步斋

在缺憾中创造美

——序姚武斌译作《蘑菇园》

很多年前,我刚刚大学毕业,在一家文学杂志当诗歌编辑,每天面对着大量来稿。来稿的水平是参差不齐的,很多是稚嫩的习作,也有显露才华的好文章。但能在我的记忆中留下深刻印记的文字,并不是很多。有一次,我收到一封信,信封里装得鼓鼓囊囊,拆开一看,竟是一个盲人从遥远的山区寄来的信稿。在一张张硬纸上,用针密密麻麻刺着一行行我无法摸懂,更无法看懂的盲文。写信的是一位盲姑娘,她的父亲用笔把她的信和诗翻译成文字写在白纸上。我直到现在仍然记得她用盲文写成的诗句:"黑暗属于我吗?不,它只属于死亡!活着,就会有光明,就会有一轮亮堂堂的太阳!"这些诗句,使我的心灵震撼。盲姑娘用她的诗告诉世人:活着有理想、有追求的人,无论如何不会是一些怨天尤人的可怜虫,他们会把命运的缰绳紧紧地攥在自己的手中,即使他们失去了最珍贵的眼睛。

想起这样的往事,是因为看到了一本很特别的译著《蘑菇园》。这本书的译者,是一位"脑瘫"患者,他以超乎常人想象的毅力,完成了此书的翻译。这本书的诞生,是一曲生命的赞歌,是一个感人的励志故事,也是人间挚爱和亲情的结果。译者姚武斌因病从小四肢畸形,行动不便,出门靠轮椅,但他不向命运屈服,克服巨大的困难,完成了学业,成为一个英语翻译者。在他成长的道路上,陪伴支持他的是他双腿残疾的母亲,是因为照顾他而中风卧床的父亲,还有一位把他当儿子,关爱帮助他的范妈妈。其中的艰辛曲折和感人的经历,可以写一部长篇小说。姚武斌用他的译著,向世人证明了自己的毅力和能力,一个"脑瘫"患者,也可以像常人一样,出色地完成一本书的翻译。

世界上没有完人,也没有完美的事物,生活中常常能见到让人遗憾甚至苦痛的残缺。而生活中很多令人向往的境界,就是在不完美中创造美好,在看似残缺的状态下创造出丰富多彩的人生。我对"脑瘫"这个医学上的名词,一直有一种不认同感。何为脑瘫?如果大脑瘫痪,那就意味着失去了思维能力,失去了追寻理想不断前行的力量。

而事实并非如此。姚武斌的人生经历,他的睿智和坚韧,正是对"脑瘫"意涵的一种有力的否定。

  坐在轮椅上的姚武斌是不幸的,他无法驱赶病魔,使自己能像正常人一样快步如飞。但他又是幸运的,因为有那么多人爱他关心他,为他的理想之道搭桥铺路。他的成功,不仅让人感叹生命的坚强,也向人们展示了人间到处存在的真善美。人群中从四面八方向姚武斌伸出的援手,传达的是人间大爱,是人性之美。我衷心祝贺姚武斌的译著出版,也相信他不会满足于这个小小的成功。希望这本译著的出版,会成为他人生和事业的一个新起点,更为开阔宽广的道路,在前方等待他。

2018 年 10 月 26 日深夜于四步斋

时间的佳酿

——序崖丽娟诗集《未竟之旅》

诗歌是什么？诗歌是文字的宝石，是心灵的花朵，是从灵魂的泉眼中涌出的汩汩清泉。把语言变成音乐，用你独特的旋律和感受，真诚地倾吐一颗敏感的心对大自然和生命的爱——这便是诗。诗歌之心是博大的，它可以涵盖人类感情中的一切声音：痛苦、欢乐、悲伤、忧愁、愤怒，甚至迷惘……唯一无法容纳的，是虚伪。好诗的标准，最重要的一条，应该是能够拨动读者的心弦。在浩瀚的心灵海洋中引不起一星半滴共鸣的自我激动，不会有生命力。

以上的文字，写于三十多年前，是我对诗歌的看法。读崖丽娟的诗集《未竟之旅》时，我很自然地想起了这段文字。

读崖丽娟的诗，感觉是面对着一挂清澈汹涌的瀑布，波光晶莹，水声轰鸣。她的幻想和激情，带着青春的气息，扑面而来，让人情不自禁地感叹，诗歌，对于人生对于生命，竟然有如此神奇的魔力："我和我的诗／如飞蛾／扑火而来／又涅槃而去"。这是怎样的一只飞蛾？她展翅投扑的，又是怎样的火？她的火中涅槃，又是怎样的情景？读她的诗，可以依稀找到答案。

对关心诗歌的读者来说，崖丽娟大概是一个陌生的名字，以前很少看到她公开发表诗歌。据她自己介绍，年轻时代，她曾是诗歌爱好者，读诗，也写诗，对上世纪八十年代初的诗坛，有过满腔热忱的关注。但是她没有选择进军诗坛，而是默然告退。大学毕业三十多年，她当教师，当记者，当文化部门管理者，当杂志编辑，虽然一直从事和文字打交道的工作，却几乎和诗歌绝缘。而我们读到的这本诗集，是她在不到一年的时间中写成的新作，这样的写作速度和效率，让人惊异。这也许是一个少见的案例，是一个奇迹。但是读崖丽娟的诗作，可以得到这样的结论：这几十年，她尽管很少写诗，但她的灵魂并没有离开诗。正如她的诗句所表达的："白天你是阳光／夜里你是月光／没有月亮的晚上／你是灿烂的星光／如果星光被乌云遮挡／你是撕破乌云的电光／只有你／

才能把我的灵魂照亮"。她的写作也向读者证明,诗歌,其实不会舍弃真正的诗人,而是会无时无刻不在吸引她,影响她,陶冶她,磨砺她,引领她。诗魂即便被一时压抑,只要爱诗之心不死,感遇的诗意就会播种萌芽开花。积蓄的诗情犹如酿酒,犹如炼丹,即便岁月流逝,一旦有机会,诗兴便会如同古井喷涌,火山爆发。

崖丽娟用她的诗倾吐爱情,炽热率真的咏叹中,隐藏着迷离的情景:"比雾朦胧/比云缥缈/比山沉重/比风轻盈/比冰还冷/比火还热/爱情,是猜不透的谜";"暗藏的念和想/一年又一年/伴随年轮的增长/经泪水浸泡成/时间的佳酿"。这样的文字,可以让人回味,让人猜想,让人进入情意弥漫的诗歌丛林,"拾起,一段往事/就像拾起被秋风吹散的/一地落英"……她也在诗中思考哲学的命题:"有时候,万物在你的质疑中/突然静止/有时候,世界在你的斧凿下/破碎支离"。人生之道的曲折和诡异,在她的诗中有独特的表现:"蛇一样的路/路一样的蛇/交相缠绕着人生"。

诗是激情和灵感的产物,诗的激情确实更多和青春相连,所以诗人的特征常常是年轻。然而这种年轻应该是精神的,而非生理的。和诗歌结缘,可以使人保持青春的心态。只要精神不老,诗心便不会衰亡。平淡无奇的人生,会因为缪斯的关注而激情洋溢、荧光四射。沉浸在诗歌世界中的崖丽娟,时常觉得自己"就是一个长不大的女孩,整天耽于幻想","历劫的心,不肯老去",在诗歌的殿堂前流连忘返。她的诗中洋溢着青春的活力,散发着年轻的气息。她的诗歌触觉,伸向广阔的领域,这本诗集中,有爱情的咏叹,有对生命和时光的思索,有对世态炎凉的感慨,也有对艺术的赞美。崖丽娟是诗坛新人,却不是稚嫩的习作者,因为她有生活的历练,有情感的积累,有对文学孜孜不倦的追求。相信这本诗集会打动很多读者,也会给爱诗者非同一般的启发。

2019 年 3 月 10 日于四步斋

他活在不老的童话世界里

——序《洪汛涛儿童文学精品集》

在中国，几乎没有一个孩子不知道神笔马良。他们也许看过动画片《神笔马良》，也许读过童话《神笔马良》，也许是在连环画、图画书和很多其他文本中读到了神笔马良的故事。而现代人心目中关于神笔马良的所有讯息，都和一个作家的名字连在一起，他就是著名的童话作家洪汛涛。洪汛涛创作的《神笔马良》，不仅在中国孩子的心中留下难以磨灭的印象，也被传播到国外，在国际上产生广泛的影响，外国的孩子们也喜欢《神笔马良》。洪汛涛被人们亲切地称为"神笔马良之父"。

神笔马良的故事，为什么会有如此久远的生命力，会有如此巨大的影响？原因其实很简单，因为这是一个能吸引孩子，打动孩子的心，启发孩子的想象力，教孩子认识世界和人性的童话故事。这是来自民间的真正意义上的童话，完全是以孩子的视角，以奇妙的想象力，以一颗真挚澄澈的童心，讲述一个引人入胜的奇妙故事。这个童话，表达的是人间的真善美，是弘扬正义和仁爱，是挞伐残暴和贪婪，是良善战胜丑恶的故事。这样的故事，尽管在现实中不可能发生，但孩子们喜欢，孩子们相信。马良就是孩子们心目中的英雄。小时候，我看过动画片《神笔马良》，也读过童话《神笔马良》，这是我童年阅读中印象最深刻的记忆之一。读了《神笔马良》，我甚至梦想自己也能得到一支神笔，把我所有的愿望都画出来，让梦想成为现实。因为《神笔马良》，我也牢牢地记住了洪汛涛这个名字。没想到，等我成年了，走上了文学创作的道路，竟然有机会见到洪汛涛先生，和他在同一个房间里开会说话。对我而言，这也是梦幻一般的经历。第一次见到洪汛涛先生，是上世纪八十年代末，在上海市作家协会的一次集会上，洪先生安静地坐在会场一角，脸上含着微笑，我当时竟产生荒诞的幻想：他就是长大的马良，是变成了老人的马良。我曾向洪汛涛先生表达我的感谢和敬意，洪先生只是对着我笑。也许，曾有无数人像我这样向他表达过，他的名字，已经和《神笔马良》融合在一起。

洪汛涛先生已经辞世很多年,但他的作品还在流传。在读者的心目中,这位创造了神笔马良的作家,依然活着,他活在他的童话里,活在他创造的形形色色童话人物中,活在他不会变老的童话世界里。洪汛涛先生的作品,丰富多彩,除了他的代表作《神笔马良》,还有很多脍炙人口的童话和小说,如《仙华山神话》《十兄弟》《不灭的灯》《夜明珠》《小花兔找食物》《鱼宝贝》《望夫石》《半半的半个童话》《向左左左转先生》《白头翁办报》《慢慢来》《小鼯鼠第一次学本事》《小芝麻奇历记》《"亡羊补牢"的故事》《乌牛英雄》《天鸟的孩子们》等等。我无法一一历数洪汛涛先生的童话作品,看看这些题目,就可以想象其中精彩纷呈的故事。洪汛涛先生不仅写童话,也写小说,写散文,写诗歌,写剧本。他还是一位卓有建树的儿童文学理论家,写过很多有影响的儿童文学创作的理论文章,他的《童话学》和《童话艺术思考》,是一个有丰富写作经验的作家撰写的理论专著,为童话创作理论开辟了一片新的天地。

在社会各方的关心支持下,《洪汛涛儿童文学精品集》即将出版,这是一件非常有意义的事情,令人欣慰,也值得庆贺。读者记得这位"神笔马良之父",文学同行和出版界怀念这位杰出的儿童文学家。这套文集的出版,可以对洪汛涛先生的创作成果作一次全面的展现,也是对洪汛涛先生最好的纪念。

2019年6月30日于四步斋

写作的原动力

——序蓉子散文集《故乡在何方》

蓉子写散文很多年了,现在出版社要为她出文集,也是为她多年的创作作一个回顾和展示。

读蓉子的散文,给人的感觉是温婉平和,波澜不惊。她以一个知识女性优雅的姿态,细声慢语,不慌不忙地讲着自己的故事,抒发着发自内心的感情。在她平平淡淡的叙述中,读者能感觉她的质朴和诚恳,以及她对生活的热爱。她的文字,如蜿蜒的泉水,缓缓流过起伏的原野,以自己的清澈映射着斑斓天光。

蓉子并不是专业写作者,她的职业曾经是外文翻译,是公务员。写作只是她的业余爱好。这爱好,却成为她的一种生活方式,坚持了数十年。因为钟情于文学和写作,她不停地阅读,不停地观察思考,对自己所处的时代和环境,有很多自己的见解。她的作品涉猎范围很广,也很杂,目之所及,信手拈来。中外古今,天文地理,人间万象,自然天籁,似乎没有什么不能成为她描绘叙说的目标。对自己经历的一切,社会的变迁,个人的遭遇,家庭的历史,亲情,爱情,友谊,天南海北的见闻,她的文字中都有生动记录。她可以议论家里的钟点工,也可以写莎士比亚戏剧的评论;可以为一朵小花的绽放而感动,也可以把淡淡的乡愁写成长篇大论。她可以把一只晚霞中的红蜻蜓写成一首歌,连缀自己的童年,联想翻译生涯中的各种情状,把自然的景象和人文的意象融合为一体。她也可以仅凭着断断续续的书信,凭着一次远隔着千山万水的电话,写出漂流海外从未见过面的舅舅漫长坎坷的人生。

蓉子这样兢兢业业地用文字记录表达,用散文抒写自己的经历和心情,她并不追求轰轰烈烈,也不想在文坛上攀高争荣,只是默默地写,锲而不舍地写,写作似乎已经成了她生活中最重要的内容。这种写作的状态,颇值得玩味。她的写作,究竟是为了什么?她写作的动力,到底来源于何处?

我读她的这本选集,在一篇题为《我愿为你写下去》的散文中,找到了答案。在这篇散文中,她告诉读者,她写作,是为了自己的父亲。她在文章中写道:"年轻时为了得到父亲的认可和赞扬;中年时为了把所见所闻告诉父亲,让他随着我的文字'周游'世界;现在继续写,为了让耳聋的老父亲能读到、不寂寞,此生不留遗憾。只要父母活着,我会一直写下去,这话早已烙在我的心底。"

她听到父亲为老伴朗读她写母亲的文章:"母亲眯着眼笑望父亲,目光平和、慈爱。两位老人,沉静在女儿的文字中。望着父母,我无语,心中却说:'只要你们好好活着,我会一直写下去。'"

这样的情景,这样的心境,让我感动。一个写作者,孜孜不倦创作的目的和动力,来自对父母的爱,这是一个多么美好的理由。

也许有人会认为,这样的写作目标,并不高远,也不深邃,不是一个大作家的追求。我却欣赏蓉子这样的写作态度,正是因为有这样的态度,她的文字才真实亲切,可以轻轻地叩动心灵之门,引起读者的共鸣。

2019 年 7 月 7 日于四步斋

远行者的回眸

——序周建新散文集《远行》

散文写作的灵魂,在于一个真字,真的经历,真的感受,真的描述,真的思绪。离开这个真字,便是无根之木。没有灵魂的文章,当然不可能打动人,不会有生命力。纵览古往今来的优秀散文,无不如此。

《远行》是周建新即将出版的散文集。这虽是作者的第一本著作,却凝聚了他的人生经历和感悟,是一本讲实话、抒真情的书,值得一读。周建新的散文,写得朴实平白,没有花哨的噱头,也没有华丽铺张的形容,写的都是自己的人生经历,是自己在生活中各种各样实实在在的感受。他的作品中,给人印象最深的,是他写故乡、写亲情的篇章。如《做酒》中看祖父酿酒,《故乡的航船》和《探队》中对母亲的回忆,《一顶棉军帽》维系的父子之情,《一碗汤的距离》中表达对岳母的感恩,《苦楝》中对童年生活的回望,都写得自然真挚,读来感觉亲切。故乡和亲情是周建新散文中写不厌的主题,原因很简单,因为写这些题材,作者有难忘的往事可以回眸,有发自肺腑的情感可以抒发。这些篇章,都是有灵魂的文字,也构成了周建新散文的主调。

很多年前我访问美国,在旧金山曾经访问一位老华侨,在他家客厅的最显眼处,摆着一个中国青花瓷坛,每天,他都要深情地摸一摸这个瓷坛,他说:"摸一摸它,我的心里就踏实。"老华侨打开瓷坛的盖子,里面装着一捧黄色的泥土。他告诉我,这是他家乡的泥土,六十年前,他带着这捧泥土来到美国,看到它,就想起故乡,想起家乡的田野,家乡的河流,家乡的人,想起自己是一个中国人。夜里做梦时,就会回到家乡去,看到熟悉的房子和树,听鸡飞狗咬,喜鹊在屋顶上不停地叫……老人说这些话时,双手轻轻地抚摸着这个装着故乡泥土的瓷罐,眼里含着晶莹的泪水。那情景,我无法忘记,我理解老人的那份恋土情结。怀揣着故乡的泥土,即便浪迹天涯,故乡也不会在记忆中暗淡失色。在周建新的集子中,有一篇散文题为《一把家乡的泥土》,文中的情景,和我当年在美国所见异曲同工。在数十年的军旅游子生涯中,作者一直把母亲送给他的一把家乡泥土珍藏在身边,成为维系他和故乡亲人之间的珍贵纪念。写这篇散文时,"父母已先后离世,家乡变成故乡,但这把泥土像一个忠诚的朋友,一直默默陪伴着我,让我离开老家再远、再久,总能感受到浓浓的亲人的爱与故乡的情"。对故土乡情的怀念和真情,如酿酒一般积淀酝酿在他的记忆中,从这样的文字中,读出了作者的真感情,真性情。

耐读的散文,不仅需要真情,需要有个性的文字,还需要能让人留下深刻印象的细节和情景。在周建新的散文中,经常会出现一些让人怦然心动的细节,如《卖鸡》,就是一篇耐读的作品。在穷困的年代,不得不卖掉几只家养的鸡,而这几只鸡,曾是作者童年的伴侣,曾经给艰困的生活带来欢乐,卖鸡的过程中出现的种种无奈和不舍,让读者心生纠结,从而引起对那个时代的反思。《远行》写父女亲情,写对女儿的牵挂,文中很自然地引出对母爱的回忆,母亲当年对自己的种种关爱牵挂。作者在文章中感叹:"子女远行,其实不过是父母放飞的一只风筝,一条长长的线,始终牵绊在一起,手牵着这一头,心挂着那一头。"这样的感叹,引起我的共鸣。

《单向历》是新近的作品,可以从中窥见作者的心境。这篇散文,从身边一些随手可得的细节中引出对生命的思考,他在文中感叹:"对于一个生命而言,身体的成长与衰老是时间,记得住的曾经过往是时间燃尽的蜡烛和泛黄的书籍,也是时间。"感叹之后,又悄然自问:"我们的余生却是无法确定的,会是诗与远方吗?"

这样的自问,其实应该是有答案的。对一个锲而不舍地爱着文字的人,远方总会有诗意在等待着他。我和周建新并不太熟,很多年前,曾经去一所军校给一批军官谈文学,谈阅读对我人生产生的影响。当时,周建新是听众中的一员。去年在一次文学活动中遇到他,他竟然向我展示了一直保存在他手机中的听讲笔记。他告诉我,他早已从部队转业,从事其他工作,但他始终没有放弃对文学的追求。而我眼前的这本《远行》,不仅是他人生之道的足迹,是他对生命的回眸,也是他追求文学的心迹。

由衷地祝贺《远行》出版,期待周建新写出更多情真意挚的好文章。

2020 年 5 月 4 日于四步斋

最珍贵的财富是什么

——序朱效来文集《生命的心流》

朱效来和我认识很多年了。上世纪八十年代初,我在《萌芽》杂志当编辑,负责编辑诗歌散文和报告文学,曾经编发过他的一篇写体操运动员的报告文学。印象中,朱效来是一个活泼好学的年轻人,脸上总是带着一种略显调皮的孩子般的微笑。他还曾带我去一位体操世界冠军家里采访,希望我能为这位世界冠军写报告文学。尽管我最终没有写,但那次由他陪伴的采访,留在了记忆中。

后来我离开《萌芽》编辑部,到作家协会当了专业作家,和朱效来的联系便中断了。岁月飞逝,一晃过去了三十多年。这三十多年中,我们的国家,我们的城市,发生了巨大的变化。而生活在这个时代的中国人,也在波澜汹涌的大时代中经历了人生的跌宕。这三十多年的岁月,使多少人的生活轨迹发生了让人无法预想的变化。八十年代后期,下海经商成为时尚,很多文人也跻身其中。下海的文人不外乎这样几种结局:有人经商成功,但代价是荒废了写作,世上多了一个企业家,少了一个写作者;有人下海呛了几口海水,失魂落魄地回到岸上,再想重操旧业,却已心散神弛,再也找不到感觉;也有人经商致富,但依然保持着对文学的兴趣,理财之余,读书论道,附庸风雅。我对文人下海并无反感,新的时代有了选择职业的自由,人们对自己的人生道路和事业的重新选择和定位,很正常。文人下海,也是社会分工回归原位过程的一部分。曾经想以文学当敲门砖改变人生的一些人,离开文学,转到了他们更感兴趣的领域,这对文学并非坏事。

和朱效来重逢,还是缘于文学。在近年几次文学活动中,我在听众席中发现朱效来,三十多年过去,他的轮廓没有变化,一眼便能认出来。他默默地坐着听,并不来打扰我。虽未交谈,但我知道这个当年对文学和写作兴致勃勃的年轻人,三十多年后对文学依然还有兴趣。对他这三十多年的生活经历,我一无所知。去年夏日的一天午后,我办公室的门被人轻轻推开,进来的是朱效来,他还是那样孩子气地笑着,把一本杂志放到我桌子上,杂志的封面上,赫然印着他的大照片。他轻声说:"这是我这些年的经历,给你看看。你忙,我不浪费你时间。"说完,转身离开,消失在走廊尽头。

朱效来送我的,是一本财经类杂志,和文学毫无关系。他的照片印在杂志封面上,显然是这个行当中的成功者。我浏览了杂志中介绍他的文章,对他这些年的经历有了些许了解。他在三十年前参与股票投资,获得了第一桶金,此后又有不少成功的投资经历。所以,这个依然一脸孩子气的朱效来,其实已是很多人眼里的"大款"了吧。他把这本杂志送给我,似有些炫耀的味道,但我仍然认为这只是一个孩子气的动作。他想让我了解他,想恢复从前那种交往。但我对他的炒股投资的生涯,对他如何发财致富的经历,没有一点兴趣。我们再次相约在我的书房茶叙时,话题还是读书和写作。他不断地把新写的文章发给我看,不断地向我提出问题,探讨对一些作家和文学现象的看法。三十多年前的朋友,重逢时还能保持当年的气息,还能有共同的兴趣和话题,这令人欣慰。

现在,朱效来送来了他即将出版的新书的清样,希望我为他的书写序,我答应了他。我读了他的书,书中收入他这三十多年来陆续写成的文章。他的文字所涉题材,大致有这三类:有和体育有关的人物和事件,这是他始终如一的爱好,有几篇体育报告文学,是书中重磅之作;他的旅行记录,这些年他去过很多国家,在兴致勃勃的旅行过程中,观察、记录、思考,写成不少游记散文;他的艺文札记,听音乐,看演出,集邮,和文艺界人士的交流,都成为他写作的素材。朱效来的文章大多篇幅不长,文字朴素平实,叙事状物很实在,一目了然,不会故弄玄虚。他的兴趣、性情、经历和精神寄托,都凝聚在这本书中。而关于他追求资本财富的经历,在这本书中看不到。我想,在朱效来的心里,这些被他用真挚文字记录下来的人生和思想情感的经历,才是最值得珍惜的财富吧。

2020 年 6 月 10 日于四步斋

用文字为伟大的城市造像

——序惜珍新著《这里是上海》

我在上海生活六十多年,见证了这座城市经历过的几个时代。苏东坡诗云"不识庐山真面目,只缘身在此山中",很有道理。要一个上海人介绍或者评说上海,有点困难,难免偏颇或者以偏概全。生活在这个大都市中,如一片落叶飘荡于森林,如一粒沙尘浮游于海滩,渺茫之中,有时不知自己身在何处。

我曾经写过一篇散文,题为《在我的书房怀想上海》,以我的地处市中心的书房为坐标,怀想附近的道路建筑,并辐射自己的想象,神游这座城市的各个角落,回溯想象曾经发生在上海的各种事件和人物的活动。然而,想在一篇文章说尽上海的风貌和历史,那几乎是痴心妄想。我也写过上海的几条马路,写过几幢建筑,那只是和我的生活或工作经历有关的一些记录和感叹。对于浩瀚的大上海,这些文字,只是小小的局部和瞬间。

最近读惜珍写上海的书,让我产生惊叹的感觉。为何惊叹?一是惊异于她眼界的丰融和阔大。她将整个城市的历史和现实收入自己的眼帘,然后从容地检阅探索每一条经历曲折的马路,每一栋历史悠久的建筑,用文字描绘出一幅幅气韵生动的城市画卷。二是感叹她描述的深入和细致。惜珍的文章,不是蜻蜓点水式的介绍,不是浮光掠影的描述。她的文字,细腻如工笔画,生动如影视剧,读这些文章,仿佛是跟着她的脚步进入幽深的街巷,推门踏进历尽沧桑的高楼深院,去欣赏建筑的奇境,去探寻历史的隐秘,很多历史人物的身影和音容笑貌,会从她的文字中飘溢出来,让人有身临其境的感觉。

上海是一座伟大的城市,她的曲折辉煌的历史,她创造的独特文化,为世界留下了宝贵的财产。这财产,留存在城市的每个角落,也留存在人们的记忆中。对于一个城市历史文化的保存和传扬,文字的记录和表达尤其重要。惜珍是一位致力于研究传播上海历史文化的优秀写作者。多年来,她一直孜孜不倦地探寻研究上海的历史,以独特的眼光和角度，书写上海的前世今生，为这座城市的历史文化留下极富价值的生动记录。惜珍的写作，态度是严肃的，不靠道听途说，不随意想象虚构。对文章中涉及的街巷和建筑，她都经过深入的考察，追根溯源，找到历史的源头，弄清来龙去脉，理出其中的脉络，然后再构思行文，娓娓道来。她的文章，可以把读者带入到现场，听她以一种优雅的、带有书卷气的态度，叙说历史，解释人们的疑惑。她的写作，兼有新闻记者的真实，有历史社会学者的知性，也有小说家委婉多变的叙述风格。她很成功地把准确严谨的学术态度和绮丽浪漫的文学情怀融合在一起。

对她的采访写作的风格，我有过亲身经历。她听说静安区图书馆在历史保护建筑海关楼中为我建了一个书房，便专门来海关楼采访。在采访前，她做了充分的准备，不仅研究了海关楼的历史，也对我的人生经历和创作历史有细致的了解，所以采访时话题看似随意，却毫无障碍，谈得非常顺畅，这是因为她事先精心做了功课的缘故。采访之后，她几易其稿，写成一篇情景交融的长篇散文：《海关楼里，有一间赵丽宏书房》。这篇文章发表后，很多和我熟悉的朋友都称赞她写得准确生动。我想，惜珍的文章，就是这样耗神费心一篇一篇写成的。这种执着、耐心和一丝不苟的态度，是她创作成功的秘诀。

《这里是上海》，是惜珍书写上海历史文化的新著，分上下两册，内容丰富，篇幅浩繁，是一部有分量的著作。上册"风貌区"，是对上海市区十二个历史文化风貌区的全面介绍，十二篇洋洋洒洒的长文，描绘阐述了十二个风貌区的建筑风格和历史脉络，如一组上海百年历史的立体造像。下册"优秀历史建筑"，精心刻画了上海一百三十余栋优秀历史建筑，一栋建筑，一篇美文，漫谈建筑艺术，追溯历史渊源，每篇都很耐读。书中写到的街巷和建筑，很多地方我都去过，也曾在一些散文中有所涉猎。但读惜珍的文章，还是让我有新鲜感，使我获得不少先前不了解的知识和史实。譬如书中写到的爱神花园，是上海市作家协会所在地，我在那里流连进出将近四十年，我的办公室就在邬达克设计的楼房中，我自以为对那里的一切了如指掌。但读惜珍的《寄托邬达克梦想的建筑——爱神花园》一文，还是让我看到了不少以前不知道的细节和故事。可见她的采访和研究花了多么深的功夫。惜珍否认自己是专家，她说："我只是一个城市文化的写作者，我是用作家的眼光去看待这座城市，去书写城市给予我的诗意的感受。"然而毋庸讳言，惜珍是作家，也是专家，对城市历史文化的探索梳理，对建筑的考察研究,由此而形成的创作成果,使她可以毫无愧色地承受专家的称号。

《这里是上海》汇聚着惜珍的多年心血,也凝结着她对上海这座母亲之城的深厚感情。读这部书稿,眼前如有百年上海的历史画卷缓缓展开,长街曲折,小巷幽深,楼影绰约,人迹缤纷……这是一部引人入胜的上海历史文化的大书。作为同行,我真诚地祝贺惜珍,也乐意用这篇短文向读者推荐这本值得一读的新书。

2020 年 6 月 13 日于四步斋

另一种曼妙解读

——序唐子农篆刻《心经》

这几年,唐子农安静地面对着他的莲池,写字,绘画,篆刻,作文,他的生活和创作,如闲庭信步,也如深山修行。墙外的嘈杂喧嚣,似乎与他无关。最近十年来,子农的心思凝聚于古老的《心经》,他想用金石的独特韵律,表现《心经》的奇美和深邃。我曾陆续看到过他的《心经》篆刻,他说,他要把整部《心经》,都篆刻成印。现在,子农终于完成了他的计划,《心经》被分解刻成五十四方印章,斑斓多姿地呈现在读者面前。这是他历经十年的思考构思和精心创作的成果,值得祝贺。

《心经》问世两千余年,是佛教的经典。《心经》篇幅很短,才二百六十字,内容却丰富深邃,几乎包涵了佛教的所有教义和哲理。诚如弘一法师所言:"《心经》虽仅二百余字,却摄全部佛法。"《心经》的原文是梵文,在一千八百年前就被人翻译成汉语。现代中国人诵读的《心经》,相传出自唐代高僧玄奘之手。玄奘翻译《心经》,距今也已有一千四百年。翻译成汉语的《心经》,为何在中国广为流传?这二百六十个字,不仅是佛教徒念诵的古老佛经,也是很多人有兴趣研读背诵的人间妙文。自唐代以来,无数文人曾以各种字体抄写《心经》,成为书法艺术中的奇葩。《心经》有如此的生命力,是因为它生动概括阐述了佛教的道理,也因为它用汉字精妙地表达了生命和人生的哲思。《心经》中的一些文字,看似简单,却含义无穷,如色与空、生与死、垢与净、增与减、咒与谛,眼界、意识、挂碍、恐惧、梦想、涅槃……品读《心经》中的这些文字,可以超越对汉字的世俗解读,走向幽深,走向阔大,走向高远,走向自由,乃至无穷无尽。

唐子农的这部篆刻集,其实也是对《心经》的一种个性解读。子农的篆刻,风格古朴刚劲,凝重和冲淡融合在变幻的字体布局中。五十四方篆刻,字体随内容变化,无一雷同,其中折射出情绪的激动,思想的飘逸,以及自由无羁的艺术追求。

龙庄讲寺方丈本义法师为这本篆刻《心经》作了白话注释,可以帮助读者更准确地理解《心经》的意涵。本义法师从《心经》中又选出一些词句,唐子农据此加刻了十八方,他希望这十八方印能刻得更为自由率性,可以视作整部作品的余音和回声。

　　承子农信任,嘱我为他的篆刻《心经》作序。我并非专家,只能讲一些外行话。子农耗时十年研读思索,将感悟寄情于金石,让世人看到了对《心经》的另一种曼妙解读。收笔时,想起了苏东坡的两句诗,此刻送给子农,也许很合适:斋罢何须更临水,胸中自有洗心经。

庚子年闰四月二十五日于四步斋

四

为各种文集写序

她是上海的女儿

——序程乃珊纪念文集

2013年4月22日凌晨,程乃珊去世了。对所有喜欢她作品的读者,这是一个悲痛的消息。发在近期《上海文学》中的《就这样慢慢敦化成上海女人》,成为程乃珊的绝笔。本刊编辑部全体同人和广大读者一起,向这位优秀的作家致哀,并通过发表她留给世界的最后一篇作品,追悼她,缅怀她,纪念她。

程乃珊是深受广大读者喜欢的作家。她开朗,热情,热爱生命,也热爱生活。她的作品,真实灵动地表现了上海这座城市的历史风情,她作品中人物的悲欢离合,生动地再现了上海的沧桑沉浮。程乃珊是上海的女儿,上海哺养了程乃珊,她也以自己的充满感情的个性文字,回报了这座城市。

程乃珊和《上海文学》,有割不断的渊源。1979年7月号《上海文学》发表她的小说处女作《妈妈教唱的歌》,多彩多姿的写作生涯从此开始。她曾在《上海文学》开辟"上海词典"等专栏,书写了上海的万种风情。去年,她在病中答应为本刊写专栏,她为新的专栏题名为"天鹅阁"。天鹅阁是程乃珊很喜欢的一家上海西餐馆,很多年前,我曾应邀在那里和她一起吃饭,在那里听她讲她的故事。她希望新开的"天鹅阁"能成为她为读者讲上海故事的"最好场合"。她在病床上为这个专栏写的三篇新作,视野宽广,感情丰沛,通过家族人物的命运,展现了中国近现代曲折多难却丰富多彩的历史。广大读者期盼着能在"天鹅阁"不断读到她的新作,然而她却突然告别了这个世界。

程乃珊曾经说:"我永不放弃我的笔。"她是在思考和创造中走完了生命的旅途。她的生命并没有中断,她的作品会长久地在人间流传,她会和她的文字一起,一直活下去。

2013年4月22日上午

写诗，向好八连致敬

——序诗集《旗帜和阳光》

一个连队，连着一条马路，连着一座城市，连着一个时代。

南京路上好八连诞生至今，已经过去大半个世纪。当年，好八连在上海，在中国，无人不晓。在和平的年代，人民军队如何保卫国家，守护人民，如何在繁华都市的灯红酒绿中保持清醒的头脑，"拒腐蚀，永不沾"，"身居闹市，一尘不染"，好八连树立了光辉的典范。从那个时代过来的中国人，都看过《霓虹灯下的哨兵》，都知道好八连的故事，也都学过好八连的精神。一个人民军队最基层的连队，在和平年代能够产生如此巨大的影响力，激励军队，教育国人，振奋民族精神，这是一个奇迹。

六十多年来，世界发了巨大的变化。改革开放的时代，为国家的飞速进步和发展提供了条件。中国已经一改当年一穷二白的面貌，中国的和平崛起，是当今世界最引人瞩目、最让人欣喜的风景。中国人的精神面貌和生活状态，也发生了很大变化。在这样的时代，人民军队如何为改革开放护航，如何为人民服务？如何做到"威武不能屈，富贵不能淫"？南京路上好八连又向世人交出了全新的答卷。

好八连是一个历史的典范，也是当今时代一个与时俱进的存在。六十多年来，好八连的指战员换了一批又一批，所谓"铁打的营盘流水的兵"，然而好八连的精神生生不息，鼓舞着一代又一代军人，好八连的旗帜始终鲜艳耀眼，在城市的上空高高飘扬。

南京路上好八连的事迹，吸引了上海诗人们的目光。诗人们来到军营，参观了好八连的展览，观摩了战士的军事训练，了解了好八连在新时代的作为和贡献。在历史的图片中，大家看到了八连战士深邃的目光，在操场和营房里，大家看到了新一代八连指战员坚毅的神情和真诚的微笑。那种一脉相承、历久弥新的传统，让人感受到好八连精神顽强的生命力。好八连辉煌的历史和今天的事迹，感动了诗人，引发了创作的灵感和激情。诗人们的创作，怀着对好八连的钦佩和感激，钦佩八连指战员的高尚情操，感激他们为和平生活所作的贡献。这些讴歌好八连的诗歌，视角、构思和语言各不相同，但都写出了真切的感受，表达了真诚的感情。

  谨以这本诗集，向南京路上好八连致敬。

2013 年 5 月 8 日于四步斋

贴近大自然的心

——"倾听大自然"丛书总序

大自然是人类的摇篮,文明人类所拥有的一切,无不起源于自然。我们的生命,我们的情感,我们对美和幸福的渴望,对梦想的追求,都和大自然紧密相连。如果没有大自然,人类的一切都是虚无。

讴歌自然之美,抒发人类沉浸在自然中的优美宁静的心境,是文学作品常写常新的主题。古往今来,无数文学家用他们独特的文字,写出了人类对自然的赞美,写出了他们亲近自然的深情感受。自然之美,是文学创作永不枯竭的源泉。收在这套书中的文字,是文学家和大自然的奇妙对话,是来自大自然的天籁之声。这些作品,都是享誉世界的文学名篇,自它们诞生以来,已被翻译成各种不同的文字,在人间流传,感动过无数读者。在年轻时代,我曾迷恋过其中的好几位作家的文字,如普里什文的《林中水滴》,梭罗的《瓦尔登湖》,还有儒勒·米什莱和巴乌斯托夫斯基的作品,我曾跟随他们的目光和脚步,游历天地间的美景,谛察大自然的万种风情,聆听天籁在人心中引发的奇妙回声。收入这套书的另外几位作家,也是大自然的歌手,约翰·缪尔,阿尔多·李奥帕德,约翰·巴勒斯,德富芦花,他们置身大自然,情不自禁地书写着心中的赞叹和沉醉。他们的文字,不仅描绘自然的四时景色,还将生灵的自由鸣唱转化成语言,拨动读者的心弦。这些热爱大自然的智者,将大自然的声音化成了美妙的文字,在自然和人心之间架起了桥梁。阅读这些讴歌自然的作品,能驱逐烦躁,使心灵归于宁静,读者可以在这些智者的指引之下,作奇妙的自然之旅。

随着现代文明的发展,城市正在大规模地扩展。很多人的心目中,大自然在缩小,甚至在慢慢消失。野草花树、溪流湖泊、旷野峻岭……这些自然的景象,似乎都已退到陌生的地方,和现代人的生活距离越来越遥远。然而,我们必须认定一个不会变更的事实:大自然依然存在,而且永远不会消失。人类无法改变她,无法躲避她,更无法消灭她,她永远在我们的身边,默默地注视我们,安抚我们,陪伴我们,哺养我们。从前,我们曾经喊过"征服自然""改造自然"这样的口号,有人认为人类可以主宰自然,可以对自然颐指气使,按自己的需求改变自然的形态。这样做的结果,必定是失去安宁和美,并终将受到惩罚。

对大自然,我们应该怀抱敬畏和感恩之心,大自然坦陈在天地之间,是我们视野中美的盛宴,而随风飘漾的天籁之声,是最动听的音乐,能亲近大自然,欣赏大自然,聆听大自然,是人类的幸福。这套书中的文字,可以让读者品味这种幸福。

记得普里什文曾经说过,如果热爱自然,即便是面对一片风中落叶,也能写出一首长诗。在这套书中,到处可以感受到这样的诗意。请读一读从书中随手摘录的文字吧:

"我以为是微风过处,一张老树叶抖动了一下,却原来是第一只蝴蝶飞出来了;我以为是自己眼冒金星,却原来是第一朵花儿开放了。"

"我喜欢在祥和的月圆之夜走出家门,凝视着皎洁的月色,还有被月光洗涤过的雪地。空气中像是藏着团火,寒冷却温暖着我。"

"只要我还活着,我就要倾听风儿、鸟儿和瀑布的歌唱,就要读懂岩石、洪水、风暴和山崩的语言。我要和原野、冰川交朋友,尽我所能贴近大自然的心……"

让我们追随这些优美的文字,去贴近大自然的心。在阅读这些文字的同时,读者也会由衷地生出愿望:迈出家门,走向辽阔的原野、山林、江海,以自由的身心,去拥抱大自然,倾听真正的天籁之声。

2013 年 9 月 17 日于四步斋

流传于口头的民间智慧

——序《崇明谚语·俗语·歇后语》

崇明岛在长江入海口,面东海之浩瀚辽阔,率大江之曲折悠长。崇明岛的形成,来源于长江沿岸的千山万壑,来源于神州大地上的五色泥土,虽是一片沙洲,却也是神州的一个缩影。崇明人的祖先,来自四面八方,东西南北的方言,在这里融合交汇,酝酿繁衍,形成了别具一格的交响。崇明岛的语言,有着极为独特的风格。崇明话中,有苏浙沪乃至华东及中国南北方言中的各种声韵和语法,还保留了很多在别处已消失的古语和古音。研究崇明的方言,于历史,于文化,于民俗,都是一件很有意义的工作。

我年轻时代曾在崇明岛上生活多年,对崇明话叙事状物抒情的生动活泼,一直为之感慨甚至惊叹。尤其是那些乡间谚语,凝集着崇明人的智慧和幽默。譬如对那些不可能发生的稀罕事,崇明人说,"千年碰着海瞞春";说冬天的寒冷,崇明人说,"四九腊中,冻断鼻梁筋"。而那些歇后语,更是表现了崇明人的机智和幽默,譬如:"毛豆子烧豆腐——一路货","驼子跌在埂岸上——两头落空"。崇明的谚语,涉及天文地理,自然规律,议论道德伦理,为人处世,也描述世间百态,风俗民情。你能想到的,在崇明的谚语中都有生动的表达。当年曾想,如果能把崇明的谚语搜集起来,编成一本书,那应该是一本多么生动的自然和生活的百科全书。

近日,看到崇明非遗保护中心编选的《崇明谚语·俗语·歇后语》,甚欣喜,流传在崇明岛上的各种民间谚语,都被搜集在这本书中,这是研究崇明方言的一个成果。崇明人读这本书,会感到亲切,其他地方的人读这本书,也会为崇明人智慧诙谐的语言惊喜,而对研究崇明方言的专家,这是一本极有价值的资料。崇明的友人嘱我为这本书写序,借此机会,向为研究保护家乡方言的专家们致敬。也要向崇明人的智慧致敬,这种智慧融化在生动的语言中,生生不息,代代相传,就像长江边的江芦,没有任何力量能扼杀它的生命力,阻止它的繁衍生长。

2014 年 7 月 27 日于四步斋

上海的春夏秋冬

——序大型画册《上海》

春： 鸟儿从哪里飞来

 一个住在市区的朋友欣喜地告诉我，他家的阳台上，飞来了燕子。两只燕子天天在他家的阳台上飞进飞出，从窗外的树林里衔来了泥和草，在阳台顶部的墙壁上垒起了一个小小的窝。朋友小心翼翼地观察着燕子，唯恐惊扰了它们。在春天的暖风中，人和燕子相安无事，燕子在朋友的眼皮底下，过起了它们的小日子。燕子在小巢里生蛋，孵出了小燕子。燕子父母早出晚归，为儿女觅食，小燕子在阳台下的巢穴里一天一天长大，最后跟着它们的父母飞出小巢，消失在城市的天空中。

 朋友的欣喜，也感染了我。燕子在市中心的阳台上筑巢生活，以前难以想象。上海这座城市，过去在人们的印象中，是冷冰冰的水泥森林，是人声嘈杂、机器喧嚣的地方，天空中有飘扬的烟尘，除了麻雀，难得看见飞鸟的翅膀。现在，情景已经大不相同。当冬天告退，春天的绿意在大地和树枝上闪动时，鸟儿们从四面八方飞来了。麻雀们依然在一切它们可以飞抵的地方嬉闹，但它们已经不再会感觉孤单。在这座城市里，可以看到无数种飞鸟的行迹，可以听到它们音调不同的鸣唱。

 我书房的窗外有两棵樟树，那里就是鸟儿们春天的舞台。在闪烁的绿荫中，我看到了各种各样的飞鸟。白头翁、斑鸠、乌鸦、喜鹊、鹧鸪，还有很多我无法叫出名字的美丽的小鸟，它们的彩色羽翼，犹如开在绿荫中的花朵。它们有时匆匆飞过，在枝头停一下，又匆匆飞走，有时成双成对地飞来，躲在摇曳的枝叶间缠绵。它们的鸣唱，在春风里飘漾，是天地间美妙的音乐。我常常感到奇怪，这些自由的飞鸟，曾是城市的稀客，现在，它们是从哪里飞来？

 我看着鸟儿们从我窗前的树荫中飞起来，看它们振动翅膀，优雅地飞向远方。远方，千姿百态的高楼参差林立，确实像是水泥的森林。这样的森林，当然不是鸟儿们的归宿,但它们竟然在这座城市中找到了自己的栖息之地。

夏: 寻找清凉的风

很多人在感叹:夏天越来越热。

走在街上,看阳光透过树荫洒在地上的斑斓金光,希望能有几丝微风吹过,送来一点清凉。洒水车无声地开过,把凉水洒在发烫的路面上,只见水气蒸腾。年轻人缤纷的穿着如彩色的浮萍,在热流中飘动。他们轻盈的脚步扬起微风,似乎是在炎热中寻求清凉。他们手中的可乐雪碧和冰淇淋,引起我对昔日棒冰和酸梅汤的回忆。可这些甜腻的冷饮无法驱逐人们心头的燥热。

年轻人手中拿着的东西,最多的不是冷饮,而是手机。几乎是人手一部,边走边说,边走边看。一部手机里,似乎隐藏着他们所有的生活,所有的悲欢哀乐,所有的好奇和希冀。然而手机决不是防暑降温的用品,我听到那些对着手机大声喊叫的声音,感觉热风扑面。

离开地面,走到地下。上海人出行已离不开地铁。地铁在地下开得平静安稳,车厢里有空调,人虽多,但很清凉。有些情景,地上地下是一样的,很多人手里握着手机,说话,发短信,看微信,甚至还在手机上看电影。一个中学生模样的女孩,却拿着一本书,站在车厢里,静静地阅读,沉浸在书为她展示的世界里。我站在这个女孩身边,感觉到一股清风吹来。

其实,这个女孩并不是孤单的。在夏天,我曾经参加过这个城市举办的各种各样的读书活动。在图书馆,在学校,在居民社区,人们为书而集聚,为书而陶醉,读书在人群中蔚然成风,爱书的人,有孩童少年,有年轻人,也有老人。在每年一度的上海书展上,无数新书在等候着爱读书的上海人。在这里,可以遇见兴致勃勃的读者,也会遇到来自全国乃至世界各地的作家。

一个孩子在他的读书感想中这样说:读好书,就像是迎来一股清凉的风,吹进了我心,驱逐了我心里的烦躁……

孩子的话,在我心里引起共鸣。我们这个城市,风中有书香的气息,这让我欣慰。这样的风,不正是夏日里清凉的风吗?

秋：银色的激情

自然界的一年四季中，色彩最丰富的其实是秋天。秋天是成熟的季节，也是生命更新换代的季节，春夏的绿色，在秋风中千变万化，呈现出无数奇妙的颜色。在上海，也可以欣赏到大自然的秋景，只要有树，有绿地，有花草繁衍的地方，秋光便在那里烂漫。秋风起时，飘旋在风中的落叶，就像翩跹的蝴蝶，在城市的每一个角落飞舞。

空气中也有秋天的气息。那是优雅的清香，是桂花的香味。在我的记忆中，从前的上海，只有去桂林公园，才能闻到桂花的香味。而现在，桂花的清香飘漾在我们这个城市的每一个角落。我不知道，这么多的桂树，是什么时候种的，种在什么地方。

如果人生也有四季，人生的秋季是什么颜色呢？有人说应该是银色，在城市里，到处可以看到银发的人群。不要以为这银色是凄凉的晚景，是寂寞和孤独，我发现，在这座城市里，进入秋季的人群，依然生机勃勃，对生活充满了激情。

早晨去公园，遇到的大多是银发老人。他们在唱歌、跳舞，打太极拳，朝霞把他们的银发染成一片耀眼的金红。他们中的很多人，在年轻时代也没有这样激情洋溢过，到了银发时代，竟然都如苏东坡所唱，"聊发少年狂"。我注意过老人们的表情，他们开朗乐观，目光明亮，他们用歌声，用优雅奔放的肢体语言，诉说着对生命的热爱。有一次，我被邀请去图书馆参加老年大学的诗歌朗诵会，朗诵者都是退休的老人，他们声情并茂地朗诵诗歌，朗诵散文，文学成为他们晚年的美妙伴侣。

这个城市，老年人已是人群的主体，如果老人在这里没有快乐的心情和幸福的生活，这个城市不会是一个可爱的城市。让人欣慰的是，秋光中，到处可以看到老人们年轻的身影，听到他们发自内心的歌声和笑声。这使我想起刘禹锡的《秋词》："自古逢秋悲寂寥，我言秋日胜春朝。晴空一鹤排云上，便引诗情到碧霄。"

冬：在天上俯瞰人间

在一个冬天的夜晚，我从国外归来。飞机的终点是浦东机场，空中的最后一程，飞越了繁华的市区。从空中俯瞰我生活的这个城市，如同梦幻世界。

飞机在下降，我的额头贴着舷窗，视野中明晃晃一片。迎面而来的，是无边无际的灯光，墨色的夜空被地面的灯光映照得通红透亮。天幕之下，灯的江河在流淌，灯的湖泊在荡漾,灯的汪洋大海在起伏汹涌,地平线上,灯的丘陵逶迤,灯的峰峦相叠,灯的崇山峻岭绵延不绝。变幻无穷的灯光,用无数直线和曲线,用斑驳陆离的色块,勾勒出无数幅印象派的巨画……

  从清寂的空中俯瞰人间的缤纷繁华,反差是何等强烈。灯光使我目眩,使我异想天开。这五光十色的灯光中,有钻石的璀璨、翡翠的文雅,有水晶的剔透、珍珠的皎洁,有琉璃的晶莹、玛瑙的温润……仿佛全世界的珍宝此刻都聚集在这里,汇合成一个童话的世界,一个给人无穷遐想的天地。

  灯光是什么?是人烟,是人的智慧和财富的结晶,是人的憧憬和向往的反射,是梦想和现实之间的美妙桥梁。灯光可以让人展开想象的翅膀,飞翔于理想和梦幻之间,灯光中发生的无数故事,也许正是把梦想变成现实的故事。而这些故事的主人,是今天的上海人。灯光中,大自然的四季失去了界线,即便在寒冷的冬天,也能在这一片辉煌璀璨中感受春的温情,夏的热烈,秋的清朗。

  很多年前,我也有过夜晚飞抵上海的经历,在我的印象中,这是一个暗淡的城市,寥落的灯光使我沮丧,使我感受到我们和世界的距离。我眼前的灯海,大概可以和世界上任何一个大都市媲美。我走下飞机,乘车进入市区,灯光由远而近,从空中俯瞰时的那种神秘消失了,取而代之的是满目琳琅的耀眼,是实实在在的辉煌。

  在亮如白昼的灯光中,我忽发奇想:如果我是两百年前的一个渔人,每天夜晚,将一叶小舟停泊在荒凉的黄浦江畔,与我相伴的,是无边的黑暗,还有无尽的江涛。月黑之夜,手提一盏小小风灯,独坐在船头凝望夜色,但见天地如墨,火苗在风中摇曳,灯光照不出两三尺远,江滩芦苇将巨大的阴影投在我四周。这样的黑夜,只能蒙头睡觉。一觉醒来,两百年倏忽过去,出现在眼前的,正是我此刻见到的灯山灯海,这时,我这个两百年前的渔夫该如何惊诧?这将夜晚变成了白天的灯光,我连做梦也没有见过,面对这样的灯光,我大概只能断定,这是梦游,是梦中踏进了天堂。

  人生如梦。能把梦境变成现实的人生,应是美妙的人生。在渐入佳境的灯光中,我想。

2014年8月26日于四步斋

有梦想，就有诗心飞扬

——序"心中的梦"诗歌大赛获奖作品选

诗是心灵之花，是梦想和现实撞击出的绚烂火光。人间有梦想，就会有诗心飞扬，就会有诗意弥漫。收在这本诗集中的诗篇，都是应"心中的梦——上海市诗歌征集大赛"而作，作者来自四面八方，他们的职业不同，阅历不同，有男有女，有老有少，作品的题材，文字的风格，形形色色，丰富多彩。是一个共同的主题，牵动了他们的心，引发了他们写诗的激情，这个共同的主题，就是"中国梦"。

中国梦，说起来很大，关乎富国强民，关乎中华崛起，关乎时代进步，但具体到每一个人，却是千姿百态，细致精微，是完全不同的情境。这本诗集中的作品，每一首诗都写得不一样。诗的内容，有对故乡的赞美，对理想的祈望，也有对自然的亲近，对亲人的祝福。岁月、土地、山川、工矿、学校、社区，乃至个人的小家，都是吟咏的对象。诗的风格，有昂扬慷慨的豪迈，也有浅吟低唱的委婉，有宏观的抒写，更有微观的描述。这些诗，不是简单的口号，也不是矫情的造势，不是虚夸的赞歌，也不是枯燥的说教，而是发自心灵的歌唱。诗中所构筑的梦境，如"心中钻出的芽"，"一节一节攀上了高枝"，"埋下幸福的闪电/在乘风破浪中/一节节地开花"。游子心中住着一个"盛世梦想"，山里人迷恋红枣林，矿工在黑暗中追寻光明，建筑工在脚手架上和云朵对话；有人梦想长成一棵树，有人梦想有一个书房，有人梦想世界是一片清静的绿色，也有人梦想中的世界是一个繁花盛开的世界……生活和人性的丰富，决定了梦想境界的丰富，也为抒写梦想的诗歌插上了飞翔的翅膀。

这次诗歌大赛，除了新诗，还有古体诗、民歌和童谣，因体裁的多样，吸引了很多诗词爱好者参与。入选的古体诗、民歌和童谣，大多写得清新通俗，富有想象力。"中国梦"的表达，在这些作品中，又有另外一番情韵，它们贴近日常生活，贴近老百姓喜怒哀乐，读来可让人会心一笑，生出由衷的共鸣。

这些诗,凝聚的人间的真情,是普通百姓的真实期冀,应能引发广大读者的共鸣。

2014 年 9 月 1 日于四步斋

心香一脉出云间

——"松江当代文学"丛书总序

华亭古镇,云间松江,山水交汇,人杰地灵。千年天地精华在这里聚集,百代人文美景在这里荟萃。松江,江南的锦绣之地,令人神往。

松江有山,天目山的余脉,在这里崛起九峰十二山,山虽不高峻,却林木蓊郁,曲径通幽,处处有先贤足迹。松江历来多文人,陆机和陆云曾在这里读书写作,董其昌曾在这里吟诗作画,少年夏完淳曾在这里慷慨悲歌。千百年来,无数骚人墨客在这里流连忘返,写下美妙诗文,李白和杜甫,据说也曾在这里留下屐痕。云间画派,云间书派,云间诗派,当年曾创造过多少美妙诗书丹青。前些年友人陪我去松江登小昆山,访晋代陆机和陆云的读书草堂,在临近山顶的崖壁上,竟然发现苏东坡的题词勒刻:夕阳在山。这实在令我惊喜,也因此联想,这里的每一条道路、每一方土地,也许都蕴藏着人文瑰宝,都孕育着诗意。

松江被人称为"上海之根",回溯历史,这样的说法是有道理的。上海的文学艺术之河,有如今的洪波汹涌,松江是一个重要的源头。松江这块灵秀之地,不仅在漫长的古代历史中涌现出无数优秀的文学家和艺术家,在近现代,也是人文荟萃,才俊辈出,让这个古老的文化名城焕发出迷人的光彩。施蛰存、赵家璧、白蕉、程十发、朱雯、罗洪……这些都是中国现代文学艺术史中熠熠生辉的名字。而更令人欣喜的,是松江的文脉,一代又一代延续着,一直没有中断。当代的松江文坛,依然是人才济济,文采斐然。我认识很多松江文友,都是文坛活跃的作家,读到他们作品,总是使我心生欣喜和感动。现在,一套"松江当代文学"丛书即将出版,这套丛书,是当下松江文脉兴盛的一个证明。

"松江当代文学"丛书共六部作品,三本散文,一本小说,一本诗歌,一本童话,门类丰富,各呈其美。

三本散文中,王勉的作品是读者熟悉的。王勉写散文很多年,作品丰富,自成一家。他的散文真挚,质朴,优雅,形成了自己的风格。无论叙事写人,都是他的真情实感,写得挚切动人。王勉散文中也有浓郁的文化气韵,他写对天地万物的观察和思索,写读书品画的感悟,从文字中可以窥见一个读书人兴致盎然的见识和智慧。他的散文中,也有大自然绚烂多彩的表情,花痕树影,雪踪雨声,在他的笔下,都是多情善感的生命。

刘宝生,笔名榛子。我读过榛子的中短篇小说,都是生活和艺术气息很浓的作品。他这次以一本散文集加入这套丛书。榛子的散文,也写得极有情韵,淡淡的文字,平常的情景,却能道出生活的真谛和人生的况味。我在报刊上偶见他的散文,虽都是短章,但都是言之有物的好文章,汇合成集,更觉气象万千。他的散文中流露出一种散淡,看似轻松和幽默,文字背后却蕴涵着深思。

许平是松江文坛引人注目的女作家,她在这套书中也是一本散文选。许平的散文以活泼清新见长,早年的散文,写她在军队的经历,青春岁月,令人怀想。近年来她写的人物散文,以女性的细腻和智慧,生动地写出了人物的气质和精神。《魏晋间人钱谷融》就是一篇难得的佳作,洒脱简洁的文字,天马行空的思路,随手拈来的细节,写活了一个文学大师的沧桑人生和心路历程。

这套书中有王季明的长篇小说《说吧,让我说吧》,值得一读。小说的时间跨度很长,从上世纪七十年代写到九十年代末,由动乱的"文革"一直写到改革开放时期。小说中几个人物在这二十多年中跌宕起落的经历,折射出大时代的风云变幻。作者对"文革"岁月的真实描绘,读来让人震撼,那个时代对人性的扭曲,现在仍能警示读者。小说的叙述风格和语言的地域特色,体现了作家在艺术上的追求。

这套书中有徐俊国的诗选。徐俊国是近年创作成果颇丰的年轻诗人。他是新上海人,松江这块人文底蕴深厚的宝地,给了他写诗的灵感。他的诗中写江南的自然天籁,写他在乡间漫步时产生的幽远思绪,也写日常生活中的诗情画意,诗中丰富的意象,表达了他对生命的思索,也是大时代在一个诗人心中引发的回声。

丛书中有一本儿童文学,作者是方崇智,是六个作家中最年长的一位。方崇智的寓言和童话,充满了童趣,故事有趣,人物有趣,语言有趣,读后总感觉余韵袅袅,有回味,能让人从单纯的文字中感悟出人生哲理。这是儿童文学的一种高境界。寓言和童话并非简单的"小儿科",优秀的寓言和童话,不仅有奇特的想象力,更有深刻的寓意。

看似单纯,其实复杂,看似清浅,其实深邃。能把寓言和童话写到如此境界,需要一颗不老的童心,需要想象力,也需要深厚的人文素养。

我无法在一篇短序中详尽评点每一本书,只能说一些粗浅的感想。读者若有机会阅读这套书,将是一次收获丰繁的文学之旅。六本书,六个风景迥异的文学花园,展现给读者的是松江的人文天地,松江的锦绣文脉。这六部作品,是"松江当代文学"丛书的第一辑。我们期待松江源远流长的文脉,会源源不断继续流向世界,让人们看到,新时代的"云间文脉"和"云间诗派",正在创造着全新的文学风景。

2015年3月29日于四步斋

江海生清风

——"崇明作家散文"丛书总序

崇明岛的友人送来一套即将出版的散文丛书,希望我写一篇序。这些来自故乡的作品,文字中洋溢着的质朴、优美和真挚,读得我怦然心动。记忆中遥远的岁月,瞬时重回到眼前,年轻时代的很多往事又涌上心头。

崇明岛是一个有着浓郁的文学色彩的地方。如果把长江比作一条龙,崇明岛是含在这条巨龙口中的一块绿色翡翠。在这片绿色的土地上,对文学的追求和传播,就像江畔的芦苇,蓬勃繁衍,生生不息。四十多年前,我作为一个"知识青年"在崇明岛插队落户,劳动的繁重和生活的贫困,并没有折断我理想的翅膀,因为,每天晚上,在一间草屋里,在一盏油灯下,我可以读书,可以在日记本上追寻我的文学梦想。说起来有点匪夷所思,我"插队"的村庄,农民家里没有用上电,物质的匮乏和日子的穷困是现在的年轻人无法想象的,但是,那里却有尊重文化的传统,村里的农民大多识字,很少文盲。更难能可贵的是,"文革"的扫荡,居然没有扫到那里,很多农民家里都藏着一些书。他们把珍藏的文学书籍送给我,消解我的孤独和寂寞。在他们身上,我看到了人性的真和善。我也由此深信,人间的美好情感,是不可能被消灭的。我的文学生涯,便起始于故乡崇明岛,起始于那段下乡的生活。很多年后,我在一篇散文中写对家乡土地的思念和怀想,这是文学的思维,却也是当年思绪的真实写照。我在文中这样写:

……那时,天天和泥土打交道,劳动繁重,生活艰苦,然而没有什么能封锁我憧憬和想象的思绪。面对着岛上那辽阔的土地,我竟然浮想联翩,自由的想象之翼飞越海天,翱翔在我们广袤绵延的国土上。崇明岛和一般意义上的岛不同,这是长江的泥沙沉积而成的一片土地,就凭这一点,便为我的遐想提供了奇妙的基础。看着脚下的这些黄褐色的泥土,闻着这泥土清新湿润的气息,我的眼前便会出现长江曲折蜿蜒、波涛汹涌的形象,我的心里便会凸现出一幅起伏绵延的中国地图,长江在这幅地图上左冲右突、急浪滚滚地奔流着,它滋润着两岸的土地,哺育着土地上众多的生命。它也把沿途带来的泥沙,留在了长江口,堆积成了我脚下的这个岛。可以说,崇明岛是长江的儿子,崇明岛上的土地,集聚了祖国辽阔大地上各种各样的泥土。我在田野里干活时,凝视着脚下的土壤,情不自禁地会想:这一撮泥土,是从哪里来的呢?是来自唐古拉山,还是来自昆仑山?是来自天府之国的奇峰峻岭,还是来自神农架的深山老林?抑或是来自险峻的三峡,雄奇的赤壁,秀丽的采石矶,苍凉的金陵古都……

有时,和农民一起用锄头和铁锹翻弄着泥土时,我会突发奇想:在千千万万年前,我们的祖先会不会用这些泥土砌过房子,制作过壶罐?会不会用这些泥土种植过五谷杂粮,栽培过兰草花树?有时,我的幻想甚至更具体也更荒诞。我想:我正在耕耘的这些泥土,会不会被行吟泽畔的屈原踩过?会不会被隐居山林的陶渊明种过菊花?这些泥土,曾被流水冲下山岭,又被风吹到空中,在它们循环游历的过程中,会不会曾落到云游天下的李白的肩头?会不会曾飘在颠沛流离的杜甫的脚边?会不会曾拂过把酒问天的苏东坡的须髯?……

荒唐的幻想,却不无可能。因为,我脚下的这片土地,集合了长江沿岸无数高山和平原上的土和沙,这是经过千年万代的积累和沉淀而形成的土地,这是历史。历史中的所有辉煌和暗淡,都积淀在这土地中,历史中所有人物的音容足迹,都融化在这土地中——他们的悲欢和喜怒,他们的歌唱,他们的叹息,他们的追寻和跋涉,他们对未来的憧憬……

记得我曾在面对泥土遐想时,写下过这样的诗句:"故乡的泥土,汇集了华夏大地的缤纷七色,把它们珍藏在心里,我就拥有了整个中国……"直到今天,年轻时代的这种遐想仍会使我的感情产生共鸣。

崇明岛是出文人的地方,中国现当代文坛上,有不少从崇明岛走出来的作家。但在过去,留给人们的印象是,崇明岛的作家大多是离开了家乡才显露才华,被人注意。成为名家时,他们大多身在异乡,崇明岛对他们而言,是久别的老家,是乡愁,是乡梦。而此刻,我却面对着一批崇明岛的本土作家,他们在崇明生活,在崇明工作,是地地道道的崇明人。这使我深感欣慰。这套散文集,对当代崇明本土作家的才华和风采是一次生动的展示。读这些散文,让我真切地感受到崇明悠远多彩的历史和人文风光,感受到崇明迷人的自然天籁和人间烟火。崇明岛的昨天和今日,世世代代崇明人的悲欢和梦想,融合在九位作家各具个性的率真文字中。

参与这套散文丛书的九位作家中,有我熟悉的老朋友,有通过文字认识的神交,也有初次见面的年轻人。九本散文集,犹如九件风格迥异的艺术品,呈现在读者的眼前。

刘锦涛坚持写散文很多年了,他以细腻的感受、质朴的文字和深挚的情感,如数家珍地写出了家乡的风物之美、人情之美,读来让人赏心悦目,也让人感动。

陆施燕的人物散文大多以崇明籍人物为对象,她的文字并非简单的记录,而是一个思想者自由无羁的漫游,她犀利的追问和被访者的回答碰撞出睿智的火花。这些写人物的文字,不是浮光掠影,而是有骨力的散文。

阎诚俊虽然不是崇明本地人,但他是崇明岛上的中学语文名师,他和崇明的本土作家一样,用自己饱含深情的文字,赞美着这片江海中的土地。他的散文,以浓厚的文化底蕴铸成自己的风格。

周惠斌的散文和崇明古往今来的画家有关,他对画家们的人生经历和艺术生涯,以及他们作品的风格和影响,作了精到的评述。他的文字,可视作崇明的丹青史。

陈新涛的散文以哲思见长,他的视野开阔,涉及的题材很丰富,他善于透过生活的万花筒,悟出丰富的人生哲理。

陈宁的散文中有闲情,有雅致,有对身边景物的兴趣,也有对远方风景的好奇。很多人写过的题材,在他的笔下常常能写出新意。

范胜球的散文短章写得很有韵味,字里行间漾溢着对艺术的追求。他的文字富有诗意,常常在不经意间营造出独特而雅致的意象和情境。

方伟的散文中,有深挚的亲情,有家乡的美景,有引人入胜的民俗风情。她的散文,我在四十年前就读到过,那时她还是个小姑娘,竟然坚持写了这么久,依然保持着对文字的挚爱,让人感慨。

沈菊是崇明文坛的新秀,她的散文多以自己熟悉的生活和事物为题材,写得真切生动,接地气。读她的文字,可以了解当下的崇明岛。

我无法在一篇短序中仔细评点每一本书,只能以三言两语谈一点我的读后感,为读者作一个简单的引导。

是为序。

2015 年 5 月 23 日于四步斋

撩开时光的面纱

——序朱开荣、殷峻、殷心悦水彩画展《留光·忆彩》

上海这座城市,在世人的眼里,是摩登的,也是怀旧的,是浩瀚的,也是精微的,她既有涵纳百川的海洋襟怀,也有曲径通幽的江南情调。黄浦江和苏州河流经的土地,也许是我们这个星球人口最密集的地方,也是建筑风格最缤纷多姿的城市。中华本土的古老涵养,和五洲四海的域外文明,在这里汇合交融,成为一个举世无双的中西文化合璧之地。没有一个人能用简单的词汇描述出这座城市。文学家的想象,历史学家的追溯,摄影家的记录,还有街头坊间的传闻口述,都在以自己的角度再现这座城市的斑驳记忆和昔日时光。这座城市的昔日记忆,有一点模糊,也有一点神秘。她的风韵和情感,被一层神秘的面纱遮盖着,使很多人产生欲想,希望撩开时光的面纱,看一看她真实的面容。

上海的三位画家,用风格各异的水彩画,展现了这座城市的昔日时光,为我们呈现出角度不一样的城市记忆。

朱开荣的作品,画的是上个世纪上半叶的上海风光,百年前的外滩,十里洋场的南京路,店招飘动的龙华古镇,这些遥远的风景,在今人的眼中,既陌生,又熟悉。画中有时光的尘烟,有历史的氤氲,而被描绘的建筑,有些至今仍伫立在万象更新的城市中,读来似曾相识,却有沧桑前世之感。

殷峻画的是上海的各式民居,石库门,小洋房,新式里弄,这些被晨光或暮霭斜照的建筑,闪烁着温暖的光芒,让人感觉到一种亲近,岁月似乎融化在这些暖色的老房子中,从遥远的往昔一直延续至今。

殷心悦的画中又是另外一番景象,她以女性的细腻,描绘出海派生活的局部和细节,厅堂一角,繁花,旗袍,光影斑斓的窗户,茶香飘萦的案几。无声的场景,却细腻地叙说着上海人的生活情调。

三位画家,以多彩的画笔,撩开了时光的面纱,展现出这座城市的历史记忆和生存情状。这些画面,也许只是管中窥豹,吉光片羽,却留住了岁月的屐痕,让观者对上海的风光有一种丰繁多彩的认识。三位画家的作品都是水彩画,呈献给大家的却是三种完全不同的风格,他们手中摇曳多姿的画笔,不是简单造形,而是倾心追魂。艺术的奇妙和多样,也对上海这座城市的文化多元和历史的灿烂作出了形象的诠释。

2015 年初秋于四步斋

瞬间和永恒

——序《网球大师赛摄影作品集》

上海网球大师赛,为上海这座国际大都市带来了非同寻常的喜气和活力。有赛事的日子,旗忠网球中心成为举世瞩目的场所,这个莲花盛开的赛场中,大师云集,每天都有扣人心弦的赛事,老将的王者风范,新人的黑马英姿,交织成引人入胜的景象。一只小小的网球,在赛场中来回飞动,如闪电,如流星,吸引着人们的目光,网球健将们随之劲舞,腾跃的身姿展示着力量和美。伴随大师走向领奖台的,是才华,是技巧,是经验,是毅力,是智慧,还有上帝赋予的灵感和运气。

这场网球大师赛,是闵行,是上海,也是中国乃至世界网球爱好者的盛宴。摄影爱好者们把镜头对准了赛场,赛场内外一个又一个美妙瞬间,被定格在镜头中。这些摄影作品,因网球大师赛而生,其中有竞赛中瞬息万变的场面,有网球大师们矫健的身影,神采飞扬的表情。摄影作品中,也有观众的形象,观众的激动和紧张,欢悦和陶醉,叹息和惊喜,都被定格在镜头中,成为精彩赛事有声有色的注解。这是体育的魅力,是网球的魅力,也是摄影艺术的魅力。

前年十月,我在塞尔维亚参加国际诗会,其时,上海正在举办国际网球大师赛。就在那几天,传来了德约科维奇获得冠军的消息,他家乡的人们为之雀跃,很多人看到我就兴奋地大喊大叫,他们说,上海是网球的宝地,也是德约科维奇的福地。在遥远的欧洲,我感受到了上海网球大师赛的国际影响。今年,德约科维奇在这里第三次捧得冠军奖杯,在他的家乡,大概又会引起一片欢呼吧。德约科维奇决赛获胜后挥拍仰天呐喊的形象,已经被摄影家的镜头定格,全世界都看到了他兴奋沉醉的表情。这样的表情,将成为世界网球历史的一部分,留在人们的记忆中。

摄影,是瞬间的艺术,快门瞬间的闪动,将画面定格,成为永恒的记忆。旗忠网球中心，闵行，以及和上海网球大师赛相关的一切，都将在这本摄影集中定格，给人们留下悠长而美好的回忆。

2015 年 10 月 19 日于四步斋

建筑和绘画之雅集

——序《衡复建筑画展》

建筑是历史的见证者,也是时代的纪念碑。在不同的建筑中,镌刻着不同时代的生活印记、审美情趣和文化品格。建筑中也蕴藏着人间的故事和情感。每一栋老房子,都可能是一部情节曲折的小说,不会雷同,也不会重复,其中发生过的悲欢离合,使它们具备了可以让人欣赏,也让人回忆遐想的神秘生命。

上海曾被人称为万国建筑博览会,这并非夸张之辞。在二十世纪上半叶,上海出现了无数风格各异的建筑,来自世界各地的建筑师,都在这里展现他们的想象力和创造力,开放的上海,成为世界建筑的大舞台。可以说,世界上大多数建筑风格,在当时的上海都可以找到,那种万方云集,中西合璧的景象,是令人惊叹的文化奇观。上海的海纳百川,从建筑的风格中可见一斑。坐落在衡山路一带的精美建筑,是上海那个时代建筑大潮中的重要一部分。那一幢幢掩隐在梧桐绿荫之中的建筑,如同姿态各异的历史守望者,饱经人间的沧桑,见证着大半个世纪的风云岁月。

由于这些历史建筑的吸引,上海的画家有了一次美妙的雅集。他们用传神的笔触,画出了衡山路一带的老房子。这是展示城市的历史记忆和文化轨迹的一种方式。画家们的创作,和历史建筑的风格,有不谋而合之处,那就是个性的丰富多姿。画家们的画风各不相同,每个人都有自己的观察角度,有自己对历史的见解,有自己的人生记忆,融汇在绘画中,就是个性迥异的风貌。这些作品,既画出了老房子的沧桑魅力,也展示了画家们斑斓多彩的个性。这次画展,是上海历史建筑的一次丰美呈现,也是海上画家艺术风采的一场精妙展览。

2015 年深秋于四步斋

创造人生的至美境界

——"送给爸爸妈妈最好的礼物"丛书总序

这套书,凝聚着编者的美好创意和良苦用心。我浏览这套书的内容时,既喜悦,也感动。

这套书,可以送给年轻的爸爸妈妈,让他们有机会阅读编者精心选择的美好诗文。诗歌、散文、小说、书信、演讲,都是百里挑一的精湛文字,有真情,有智慧,也有人间的至理名言。这些文字,年轻的爸爸妈妈未必读过,那就先自己细细阅读,用心感受。如果曾经读过,也不妨静心重温。这些文字,不仅你们自己可读,更可以用来陪伴你们的儿女,让他们一起来欣赏辽阔绮丽的文学天地,一起来游历用文字构筑的真善美的世界。读这样的书,可以让年轻的父母变得更优雅,也可以引导正在成长的儿女一起步入文明的殿堂。亲子阅读,是人生的至美境界。培养孩子从小亲近美好的文字,通过阅读让心灵成长,这当然是送给年轻父母的最好礼物。

这套书,年轻的爸爸妈妈也可以用来孝敬自己的父母。父母老了,需要晚辈的关心,他们的晚年,不应该被孤独和凄凉笼罩。相信很多老人会喜欢这些书,书中的文字,可以为夕阳斜照的花园提供丰富多彩的营养和欢悦。书中有养花的经验,有书法的入门,有手工编织的教程,还有保健的知识、养生的方法。这是为老年人编的书,是为金色晚年提供情趣、欢乐和健康的书。这些书,不仅老人可读,也可三代人一起品读,一起议论,一起实践,一起感受生活之美。我想,这样的读书时光,可以为人间的天伦之乐作最生动的注脚。

用这样的书作为礼物,送给父母,送给儿女,传递的是文雅的风尚,是生活的情调,是人间的关爱,是任何力量也无法割断的亲情。

在欣赏这套书时,我情不自禁地想起了很多年前我写的一首赞美人间好书的诗,其中有这样的诗句:

我用目光默默地凝视你们

我用思想轻轻地抚摸你们

我用心灵静静地倾听你们

我的生命因你们的存在而辉煌

我的生活因你们的介入而多姿

岁月的风沙可以掩埋我的身骨

却永远无法泯灭你们辐射在人间的

美丽精神

  这是一套可以在人间辐射美丽精神的书。这样的书，有创意，有爱意，有实用价值，既能抚慰心灵，提升精神，也能滋润生活，改善人生。我郑重地向读者推荐这套书，为天下的父母，也为人间的儿女。

2016年初春于四步斋

上海，文学的理想在延续

——序《上海市民文学写作大赛优秀作品集》

在世人的眼里，上海这座国际大都市的性格特质，和商业有关，和金融有关，和工业制造有关，和海空航运有关，和形形色色的时尚有关，而和诗文，似乎没有太大的关联。有人说，上海这样的现代都市，不是适宜产生文学的城市。这样的看法，其实非常荒唐，也完全有悖历史的事实。中国现代文学史中很多重要的作家和诗人，都曾在上海生活，在上海创作出他们一生中最优秀的作品。中国近现代重要的文学流派和文学报刊，很多都源自上海。编一部上海近现代文学史，几乎就是中国现代文学史的缩影。上海市作家协会曾编辑过一套和上海有关的现代作家丛书，一百多位文学大家，洋洋乎数千万字，几乎囊括了中国现代文学史上所有响亮的名字。曾经有一种说法，上海是中国现代文学的"半壁江山"，并非虚言。

也许有人会说，这是昔日的辉煌。今日的上海，已非同往昔。这话没有错，上海的文学写作，曾经有过昔日的辉煌，曾经为这座城市营造过人文的氛围，打下文化的底蕴。今天的上海，这方面的现状如何呢？我认为，可以给世人一个明确的回答，上海，还是一座文学氛围浓郁的城市。上海的文学传统，并没有因为经济的发展而衰落湮没。改革开放的新时代，日新月异的新生活，为上海的文学创作注入了新的活力。作为一个文学工作者，这些年，除了自己写作，编辑文学刊物，我每年都会参与或者观察一些群众性的文学活动，可以说，上海的群众性文学活动，在中国乃至世界，都是值得称道的。上海的市民中，热爱文学、爱好写作者，大有人在。每年，很多机构举办各种文学征文，无论是诗歌、散文，还是小说，甚至是剧本，都会有大量市民参与。2016年，由多家机构联合举办的上海市民文学写作大赛，就是一个成功的例证。这次写作大赛，涉及各种不同的文学体裁，诗歌散文，小说戏剧，每种体裁的征文，都吸引了大批文学爱好者，参与者踊跃，来稿逾千。参赛的市民中，有土生土长的老上海，也有来自天南海北的新上海人，他们有着不同的人生经历，从事着不同的职业，走到一起的原因，是因为对文学的热爱。这些参赛作品,折射的是当代上海人的精神,是城市心灵跳动的声音,是时代前进的脉搏和足音。这样的写作大赛,不仅是一次群众性的文化活动,也是一个孕育并发现诗人的文学盛会。征文来稿中,涌现出不少有才华的写作者。经过初赛决赛,层层遴选,选出了"十佳市民作家""百位市民写作高手",他们的作品,是现实生活的折光,是人生的思索,是理想的呼唤,也体现了文学在这座城市所具有的深厚基础。将这次大赛的优秀作品汇集成书,是一次市民文学创作成就的展览,也是一次上海城市精神的展示。

上海这座城市,年轻,开放,气象浩瀚,富有活力,是东方和西方的一个令世界瞩目的交汇点。她的苦难和彷徨,她的灵动和辉煌,她走过的曲折道路,她在不同时代的斑斓生活和沧桑之变,都成为文学创作激情和灵感的来源。而因改革开放而日新月异的上海,为我们的生活提供了取之不竭的创作灵感。上海市民参与文学创作的热情和激情,生动地向世人证明,上海不仅是一个繁华热闹的商业大都市,也是一个文学的城市。不管历史如何曲折,世事如何变迁,文学的理想和诗意一直在这个面海的大都市里发酵蔓延,没有任何力量能够使之中断。

2017年2月7日于四步斋

滴水湖的秘密

——序《南汇新城诗人作品选》

三十年前,我曾经独自来到芦潮港,穿过田野和芦苇丛,走上堤岸,置身在苍凉的天籁之中,海涛拍岸,风声回旋,海鸥鸣叫,摇曳的芦苇在风中发出只有森林里才能听到的喧哗。我坐在堤岸上看遥无际涯的东海,看一排排雪浪摔碎在我脚下,轰鸣的潮声和芦苇的喧哗交织……面对浩瀚的自然,总是感觉人的渺小,也会感叹生命的孤单。那天,我一直坐到夕阳西沉。回去的路上,心里曾涌出几句诗:也许,此生不会再来这里,且在心头留住此刻的晚涛夕阳,还有芦苇深情而孤独的吟唱……

人间的沧桑巨变谁能预料!三十年后,我当年踏过的荒凉之地,已经变成一座海边的现代化新城,是一个正在形成中的国际智能制造中心。我也不会想到,我重返此地,竟然是来参加诗的聚会。临港新城,聚集了一批富有激情和梦想的诗歌爱好者。他们来自四面八方,从事不同的工作,却一样喜欢用诗来歌唱生活,追寻理想,抒发感情,释放心中的激情和隐秘。在这里,我发现了新的诗人,也发现了能让我产生共鸣的诗歌。我好奇,为什么临港人爱写诗?是因为这个新生的城市有诗意,让来这里的人都忍不住写诗,还是因为别的什么原因?参加了这里的诗会,我才明白,在临港,有写诗的氛围。在工作之余,读书、写诗,已成为很多人的生活习惯。在物欲横流、人心浮躁的时代,能形成这样的氛围,对一个新生的城市,是美好而珍贵的。我读到了即将出版的临港人写的诗集,其中有不少作品打动了我。临港人在他们的诗中歌唱劳动,歌唱生活,歌唱爱情,歌唱他们的家乡,也追寻历史的足迹,赞叹海洋的辽阔,感受人间的冷暖,倾听心灵的回声,在这个海边新城的水光花影中,描绘生命的万般风韵。

昔日荒滩上,有了明镜般的湖泊。滴水湖,从字面看是个微小的名字,和现实中辽阔的大湖似乎名实不符。现实的滴水湖犹如天上的满月飞落在海边,是这片土地上从无到有的新生之湖。这是当代人创造的新风景,其中也蕴涵着人和天地交融的自然哲理。生活在这个新生湖畔的人,来自四面八方,他们从事各种不同的工作,却不约而同聚集在缪斯的旗下。滴水湖映照着他们的生活,也给他们诗的灵感。出现在他们笔下的滴水湖,是完全不一样的意象和思绪,有人称为它为"人定胜天的挑战之湖、巧夺天工的科技之湖","滴水成湖的梦想/在祖辈们一粥一饭养育的地方/在父辈们红旗插遍的地方/成了兑现的神话","在经历了古今旦暮、前世今生后/你宛若新生儿般让人惊喜"。也有人被湖波引出天马行空的奇思妙想:"芦苇地/每根头发都睁开了种子般的眼睛","海蟒盘踞高高的头顶眺望/谁会在大海深处迎娶芦苇思想的灯芯","我还想把心愿折射在你的水面/任由你的水气和雾霭蒸腾/然后把你的神韵和风采/变成文字"。

临港人把他们对生活和艺术的追求和憧憬变成了文字。他们的诗歌,是有韵味的文字,是发自心灵的声音。我愿意向读者推荐这本诗集,也希望读者因这本诗集认识这些生活在海边的诗人,认识这个在东海之滨神话般成长的新城。

2017 年 3 月 15 日于四步斋

岁月在这里回光返照

——序画册《今昔百乐门》

百乐门,曲折历史的一段足迹,沧桑岁月的一缕光影。

百乐门,十里洋场的窈窕舞池,中西时尚的交汇之地。

百乐门,上海滩哀荣兴衰的一场见证,海派文化一个色彩斑驳的符号。

几代上海人悲喜荣辱的记忆,在这里融汇交集。

当年,百乐门从荒凉之地奇迹般地出现,曾吸引四面八方好奇的目光。门楣上闪烁的霓虹,似不夜城的媚眼;厅堂里回旋的舞曲,如追梦人的心跳。来自天南海北的男女在这里聚会,陶醉在音乐中,沉迷在舞步里。门开门落,多少俗世幽情在这里繁衍,多少人间恩怨在这里发生。百乐门,糅合了一个时代的时髦和风雅,成为大上海的风尚地标。百乐门,也是一个历史的舞台,见证了动荡时代的万千世相。卓别林曾在曲折的回廊中留下他诙谐的脚印,张学良曾在这里排遣他的怀乡忧国之情,摇曳在旗袍和探戈狐步中的欲望和风情写进了张爱玲的小说。

百乐门曾消失在人们的视野里,但它的光彩,无法从历史的记忆中抹去。今天,百乐门又打开了大门,成为上海市中心一个万众瞩目的时尚厅堂。

在原址上重修的百乐门,是涅槃后新生的凤凰,它历尽人间沧桑,几经跌宕沉沦,从蒙尘的记忆中幡然苏醒,以全新的姿态呈现在世人眼前。今日的绚烂灯光,已非昔日霓虹,然而岁月在这里回光返照,历史在这里凝眸沉思。走进百乐门,可以走进上世纪三十年代,追寻岁月的屐痕。今天的百乐门,是一个展现历史记忆和现代艺术的博物馆。曾经湮没的辉煌,正以繁花盛开的景象在后人眼前重新呈现。

2017年2月19日于四步斋

天地通人心，大道在自然

——序《道法自然百家书法作品集》

道法自然，语出《道德经》："人法地，地法天，天法道，道法自然。"这四个字蕴藏丰富，将天、地、人乃至整个宇宙的生命规律作了精辟的概括和阐述。读懂它，领悟它，可以获得人生的大智慧。

每个人都有不同的人生际遇，书法作品，和它们的书写者一样，也蕴藏着自己的命运轨迹。我相信，这本《道法自然百家书法作品集》里的每幅作品，都是有生命的。这些作品，因戴震华先生的创意而生，集聚了众多书写者的智慧和才情，以生动面目陈列于世人眼前。这也是编者践行"道法自然"人生哲学的一次展示。

黄宾虹有云：天地有大美而不言。天地就是浩瀚的自然，而作为万物之灵的人类，是自然之子，也是天地的一分子。中国的哲学讲究"道"，"道可道，非常道"，"古之善为道者，微妙玄通，深不可识"。天地规律，世间至理，都涵藏于道之中，道既是自然规律，也是我们认识世界的方式方法。所谓"道法自然"，是做事的信条，也是为人的智慧。科学家的创造，艺术家的创作，都可以道法自然。书法创作，当然也是一样的道理。

这本集子中收入数十幅书写"道法自然"的书法作品，虽然写同样四个字，但却是风格多姿多彩，面孔各不相同，书写者的构思、布局以及笔墨的运用，都表现出对"道法自然"的不同体悟。这样既相同又不同的艺术呈现，是一种奇妙的艺术呈现，也是一种只属于中国的文化现象。编者收集、展现"道法自然"书法作品，源于对中国文化的热爱，其过程，也是宣传、弘扬中华传统文化的过程。"得道者多助"，这样的构想和创意，得到了各方人士的支持，书写者不仅有著名书画家，也有教育界、文学界和文化界的很多名家，还有不少领导干部。也许，集子中的作品，未必都是艺术精品，然而在自然面前，在艺术面前，所有人都是平等的，"道法自然"，人各有道，天地浩瀚，任尔翱翔，繁花竞开，自由自在。相信读者能从这本独特书法合集中欣赏中国书法的魅力，能发现道法自然的不同心迹,也能听见道法自然的美妙合唱。

  这本书法集的编者戴震华先生,深谙"道法自然"的意义,他在追求书法艺术,弘扬中华传统文化的同时,展现着一个知识分子的文化情怀,值得称道。而这本集子从起意到完成的过程,正是对"道法自然"的一次美妙诠释。

2017年5月18日于四步斋

通向光明的门

——序大型画展《从石库门到天安门》

引子

一条河,有她的奔流轨迹。她从哪里起源?为什么涓涓细流能汇成浩瀚江河,历经艰难曲折,穿越千山万壑,义无反顾流向辽阔的大海?

一棵树,有她的生命传奇。她在哪里萌芽?为什么一粒小小的种子,能长成一棵参天大树,雨雪风霜,无法阻挡她生机勃勃的成长?昔日的幼苗,如今树冠如云,花开满枝,硕果累累。

打开历史的大门,听岁月涛声,寻播种者履痕。

石库门

在黑暗中,一道耀眼的光,射穿夜幕,照亮了混沌的大地。

窃火者,高举着燃烧的火炬,在蒺藜遍地的丛林,在没有道路的荒原,寻找一条通向光明的路。

普通的石库门,灰色的框,黑色的门,木门开阖之际,历史在这里揭开光明的初页。光,在门内聚集,又从这里向世界辐射。

沉睡的大地睁开了眼睛,追随着那支火炬,追随着向四面八方蔓延的光明。

苏州河畔,回荡着播火者坚定的脚步……

赣江两岸,迸射出石破天惊的火光硝烟……

井冈山的羊肠小路上,蜿蜒着,上升着理想之光……

越过白雪皑皑的群山,穿过荒无人烟的草地,越过急流汹涌的江河,中国的苍茫大地上,行进着追寻光明的铁流……

窑洞门

种子为什么能在贫瘠的泥土中萌芽,长叶,开花,结果?

因为有理想的雨露,有信念的空气,还有真理的阳光。

黑暗中燃起的星星之火,燎原在黄土高原,燎原在神州大地。

长江和黄河,挽起古老的臂膀,汇合成汹涌洪波。

荒漠中崛起了绿洲,塞北变成了江南。红星照耀的天地,让世界为之惊叹。

真理诞生在最朴素的地方。幽暗的窑洞里,燃烧着光明的心;飘忽的油灯下,书写着真理的诗行。

打开窑洞之门,前景是通向辉煌的康庄大道,是奔流不息的生命活水,是浩瀚壮阔的大海……

天安门

天安门,粉刷一新。一座古老的城门,成为新生共和国的象征。新的时代,从这里开始;新的生活,从这里起步。

华表上古老的盘龙,惊喜这广场上飞扬入云的宣言;金水河平静的波澜,映照出中国人笑傲古今的激情。

江山依旧,人事全新。积贫积弱、散沙一盘的败象,已经成为历史。古老中国的变革,吸引了世界的目光;中国人意气风发的形象,成为新时代的表情。

用春天绚烂的花海,用夏日怡人的浓荫,用秋季金子般的收获,重建战争留下的废墟,安抚动乱造成的创伤。即便是冬天,也有暖风在大地回旋……

昔日的愁眉,变成今天的欢颜;曾经的迷惘,变成了自信的脚步。

在光明的照耀下,中国已站在时代前列!

未来门

通向未来的门,是一座什么样的门?

是一扇神奇的门,是一扇敞开的门,是一扇通向伟大前程的门。所有的梦想,都从这里展开远翔的翅膀,所有的憧憬,都在这里由虚幻变成现实。

凤凰涅槃,巨龙腾飞。古老而又年轻的中华民族,从这里出发,开始一次前无古人的远征,开始一场扬眉吐气的伟大复兴。

嘹亮的号声传遍希望的田野,回荡在城市的天空,激荡着每一颗为理想奉献出激情的心灵。

古老辉煌的文明,连接着走向未来的脚步,汇合成和谐雄壮的交响曲,让历史惊叹,让世界倾听。

尾声

门外,未来的岁月在远方等待,让跋涉者一步步临近。怀着真诚的初心,百折不挠,脚踏实地,寻觅真理,追求幸福,走向理想的天地。

往前走,大道在前,江海在前。

往前走,旭日在前,光明在前。

每一次结束,都是新的开始。

每一次开始,都是伟大的启程。

永远听不见尾声……

2017年8月于四步斋

风云际会的时代

——序人物访谈集《浦东新脸谱》

浦东这三十多年的发展,是举世瞩目的奇迹。也许可以这么说,在二十世纪末二十一世纪初,这片热土是地球上变化最大的地方。沧海桑田这样的成语,用来形容浦东的巨变,是恰如其分的。三十多年前,我曾经在浦东住过几年,我亲眼目睹了她逐渐变化的过程。这种变化,每天在我们的身边悄悄地发生,在不知不觉中,陋屋和荒野消失了,道路被开拓了,新的高楼和园林,突然就出现在人们的视野中,让人忍不住惊叹:这些惊艳之景,是如何被创造出来的?

浦东的巨变,是改革开放的成果,这些成果,是由无数人共同创造的。浦东这片热土,吸引了来自四面八方的有志之士,浦东巨变的历史,也是无数有志之士为之呕心沥血、倾情奉献的历史。浦东的变化,更深层次的变化,其实是人的变化,是生活在这里的人们思想、观念和行动的变化。这些变化,也许无法像地貌的变化那样一目了然,那是浦东人的创业史和心路历程,展示这样的变化,是非常有意义的事。我面前的这本《浦东新脸谱》,就非常生动地为读者作了这样的展示。

《浦东新脸谱》,本是东方财经频道的一档人物专题节目,是对一批在浦东工作生活的精英人物的访谈。其中有科学家,有企业家,有文艺家,有教授学者,有术有专攻的能工巧匠,也有新型社区的管理者,他们中间,有本土的上海人,也有来自全国各地的新上海人,还有外国人。这档节目,通过聚焦这些不同领域人物的工作状态和生存状态,不仅反映了当代浦东的人生境况和生活理念,也折射了改革开放为浦东这片热土带来的精神巨变。电视屏幕中的形象和声音,在《浦东新脸谱》这本书中转换成了鲜活的文字,也许,比之看电视,读这些文字,更能让读者走进人物的内心,引发更深长的思索。

《浦东新脸谱》这本书,在体例上是有特点的。书中展示人物,不是平铺直叙的叙述和介绍,而是主持人和人物的对话,有家常的询问对答,也有对世态和时代精神的深度讨论。主持人刘婧,也是这本书的编者和作者,她的循循善诱,让被采访者向读者展开了真实的精神世界。这样真诚而又生动的对话,不是概念的堆砌,不是口号的罗列,而是心灵的撞击,灵魂的袒露。这些对话,凸显了一批为浦东的建设发展作出贡献的代表性人物的形象。

前几天,浦东进才中学请我去为学生谈阅读和写作。来接我的是这所中学的副校长,一位身材高挑、气质不俗的中年女性。我看她有些面熟,似曾相识,但却想不起她是谁。上车后,她自我介绍:我是李国君。这是一个熟悉的名字,二十多年前,中国排球队的队长,一个上海姑娘,就叫李国君。难道真是她?我问:你是中国女排的李国君?她微笑着回答:就是我。当年叱咤风云的中国女排队长,现在是浦东的中学校长。而她的名字,也在《浦东新脸谱》中。阅读书稿时,我了解了李国君在浦东,在进才中学取得的种种成就。在进才中学二十多年,她为国家挑选培养了很多排球运动员,其中有的进了国家排球队,有的进了国家青年排球队、国家少年排球队,有的进了上海排球队。而办学生排球队,培养排球选手,只是她工作的一部分。从一个国家女排队长,到浦东的中学校长,她的人生经历可谓精彩纷呈,而让她完成人生和事业华丽转身的舞台,就是浦东这片热土。

在《浦东新脸谱》这本书中,还有很多和李国君一样为浦东作出贡献的杰出人物,他们的职业、经历和性格各不相同,但有一点却是共同的,这就是对浦东这片热土的挚爱,还有,是对这个风云际会的伟大时代的一腔热情。

是为序。

2017 年 11 月 13 日于四步斋

真诚亲切的朋友

——序《人民政协报》副刊文萃

《人民政协报》创办三十五年了，对一份报纸，这历史不算长。但这三十五年，是中国改革开放的重要时期，中国在这数十年中发生的深刻变化，举世瞩目，也必将在中国现代历史中以浓墨重彩留下重要的一页。《人民政协报》的副刊，是一个人文荟萃，神采飞扬的园地。三十五年来，这片园地以清新优雅的风格，海纳百川的气度，吸引了来自全国乃至世界各地的作者和读者。来这片园地中播种耕耘的作者，可谓群贤毕至。这里不仅是文人学者、作家和艺术家亮相的舞台，也是社会各界人士发议论、抒真情的讲坛。这是一个明亮的窗口，映现了这三十五年来中国的发展和变化，也映照出中国知识分子这些年来自由多彩的精神世界。

《人民政协报》副刊为什么被读者喜欢？作为一直关注这个园地的作者和读者，我想大概是因为这样几个原因：

其一，是它的真诚。这是一个鼓励说真话的地方，政协委员会和各界人士在这里袒露胸襟，抒发真情。弥漫在这个园地里的，是坦诚相见的真挚气息。这里的文章，弘扬的是真善美，假大空的文风，在这里没有容身之地。

其二，是因为它崇尚个性。发表在这里的文字，百花竞妍，千人千面。副刊的作品，无论长短，都言之有物，对历史，对现实，对古今中外的人物和思潮，对文学艺术的实践和感悟，都有作者独到的见解，有不同于他人的表达方式。

其三，是因为它注重文字的美感。在这里发表的文章，不仅讲究表达得准确，也追求文字的艺术性。副刊作品文字风格的多样，体现了编者的美学眼光。作者以自己喜欢的方式撰文，对文字的运用也有不同的习惯，凡是表达生动的文字，无论华丽如油画雕塑，还是质朴如水墨线描，在这里都有一席之地。

作为《人民政协报》副刊的作者，这三十多年来，我已经无法统计自己曾经为它写过多少文字。这些文字中，有散文，有诗歌，有书评，有谈古论今的随笔，甚至有我的日记。感谢副刊的包容,让我的各类文字都能在这里有机会和读者见面。我想,很多作者都会有和我类似的体会,这个园地的开放和包容,使我们有机会在这里畅叙胸臆,以文会友。在大家的心目中,《人民政协报》的副刊,是真诚亲切的朋友,因为能和这样一个朋友经常会面交流,使很多人心目中有点严肃的政协,有了亲和力,有了文艺气息,有了宽松和谐的氛围。

谢谢《人民政协报》副刊的朋友们,为大家编了这样一本好书,书中荟集了三十五年来发表在副刊的部分佳作,让读者可以管中窥豹,了解《人民政协报》副刊的情怀和风度,也使我有机会在这里说几句心里话。

是以为序。

戊戌春节于四步斋

追溯文明之源

——《中华创世纪神话·开天辟地》序诗

岁月有起始,时光有开端
生命有源头,文明有发祥
天地万物,都有自己的最初
最初的声音,最初的光亮
最初的萌动,最初的模样
最初的道路,最初的梦想
这是一个无穷遥远的世界
虽然模糊,却奇光闪烁
就像银河在夜空流淌
每一个星座都发出神秘的亮光
哪怕是一颗瞬间消失的流星
那燃烧在苍穹的一抹光焰
也会在黑暗中引出绵延不绝的遐想

站在日新月异的现实时空
回望隐匿在岁月深处的迢迢来路
多少疑问在我们心头盘旋
过去的岁月究竟有多么漫长
昨天的昨天的昨天
去年的去年的去年
穷而复始的晨昏昼夜
循环往复的春夏秋冬

交叠成没有尽头的时光隧道
隧道的深处传来神奇的声音
来吧,来吧,来寻找
所有疑问的答案
来吧,来吧,来探索
所有原始的真相

让我们寻找天上的第一颗星辰
让我们追溯地上的第一滴流泉
从哪里绽开草中的第一朵蓓蕾
从何方传来生命的第一声歌唱
那燃起希望的第一朵火苗
那穿破混沌的第一道微光
智慧和蒙昧,在哪里纠缠分野
光明和黑暗,在哪里交汇碰撞
是哪一只神奇的大手力挽狂澜
修补了残缺受伤的天地
是哪一个坚韧的声音追赶着风雨雷电
把生命之歌传向四面八方

远眺着漫漫无边的时空
我们每天都在沉思默想
我们的生命从哪里诞生
我们的祖先从哪里过来
什么是视野里最初的景象
什么是灵魂中最初的萌芽
人类的脚印,起步于何方
人性的苏醒,起始于何时

世界的构造,生灵的繁衍
江海的起源,云彩的故乡
自然的演变,天地的沧桑
隐藏在其中的隐情和谜团
构筑成一座大锁高悬的迷宫
是不是有一把万能的钥匙
可以把通向远古的大门
一扇一扇打开
是不是有一条通幽的秘道
可以引我们追根寻源
抵达浩瀚世界的尽头
找到中华文明的起锚之港

这是神的缥缈奇幻的传说
也是人的曲折漫长的屐痕
是神的引导,还是人的开创
是神的启迪,还是人的幻想
也许永远没有精确的答案
也许永远是无解的万古之谜
让我们掀开岁月的神秘面纱
走向远古,走向天地的尽头
让我们的思绪和想象展开翅膀
飞向月宫,飞向太阳,飞向深邃的星空
越过高山,越过江河,越过浩瀚的海洋
去访问每一座隐在云雾中的峰峦
去寻找每一条留在幽径上的脚印
去访问每一个繁衍生命的村庄
也把万古不绝的史书

一页一页轻轻翻动

静默中,聆听时光的脚步在苍穹回响

……

2018 年新春于四步斋

诗意的心声

——序诗集《田园之歌》

浦东的书院诗社,是上海的一道让人赏心悦目的文学风景。在繁华的上海,地处乡村的书院镇有鸟语花香,有田园天籁,一群热爱诗歌的文学爱好者在这里聚集,他们在生活中发现诗意,寻找人间的真善美,并用富有个性的文字,把自己的感受写成优美的诗歌。

这本诗集,展示的是书院诗人们真实的诗意襟怀,其中有他们对家乡的深情,对生活的歌唱,对劳动的赞美,对大自然的陶醉,也有对社会的思考,对历史的追溯,对人性的探索,对民俗和传统的颂扬。书院的诗人们都是用业余时间写作,但展现在读者面前的,却是一片片丰富多彩的诗意园圃,是一棵棵枝叶繁茂的心灵之树。在这些园圃和树林中,可以读到他们真挚的情感,这是发自内心的欢悦、惊喜、颖悟和绵绵不绝的情意。他们的诗中,有让人共鸣的激情,这是对生活和生命的热爱。在这些自由的诗行中,可以发现缪斯和书院人的缘分。和诗歌结缘,丰富了书院人的业余生活,也拓宽了他们的文化视野,使他们的精神世界有了诗意的升华。

诗歌,并不是象牙塔中的产物。只要有梦想,有憧憬,有激情,有一颗诗意盎然的心,有驾驭文字的兴趣,诗人就可能诞生在普通人中间。书院诗社的这本诗集,是一个生动的证明。

2018 年春日于四步斋

上海的书卷气

——序《阅读者2018》

这本书的作者,是一些互不相识的上海市民,他们虽然未曾谋面,但却有共同的爱好:阅读。这样的爱好,使他们在这里相聚,并且把自己的读书心得呈现在大家面前。这是一种令人愉快,也让人欣喜的聚会。为这样的书作序,对我也是一件欣悦之事。

读书有体会有感悟,并且用有个性的文字阐述表达,这过程,沉静而丰富,是一个读书人的心迹。

天下的书籍浩如烟海,作为读者,我们只能根据自己的需要,选取其中几滴晶莹的水,几簇飞卷的浪花。读书,必须选好书,选真诚至情之书,选睿智渊博之书,选独特深邃之书,这是爱书人的共识。

读一本好书的感觉,像看一朵花在你的面前慢慢绽放,每一朵花瓣,每一缕花香,都会在你的周围形成美妙氤氲。

读一本好书的印象,像听一段波澜起伏的音乐,你的心弦会被那些动人的旋律拨动,那些神奇的音符,会留在的你的记忆中,久久回旋荡漾。

读一本好书,也像和一位智者对话,他会把你引入宽广幽邃的天地,让你认识历史的悠长,天地的浩瀚,生活的多彩,人性的曲折。

读书的过程,不仅是欣赏沉醉,也是辨识思考,那些写出真性情真见解的读书随笔,将自己的思绪情感和所读之书融为一体,展现了阅读的美好境界,也可以为读者打开认识好书的门窗。

有很多人担忧,现在的阅读的风气,多的是"浅阅读""碎片化阅读",还有出于功利目的的阅读。这样的担心,不无道理。但是我相信,真爱读书的人们,还是会追求阅读的美好境界,这样的境界,不仅在于阅读过程中产生的愉悦和感动,还在于阅读过程中的思考,读者和作者之间,会因为理解和感悟而架起一座无形的桥梁。对同一本书,不同的读者,也许会有不同的解读,这是很正常,也是很有意思的事。一本旧书,因为有了新的知音，便有了不同以往的新生命；一个读者，也会因为读一本好书，启迪了自己，提升了自己，使自己的精神世界更为开阔。

很多人曾经担忧，在汹涌的经济大潮中，在物欲泛滥、娱乐至上的风气中，我们这个以读书为荣的民族，是不是会淡忘了阅读。好在现实并非如此，读书的风气，正在我们生活的这个人声鼎沸的大都市悄然蔓延。读者将要看到的这本书，就是一个证明。

四年前，我曾写过一篇散文，题为《上海的春夏秋冬》，在描述上海的夏日景象时，我写下这样的感受：

> 在夏天，我曾经参加过这个城市举办的各种各样的读书活动。在图书馆，在学校，在居民社区，人们为书而集聚，为书而陶醉，读书在人群中蔚然成风，爱书的人，有孩童少年，有年轻人，也有老人。在每年一度的上海书展上，无数新书在等候着爱读书的上海人。在这里，可以遇见兴致勃勃的读者，也会遇到来自全国乃至世界各地的作家。
>
> 一个孩子在他的读书感想中这样说：读好书，就像是迎来一股清凉的风，吹进了我心，驱逐了我心里的烦躁……
>
> 孩子的话，在我心里引起共鸣。我们这个城市，风中有书香的气息，这让我欣慰。这样的风，不正是夏日里清凉的风吗？

夏日的清风中，有书香气息，令人神往，令人心怡气爽。上海这个城市，不仅是经济的城市，商业的城市，金融的城市，时尚的城市，也是一个有文化底蕴的城市，读书，在这个城市中，正在成为市民日常生活中的重要内容。作为举世瞩目的国际大都市，如果能让人感受到这里处处飘溢的书卷气，这是上海的气质和风度的流露。一个读书成风的城市，理应是一个优雅的城市。

生活在一个崇尚读书的时代，值得庆幸。

2018年6月30日于四步斋

为一个伟大的时代存照

——序散文集《上海城市记忆40年》

改革开放四十年,中国发生了巨大的变化。经济发展,文化繁荣,生活改善,中国人的精神面貌也发生了深刻变化。这四十年来,我们的城市由萧条变繁华,我们的河流由浑浊变清澈,每个社区,每条街道,每个家庭,每个从这个时代走过来的人,都能以真切的体会强烈地感知这种变化。文学是时代和心灵的产物,文学家以自己的生活感受,用各自不同的文字,有声有色地描绘着这个万象更新的时代。《上海城市记忆40年》,以独特的形式,为纪念改革开放四十年提供了一个很有意义的文本。

本书收录了上海三十位作家书写上海的文章。三十位作家,大多长期在上海生活,是改革开放四十年的见证者,他们笔下的上海风情,林林总总,五光十色,无论是追溯历史,介绍掌故,素描人物,还是回首自己的人生道路,检索自己的文学生涯,读者都可以从他们的文字中看到上海的变化,感受到改革开放的岁月带给他们的欢欣和沉思。上海,在作家的笔下,是意蕴丰繁的连环画,是蜿蜒流淌的母亲河,是从未熄灭的灯光,是晶莹璀璨的宝玉,是于无声处的歌唱,是文学的沃土,是可亲可近的凡人琐事,是飘漾着书香的气味,是永不过时的佳肴,是秋夜看话剧时神秘绚烂的奇遇,是不同的桥梁和街巷,是棚户区的消失、老洋房的新生,是一次又一次的出发和抵达,是可以被俯瞰的大地、被仰望的星空,是条条道路都可通达的老家……这样点点滴滴的印象、记忆和遐思,如同万涓归海,汇合成波澜起伏的时代潮涌。

这本书中,还有四十位作家推荐的四十本书。这些书,都诞生在改革开放的年代。改革开放四十年,中国的出版业有了巨大发展,这样的发展,与创作的活跃和繁荣是紧密相连的。这四十年中,出版了难以计数的有影响的新书,几代作家都写出了他们一生中重要的作品,其中有一些已经成为这个时代的代表作。四十位作家每人推荐一本书,以寥寥数语,点出他们推荐的理由。这样的推荐,只能是百里挑一,但是我们还是看到了一个很有意思的书单。这份书单中,有各种题材的文学作品,小说,散文,儿童文学,纪实作品,虽然只是繁花盛开的文坛中的几束花朵,但从中可以窥见改革开放给文艺创作带来的活力和繁荣。荐书中也有纵论政治、历史和经济的文集,它们都是对这个改革开放时代的思考。一个变革发展的时代,必定是一个思想活跃的时代,社会进步的标志,便是思辨和表达的自由,人人都可以用自己的实践和思考接近真理。

中国这四十年改革开放的历史,也许是当今世界最引人瞩目的伟大事件,编这样一本文集,不可能描绘这个伟大时代的全貌,但这也是为这个时代存照。从一滴晶莹的水珠中,可以映射旭日的辉煌,从一束沉甸甸的稻穗里,可以感知丰收的来临。

2018年7月11日于四步斋

诗歌是飞翔的翅膀

——序"周浦杯"诗歌征文大赛获奖诗选

现在很多地方都举办诗歌大赛,主办者热情,参赛者踊跃,诗兴勃勃,非常热闹。这说明中国有很多爱写诗、爱读诗的人。诗歌成为人们传达感情的方式,也以此表达对时代,对生活,对生命的热爱,这是令人欣喜的现象。

主办方为何要举办诗歌大赛?如果是为了应景,为了完成某种仪式,为了完成什么宣传的任务,这样的诗歌大赛,便缺乏真诚的态度,结果也可想而知。诗歌大赛能否见证时代的变迁,能否反映社会的心声,能否成为人们情感互动的纽带,很大程度上取决于主办方的真诚。而真诚可以接纳美好的心愿,可以带来持久的感动,可以汇集真正的诗意。在这方面,首届"周浦杯"诗歌征文大赛值得称道。

这次诗歌征文大赛,是浦东周浦镇政府和浦东新区作家协会第一次联合主办,并且打算今后每年举办一届,使之成为发现诗歌佳作、提携诗歌新秀的一个平台。周浦是千年古镇,从前有"小上海"之称,周浦镇有文化底蕴,也有崇尚真善美的传统,其斑驳厚重的历史风貌至今仍让人赞叹。这次诗歌大赛,作品都和周浦有关,周浦的历史,周浦的美景,周浦的先贤人物,周浦的文化风俗,周浦在改革开放年代的发展变化,这些都是诗人们吟咏的内容。周浦不算大,但却丰富多彩,在这里漫步寻觅,可以将悠远深邃的历史和绚烂旖旎的当下风光自然地连接在一起。这些,便化成了诗人们的灵感,便为诗歌创作提供了丰繁的素材。这次诗歌大赛,征集到600多首诗作,来自全国各地,参与者年龄最大的近90岁,最小的只有11岁,他们当中有公务员和机关干部,有企业员工和民营企业家,也有学校教师和在校学生。一个古镇的诗歌大赛,能有如此广泛的参与度,可见周浦的影响,也可以证明在我们这个时代,人们时时处处都可以在生活中发现诗意,激扬文字,写出真情优美的诗歌。

这届诗歌大赛,是"文化周浦"建设的一部分,是一次亲近生活、广接地气的活动,为浦东与来自全国各地的诗人和诗歌爱好者创造了一次展示才华的机会。这本获奖诗集的出版,证明了这次诗歌大赛的成功。

诗歌的灵魂,在于真,真性情,真感受,真诚的态度,真实的表达,一首好诗,必定也展示了写作者的独特个性,展示了诗人驾驭文字的能力。那些抒发了真情的好诗,能够打动人的心灵,为读者带来奇妙的联想。诗歌是飞翔的翅膀,带着理想和憧憬,飞向远方,飞向知音的心灵。而吟咏周浦的诗篇,也会翩然展翅,飞向四面八方,让更多的人认识周浦,神游周浦,并由此结下更多的文缘和情缘。

浦东28年来的开发开放,离不开建设者辛勤劳动的汗水,值得诗人为之抒情,为之讴歌。也值得地方政府和文化工作者合力举办像诗歌大赛这样的活动。"周浦杯"诗歌征文大赛,使江南的地域文化走向了全国,周浦镇的这张地域文化名片,也会因此而越来越闪亮。

2018年8月24日于四步斋

诗意，在城中，在心中

——序诗集《风从浦江来》

这是一本和上海这座城市有关的诗集。诗集中的作者，我大多不认识。读他们的诗，我既欣喜，也感慨。欣喜的是，在我们这座城市，有这么多和诗歌结缘的写作者，他们在诗中讴歌自己的家园，咏叹日新月异的生活，这是诗歌之幸，也是这些爱诗人之幸。感慨的是，曾经被人认为不适合写诗、没有诗意的上海，可以让人写出那么多情真意挚、富有想象力的诗歌。

这部诗集中的作品，都是生活在上海的诗人们的新作。这些诗人中，有土生土长的上海人，有从全国各地来这里工作的新上海人，也有在上海出生，到外地谋生，后来又回到这个城市的上海人。在这些经历不同、年龄不同、性情和艺术追求也未必相同的作者笔下，上海这座城市会呈现怎样的风景？而这些风景又会使诗人产生怎样的遐想和思索？这是一件很有意味的事。有一点大概是一致的，这些诗人，都有一颗热爱生活的心，他们热爱这座城市，他们的喜怒哀乐，都和这座城市的发展和变化息息相关。他们的目光观察着这个东方大都市的每一个细节，并将它们一一展现在自己的诗行中。他们写上海，并非只写高楼巨厦，写航站海港，写举世瞩目的城市建设，他们把更多的情感和关照，投给了生活在这座城市中的形形色色的人：那些神采飞扬的成功者，那些为城市建设汗流浃背的打工者，那些无忧无虑的孩童，那些步入晚境的老人……城市中最重要的风景，其实应该是城市人的表情，是城市人生活的场景。

上海这座城市，年轻，开放，富有活力，是东方和西方的一个令世界瞩目的交汇点。她的苦难和彷徨，她的灵动和辉煌，她走过的曲折道路，她在不同时代的斑斓生活和沧桑之变，都成为诗人们激情和灵感的来源。这本诗集中的作品，大多是描绘当今上海的景象。近四十年来，得益于中国的改革开放，上海这座城市发生了巨大的变化，生活在上海的诗人们亲身经历了这变化的过程。他们的诗中，有惊喜，有困惑，有感叹，有憧憬，有期待，他们的诗句中，有四时变幻的上海风景，有形形色色的上海人，诗人笔下的上海,是一个生机勃勃的城市。诗歌是心灵的歌唱,是思想和情感的流动和飞翔。这本诗集中的思考和抒情,折射了当代上海人的精神,是城市的心灵跳动的声音。在这本诗集中,诗人们对生活的讴歌,不都是甜美的赞歌,不都是莺歌燕舞,也有对人性的思考,对历史的反思。在黄浦江畔行走,既可以"洞悉一座城延展的辉煌与荣耀",也可以"时刻提醒,一座城屹立的历史/有抹不去的沉重"。

多年前,我写过一篇短文,题目为《诗在人间》,是回答一些对诗歌前景持怀疑态度的人,我在文章中说:

> 诗在人间。这人间,是乡村,也是城市;这人间,在所有生活着、创造着、憧憬着、梦想着的人们心中,不管他跋涉在荒山大野,还是在繁华都市。这人间不会消亡,只会在岁月的河流中前进、成长、一代又一代轮换更替、展现新鲜的风景。这人间,是诗歌创作永不枯竭的源泉和土壤。我们生活在人间,所以,不必为诗歌的前景犯愁,上海和中国的诗人,不会在我们这个时代出现断裂。

只要心里存着诗意,我们的生活,我们周围的世界,便时时处处有诗的灵感,诗的意象,诗的韵律。而心中的诗意来自何处,那是因为对生活的热爱,对生命的热爱,还有对未来的憧憬。

诗歌是情感的结晶,也是用文字孕育的花朵。有诗意的生活,是美好的生活,有诗意的人生,是值得期待的人生,有诗意的城市,是让人留恋的城市。

2018 年 8 月 25 日于四步斋

新时代的诗意象征

——序《上海诗人》十年精选

中国是一个爱诗的国度,中国数千年的历史,几乎就是诗歌的历史,每个时代,都留下了美妙的诗篇。历代的汉诗,以简洁形象的表达,把自然的美景和人间的感情表现得丰富多彩、淋漓尽致,也把文明的进展和历史的屐痕镌刻在音乐一般的文字中。这使中国人可以引为自豪,为我们的汉字,为我们的诗歌,也为中国人自由不羁的想象力和创造力。

上世纪初,中国的新一代文人发起文学革新,以白话取代古文,新文学运动风起云涌,成为那个时代的新潮和时尚。中国新诗,自上世纪初至今,已逾百年。一百年来,中国新诗的创作经历了种种风潮和跌宕,走出一条曲折而又独特的道路。诗歌曾经成为时代的先声,唤醒沉睡的世人,也曾以异想天开的意象,揭示人性的秘密。诗歌曾经变成口号在人群中泛滥,也曾经被人批判嘲笑,被很多人轻视忽略。然而汉诗美丽坚韧而强大的灵魂,一直存活在新诗的潮流中。不管来路如何曲折跌宕,新诗一直在成长,在发展,在越来越多的人心中引起共鸣和回响,这种共鸣和回响,不仅是在中国,也在向辽阔的世界辐射。新诗应该有怎样的面孔,应该在我们这个时代发出怎样的声音?百人百调,千人千腔,很难有一个权威的声音统领诗坛。但是诗歌创作的现状已经证明,在我们这个有着悠久辉煌的诗歌传统的国度,诗歌是不可能被消灭的。

上海是中国新诗发源和成长的重要领地。一百多年来,无数诗人在上海生活创作,每个时代都有重要的诗作在这里诞生。有人说,上海这样的现代都市,不是产生诗歌的城市。我不能同意这样的看法。中国现代文学史中的很多重要诗人,都在上海创作出他们一生中最重要的诗篇,譬如徐志摩、戴望舒、李金发、任钧、辛笛、闻捷、芦芒等。二十世纪上半叶,中国的很多诗歌流派曾在上海形成并繁衍,推动了中国现代诗歌的发展。上海一直是中国文学期刊的重镇,上个世纪上半叶,上海是中国新文学最重要的创作重镇和传播中心,很多重要的诗人在上海生活写作,那时上海出现过各种形式的诗歌刊物,虽然发行量不大,但曾风靡一时,成为诗歌爱好者的家园。譬如徐志摩和邵洵美编辑的《诗刊》,戴望舒、卞之琳、冯至等人编辑的《现代诗风》和《新诗》月刊,"九叶诗派"编辑的《诗创造》和《中国新诗》,这些诗刊,在不同的时期各领风骚,展现了丰富多姿的诗歌流派。回顾那个时代上海诗坛的辉煌,至今仍让人目眩。但是有一个现象,一直令人困惑,从上世纪五十年代初到二十一世纪初,长达半个世纪中,上海一直没有一本正式的诗歌刊物。这曾经使很多人感到困惑甚至沮丧。其实,这五六十年中,上海一直是文学期刊的重镇,上海市作家协会主办的三家文学刊物《收获》《上海文学》和《萌芽》,都是国内的一流文学刊物,历来备受作家和文学爱好者的重视,国内的很多重要作家从这些刊物起步而被文坛注目。这些刊物,也发表诗歌,我至今仍记得少年时代在《收获》上读到闻捷的长诗《复仇的火焰》时的激动心情。《上海文学》和《萌芽》一直坚持发表诗歌,建国以来数不清的诗人曾在这两个刊物发表作品走上诗坛。但是,解放以来上海一直没有一本公开出版的专业诗歌刊物,这是一个事实,也是一个遗憾。很多年来,一直有人在提议呼吁,但没有结果。上海难办一家诗刊,大概是一直没有好的机遇,也是很多人看轻诗歌的缘故。

在改革开放的年代,《上海诗人》终于问世,填补了一个缺憾和空白。《上海诗人》的前身,是一份诗人自办的内部发行的报纸,多年之后,经过各方努力,成为正式出版的书刊,每二月出版一期,一年六期。我们希望把《上海诗人》办成第一流的诗歌刊物,十多年来也一直在为此努力。创办《上海诗人》的过程,是一个艰辛的过程,参与编辑的诗人,都是利用业余时间义务劳动。不过这个艰辛的过程也是愉快的,因为有了这个平台,使上海和全国乃至世界的诗坛有了四通八达的接轨。十多年来,《上海诗人》以自己别具一格的风采逐渐被读者熟悉喜欢,并得到越来越多的重视和来自各方面的支持。有人认为,现在这样的时代办诗刊,是脑子出毛病,既无名,也无利,几个写诗爱诗的人在那里辛苦蹦跶,就像和风车开战的唐·吉诃德。这样的看法,当然可以付之一笑。在唯利是图、唯钱为大的风气盛行时,我们能办一个和赚钱毫无关系的诗刊,这恰恰是文学事业有希望的表现。《上海诗人》的办刊方针,是坚持海纳百川的品格,既扶植上海诗人,也面向全国,乃至全球的华语诗人,在风格上力求丰富多样,不以编者个人好恶取舍,只要作品是诗人真情的抒发,只要在艺术上有创新精神,就能在这里获得一席之地。我们不可能让所有人都来读诗,但我们希望以自己微薄的力量和影响,办好《上海诗人》,吸引尽可能多的读者,并以此营造高雅文学的氛围,推动中国的新诗创作。只要有诗人在歌唱,有人在读诗诵诗,只要诗歌还能引起人们的共鸣,能拨动读者的心弦,诗歌就不至于被边缘化。千百年来,诗歌从来没有离开我们的生活。我们生活的时代,依然需要诗。上海出现一家诗刊,并且拥有读者和知音,这也可以看作是上海这座城市的诗意象征吧。

这本诗选,荟集了《上海诗人》自2007年至2017年的部分作品。十年时间,《上海诗人》先后出版了六十期,发表各类诗歌逾万首,从中选出这样一本诗选,是一次沙里淘金的精华之选。这虽然只是一本诗刊的选本,但也可以对中国新诗在这十年中的进展和成就,作一次耀眼的呈现。

谨以这本诗选,回顾《上海诗人》的十年旅程,也以此纪念中国新诗的百年华诞。

戊戌春节于四步斋

你真美啊,请停留一下

——序散文集《作家看奉贤》

奉贤,一个很奇特的地名,一片令人神往的热土。

奉贤这两个汉字,组合在一起,让人产生很多富有人文内涵的联想:敬奉贤人,尊重先哲,崇尚知识,向往文明……而奉贤的历史,也是应和了这两个汉字。两千多年前,孔子的弟子言偃游学南下,曾在这里筑坛授课,吸引了四面八方的文人学士,"海隅处处可闻礼乐之声",探真求知蔚然成风。传说中的言子讲坛,便来源于此。在奉贤,尊崇文化的传统一直延续至今。最近二十年中,我曾很多次来奉贤,回想一下,每次都是事关文化,或讨论读书,或参与诗会,或观摩古迹,或参加新建读书馆的落成典礼。奉贤也是一片令人神往的热土。奉贤临海,天地开阔,可以亲近自然,可以谛听天籁,这里是上海的滨海花园。在很多老上海人的印象中,奉贤离市中心很远,是偏僻荒凉之地。现在,开车上高速公路,不到一小时就可以进入濒海的森林公园。我这些年来奉贤,也是为了亲近自然,在这里,可以到海边听涛,可以去森林里吸氧,也可以观赏一年四季常开不败的鲜花,腊梅、桃花、梨花、油菜花、郁金香、海棠、荷花……还有很多开在田边地头的各色花卉。初春时来奉贤,我曾惊叹这里无边无际的梅花和油菜花,仿佛天上的云霞铺满大地。而在奉贤大地上新生的事物,更让人眼花缭乱。那些隐藏在绿荫中的村落和新楼,那些通向四面八方的道路,无不让人产生遐想,这里,正在建设什么,正在发生什么?改革开放四十年给奉贤带来的变化,可以写成无数本引人入胜的大书。

近日,和一批上海作家一起来奉贤采风,又一次被奉贤的美景吸引。奉贤的古老历史和生机盎然的现实在秋色中交融为一体,让人赞叹。作家们访古镇,探老宅,漫步林海,遥望海湾,参观博物馆,访问科技园,奉贤大地上到处留下作家的脚印。这次采风的收获,就是这本写奉贤的新书。作家采风,也许是走马观花,但是,看到奇花亮眼,忍不住下马细观,思索研究,这样,不仅能看清花之奇丽,闻到奇花之芳馥,也发现了解奇花发芽抽枝、绽蕾怒放的秘密。这本书中的作品，并非应景之作，而是作家们用真情文字书写奉贤之美。奉贤之美，美在历史，美在自然，美在春笋般诞生的新事物，美在日新月异的发展变化，更美在这里创造着美的奉贤人。作家们的文字不仅赞美奉贤的美景，讴歌为奉贤之美呕心沥血无私贡献的各种人物，也书写了自己和这片土地的渊源，其中有不少留在生命记忆中的故人往事。

　　散文的灵魂，是作者真诚的态度和真挚的情感。用真情的文字书写奉贤之美，是这本散文的特色。书中有作家在文章中引用了歌德的诗句，不妨引录如下，作为向读者对这本奉贤之书的引荐：

　　你真美啊，请停留一下。

2018年秋日于四步斋

城市心灵跳动的声音

——序《上海诗歌精选》

有人说,上海这样的现代都市,不是产生诗歌的城市。我不能同意这样的看法。中国现代文学史中的很多重要诗人,都曾在上海生活,在上海创作出他们一生中最重要的诗篇,譬如徐志摩、戴望舒、李金发、任钧、辛笛、闻捷、芦芒等。二十世纪上半叶,中国的很多诗歌流派曾在上海形成并繁衍,推动了中国现代诗歌的发展。上海当代诗人的这些作品,也证明了这一点。

上海这座城市,年轻,开放,富有活力,是东方和西方的一个令世界瞩目的交汇点。她的苦难和彷徨,她的灵动和辉煌,她走过的曲折道路,她在不同时代的斑斓生活和沧桑之变,都成为诗人们激情和灵感的来源。近四十年来,得益于中国的改革开放,上海这座城市发生了巨大的变化,生活在上海的诗人们亲身经历了这变化的过程。这本《上海诗歌精选》,遴选了2013年到2016年间,获得"上海作协年度优秀作品"称号的十几位诗人的新作,是近年来上海诗歌创作成果的一次检阅。这些作品题材多样,关乎城市生活的方方面面,同时也以城市人的视角,关注自然和现代人的精神世界,甚至包括对农耕文明的深情回望与审视,展现了上海诗人宽广深邃的创作视野,以及对于题材深度开掘的智慧和勇气。

纵观本书,上海诗人的作品所表现的主题是丰富多彩的,诗人们创作风格各不相同,但都以自己的方式呈现了对生活和生命的思考。他们的诗中,有惊喜,有困惑,有感叹,有憧憬,有期待,他们的诗句中,有形形色色的上海风景、各种各样的上海人,诗人笔下的上海,是一个生机勃勃的世界。诗歌是心灵的歌唱,是思想和情感的流动和飞翔。这本诗选中的思考和抒情,折射了当代上海人的精神,是城市心灵跳动的声音。

这本诗集所展现的,当然不是上海诗歌创作的全貌,但读者可以管中窥豹,从中感受上海诗人丰富多样的个性和风格,看到他们优雅不俗的气息和坚定执着的心迹,检视他们在诗艺之道上探索前行的履痕。

《上海诗歌精选》是一部有代表性的有底气的选本,既传承了上海诗歌创作的优秀传统,又弘扬了城市诗歌创作的现代风范,体现了文学创作与时代风尚、与城市生活之间的水乳交融的血肉关系。诗是心灵之歌,是灵魂写照。上海诗人用呕心沥血的诗篇,为这座城市架起了一道靓丽的灵魂标杆。

近几年来,上海每年都举办各种各样的诗歌活动,写诗、欣赏诗、朗诵诗,成为市民文化生活中重要的内容。上海国际诗歌节、上海朗诵艺术节、上海市民诗歌大赛等活动的成功举办,促进了上海诗歌生态的建设,带动了上海的诗歌创作,催生出一批优秀的诗歌作品,也发现了不少有才华的年轻诗人。以复旦大学、华东师大、同济大学等院校为代表的校园诗社势头正盛,以华亭诗社、顾村诗社、新城市诗社等为代表的极具特色的区域性诗社也备受关注。我们生活的这座城市,诗意盎然,到处涌动着源自灵魂的诗潮。

十多年前,我曾经以《让城市上空飞扬美妙的诗篇》为题,感叹上海人对诗歌朗诵的钟情,我曾经这样写:"当那些音乐般的美妙文字在天空中展翅飞翔时,台下无数双眼睛在闪烁发亮,诗人的呼唤使憧憬的心灵共鸣。追寻中的梦和理想,真诚的激情,坦白的心声,千姿百态的语言,透明纯洁的精神,凝合成奇妙的氛围。我想,这种氛围,是我们一直在提倡的城市精神的一部分。能在这样的氛围中无拘无束地放歌吟诗,是诗歌之幸,是诗人之幸,也是我们这座伟大城市的光荣。"这段话,也正好可以用来作这篇短文的结尾。

2019 年 1 月 27 日于四步斋

建筑，是可以阅读的

——序画册《徐汇区的老建筑》

1933年早春二月，正在中国访问的爱尔兰剧作家萧伯纳在上海逗留了八个小时。下午两点半左右，萧伯纳一行漫步在被梧桐树荫覆盖的福开森路（今武康路）上，而后，走进世界文化协会的学院大洋房，参加了约五十人出席的欢迎会，并留下了一段佳话："走进这里，不会写诗的人想写诗，不会画画的人想画画，不会唱歌的人想唱歌，感觉美妙极了。"

"感觉美妙极了"，"阅读"过徐汇区老建筑的人们有这样的共鸣。

每一座城市，都有着属于自己的故事。认识一座城，常常是从阅读建筑开始，因为建筑是城市发展的见证和标志，尤其是那些饱经沧桑的老建筑，它们的每一块砖瓦，每一扇门窗，都隐藏着故事。可以说，不同时代的建筑，积累沉淀了城市的历史和文明。

上海被世人称为万国建筑博览会，世界上各种风格的建筑，都在这座城市中得到了展现。集聚着上海重要文化资源的徐汇区，是中西文化最早在这座城市发生碰撞和交融的区域，有着丰富深厚的历史文化底蕴。被称为海派文化发源地的徐家汇源，拥有天主教堂、藏书楼、观象台以及徐汇公学旧址等众多百年建筑，既是国人"最早看西方""西学东渐"的物证，也是上海"海纳百川"城市精神的象征。徐汇的衡复风貌区，作为中心城区规模最大、优秀历史建筑数量最多、历史风貌格局保存最完整的历史文化风貌区，有"居住万国建筑博览群"之美誉。徐汇滨江（上海西岸）按照打造全球城市卓越水岸的愿景，坚持规划引领、文化先导、生态优先、科创主导的原则，正在推动中国近代工业建筑和风貌遗存的城市更新。这些优秀的历史建筑群通过富有特色的空间形式，充分展现了海派文化襟怀宽广、韵味丰繁的万种风情。

建筑是无声的诗，是立体的画，是凝固的音乐，是时代的雕塑。建筑也是一篇篇饱含情感和哲理的文章。今天，我们怎么来阅读建筑？我们怎样在欣赏不同时代的优秀建筑时回溯历史，思考未来，发现人性和生活之美？徐汇人正在这方面探索实践。徐汇区把"建筑可阅读"作为打响文化品牌、提升城区软实力的重要评价标准，在建立健全机制、保护开发资源、完善阅读审美方式等方面进行了积极探索。

如何让建筑被更多的人"阅读"？如果没有保护意识，一切都是空谈。徐汇区加强文脉保护传承，推动历史建筑和历史街区有机更新和活化利用，精心保护好每一栋房子、每一条马路、每一个街角、每一处风景，提升风貌区形态、业态、文态和生态品质。这些努力的成果，走在徐汇的大街小巷，都能真切地感受到。建筑决不是冷冰冰的水泥空壳，每一座历史建筑，都有曲折的故事，它们是有生命、有灵魂的。徐汇区对名人故居的保护和开发，既是对历史和文化的尊重，也是对建筑的保护。巴金、黄兴、张乐平、柯灵等名人的故居，不仅是徐汇区重要的文化景点，也已成为上海的文化名片。

如何让建筑以更丰富多彩的方式被人"阅读"？徐汇人在这方面有一些创新，人们不仅可以亲历建筑现场，走进名人故居参观访问，也可以采用"虚拟现实技术"的阅读方式，有AR增强现实感，观赏建筑细节，有VR全景读城方式，俯瞰建筑群宏观，有"体验服务站点"的阅读方式，通过太阳能建筑阅读、特色建筑幻影成像、三维动画解构建筑、电子墨水墙互动阅读等方式，阅读者可以直观地了解街区老洋房里里外外的风貌，揭开很多古老建筑的神秘面纱。

徐汇区的建筑，落成年代跨越了三个世纪，它们坐落在不同的街区，组合连缀成历史的碑林、文化的长廊，它们是岁月的屐痕，是生活的传奇，是绵延不绝的时代见证。徐汇的文化品格，上海的城市精神，就蕴藏在这些建筑中。

建筑，是可以阅读的。这本画册，可以让读者管中窥豹，见识徐汇的建筑，为进入实地的阅读作一个引导。

2019年春日于四步斋

母语的魅力

——序《中学生作文选》

我的面前,放着一本新编的中学生作文选。选文的作者,是中学生,是热爱文学和写作的少年。读这些生动活泼的文字,能让我感受到青春的气息,感受到来自生活的真实体验和思索,也能从中发现年轻一代的睿智和真诚。编者约我写序,我不想一一点评选文。借这个机会,和年轻的朋友们谈谈心吧。最近,我写了一本书,是写给孩子们的二十多封信,其中有一封,题为《母语的魅力》,抄录在此,权作序言,希望能引起大家的会心一笑。

亲爱的孩子:

是的,作为一个中国作家,我一直感到荣幸,感到骄傲。为什么?因为我能用汉语说话,我能用中国人书写了三千多年的汉字阅读写作。我们的母语,我们的汉字,是世界上表现力最丰富的语言文字。我为我的母语骄傲,我为能用汉字写作而感到荣幸。在和国外的同行交流时,我常常这样表达作为一个中国作家的自豪感。

中国的文字,三千多年来一直生生不息,繁衍成长,被一代又一代的中国人书写吟诵,表达着人间悲欢喜乐,描绘着天地间美妙的风景。我们的汉字,产生于远古时代。传说中我们的文字是由一个名叫仓颉的人创造的,他走遍万水千山,观察天地万物生灵的形态,鸟的飞翔,兽的脚印,花草的生长,人们的狩猎劳作,然后创造出象形的文字。其实,仓颉是后人用想象创造出的人物,仓颉造字是一个神话故事。我们的母语和文字,不可能是一个人想象创造出来的,而是我们的祖先经历了一代又一代人的创造探索,经过无数人的书写、交流和传播,才渐渐形成了它们无与伦比的美妙形态。中国人的文字,曾经被我们的祖先刻在甲骨上,画在土陶上,铸在青铜上,刻在岩石上,写在羊皮、竹简、绢帛和纸张上……它们的形态和内涵，随着时代的发展也不断有变化，但它们一直伴随着中国人的生活。汉字诞生演变的历史，就是中华文明发展的历史。中华文明为何能历经数千年而不中断，一脉相承流传到了今天，在很大程度上，要归功于我们的母语，归功于我们的汉字。如果把中华文明比作一座城楼，我们的母语和文字就是这座城楼的地基和砖瓦；如果把中华文明比作一条长河，我们的母语和文字就是这条长河源源不断的流水。

我们的汉字，可以用最精炼的方式，抒发丰富的情感，表达深邃的思想，描绘天地间开阔浩瀚的景象。你知道唐诗中的"五绝"吧，四句诗，每句五个字，一共才二十个字，但是这二十个字，被诗人们写出多少撼动人心的篇章。譬如李白的《静夜思》，一千多年来，在中国人人都能背诵："床前明月光，疑是地上霜。举头望明月，低头思故乡。"这首诗中，没有一个生僻艰涩的字，但所有人都会被诗中传达的深挚情感和清远的意境感动。只要人间还有游子思乡，那么，这样的诗便会有永恒的生命力，让人感动，让人流泪，让人思考。这就是我们的母语的魅力。

前些日子，我攀登了上海郊区的一座小山，名字叫小昆山。同行的朋友告诉我，这山上，有苏东坡的题词。我无法相信，在这座无名小山中，竟然会有大诗人苏东坡的字。在半山腰的崖壁上，我看到了刻在崖壁上的四个字："夕阳在山"。这苍劲有力的字，确实是苏东坡的手迹。凝望着崖壁上的字，不禁让人浮想联翩。我们的汉字，不仅被中国人用来书写表意，还是一门伟大的艺术，向世界展示着中国文化的独特和奇妙。一个字，在不同的书写者笔下，可以展现出完全不同的性格和生命。我曾经以《汉字的艺术》为题，向来自世界各国的作家介绍汉字的发展变化，展示中国的书法艺术。我不是这方面的专家，但是我写了一辈子汉字，我也是中国书法的爱好者和实践者。我很难忘记外国的同行们在我讲解和演示时那种惊奇神往的目光。画家毕加索曾经说过：中国的书法，是世界上最神奇的艺术。如果我是中国人，我向往成为一个书法家。

十多年前，北京举办了奥运会，我在电视中看了奥运会开幕式，看得热血沸腾。开幕式的主题，是展示源远流长的中国文化，这是一个让世界惊叹的展示。人们惊叹什么？是中国历史的悠久，是中国文化的灿烂，是中国人的智慧和想象力，是中国对世界的善意。北京奥运会开幕式中，给我留下最深刻印象的，是对汉字的展现。那些熟悉的汉字,在古老长卷上翩然舞动,变化无穷,不断地排列组合成奇妙的图景,时而如山峦绵延,时而如波澜汹涌,时而如长城逶迤。这些汉字,向世界展示了中国文化的独特性和创造性。古老的中华文化能绵延不断传承至今,得益于我们独一无二的文字,数千年来,是汉字记录了中华的历史,抒发了中国人的感情,讲述了一代又一代华夏儿女的故事。当代的中国人,和数千年前我们祖先书写阅读的是相同的文字,这一脉相承,是中国文化的恒久博大的活力,也是人类文明的奇迹。在开幕式上出现的这些汉字,组合凸现出三个不同时代的"和"字,令人注目,也让人深思。这"和"字,可以组合衍生成很多词汇:和平,和谐,和睦,和善,和解,和好,和气,和顺,和畅,和蔼,和缓,祥和,亲和,平和,温和,柔和,中和,和为贵……其实,涵义丰富美好的汉字,除了"和"字,还有很多其他字,譬如仁、爱、道、义、德、信、诚、知、文……选择"和"字在奥运会开幕式上向世界展示,意味深长。古代的"和"字,和现代的"和"字,形体上有变化,但它所蕴涵的意义,却是相同的:世界和平,人类和睦,社会和谐。这是中国人的理想,也应该是全人类的理想。

  作为一个中国的文人,我的记忆中储存着无数和中国的历史和文化有关的经历和场景。北京奥运会的开幕式之所以让我难忘,是因为中国人以如此出人意料的方式,向世界展现了汉字的魅力,也展示了中国文化的魅力。做一个中国人,是值得骄傲的,因为,我们能以如此璀璨辉煌的文化傲立于世界民族之林。

  亲爱的孩子,但愿我的这些话,会在你的心中引起共鸣。

2020 年 4 月 11 日于四步斋

诗意的热土

——序《放歌浦东诗选》

浦东这四十多年的发展,是举世瞩目的奇迹。也许可以这么说,在二十世纪末二十一世纪初,这片热土是地球上变化最大的地方。沧海桑田这样的成语,用来形容浦东的巨变,是恰如其分的。三十多年前,我曾经在浦东住过几年,亲眼目睹了她逐渐变化的过程。这种变化,每天在我们的身边悄悄地发生,在不知不觉中,陋屋和荒野消失了,道路被开拓了,新的高楼和园林,突然就出现在人们的视野中,让人忍不住惊叹:这些惊艳之景,是如何被创造出来的?

浦东的巨变,是改革开放的成果,这些成果,是由无数人共同创造的。浦东这片热土,吸引了来自四面八方的有志之士,浦东巨变的历史,也是无数有志之士为之呕心沥血、倾情奉献的历史。浦东的变化,更深层次的变化,其实是人的变化,是生活在这里的人们思想、观念和行动的变化。这些变化,也许无法像地貌的变化那样一目了然,那是浦东人的创业史和心路历程,展示这样的变化,是非常有意义的事。我面前的这本《放歌浦东诗选》,就非常生动地为读者作了这样的展示。

这本诗集的作者大多生活在浦东,他们来自四面八方,从事不同的工作,却一样喜欢用诗来歌唱生活,追寻理想,抒发感情,释放心中的激情和隐秘。在这些作者中,有我熟悉的朋友,更多是我不认识的年轻业余作者。他们的很多诗作,使我产生共鸣。这是同时代人的共鸣,是关注浦东的中国人的共鸣,也是诗人的共鸣。我好奇,为什么浦东吸引这么多人用诗来讴歌她?是因为这片经历了沧桑巨变的热土有诗意,让生活在这里,或者访问这里的人都忍不住写诗,还是因为别的什么原因?答案其实就在这些诗歌中。这本诗选中的作品,题材和风格呈现丰富多彩的景象,他们在诗中歌唱劳动,歌唱生活,歌唱爱情,歌唱自己的家乡,也追寻历史的足迹,赞叹现时代的创造,感受人间的冷暖,倾听心灵的回声,在这一片濒临江海、城乡交织的辽阔土地上,描绘出生命的万般风韵。

诗人们热爱这座城市,热爱浦东这片热土,他们的喜怒哀乐,都和浦东的发展和变化息息相关。他们的诗中,有惊喜,有困惑,有感叹,有憧憬,有期待,他们的诗句中,有四时变幻的浦东风景,有形形色色的浦东人,诗人们笔下的浦东,是一个生机勃勃的世界。他们用诗人的目光观察着这片热土上每一个细节,并将它们展现在自己的诗行中。他们写浦东,并非只写高楼巨厦,写航站海港,写举世瞩目的城市建设,他们把更多的情感和关照,投给了生活在这座城市中的形形色色的人:那些叱咤风云的创业者,那些为城市建设汗流浃背的打工者,那些神采飞扬的年轻人,那些无忧无虑的孩童……城市中最重要的风景,其实应该是城市人的表情,是城市人生活的场景。

诗歌是心灵的歌唱,是思想和情感的流动和飞翔。这本诗选中的思考和抒情,不仅歌咏改革开放给浦东带来的巨变,也折射了当代上海人的精神,是城市的心灵跳动的声音。这样的诗选,可以看作是浦东的史诗,也是诗歌走向生活,走向民众的生动佐证。

多年前,我写过一篇短文,题目为《诗在人间》,是回答一些对诗歌前景持怀疑态度的人,我在文章中说:

> 诗在人间。这人间,是乡村,也是城市;这人间,在所有生活着、创造着、憧憬着、梦想着的人们心中,不管他跋涉在荒山大野,还是在繁华都市。这人间不会消亡,只会在岁月的河流中前进、成长、一代又一代轮换更替、展现新鲜的风景。这人间,是诗歌创作永不枯竭的源泉和土壤。我们生活在人间,所以,不必为诗歌的前景犯愁,上海和中国的诗人,不会在我们这个时代出现断裂。

只要心里存着诗意,我们的生活,我们周围的世界,便时时处处有诗的灵感,诗的意象,诗的韵律。而心中的诗意来自何处,那是因为对生活的热爱,对生命的热爱,还有对未来的憧憬。

关注着浦东的诗人用他们的创作告诉读者,有诗意的生活,是美好的生活,有诗意的人生,是值得期待的人生,有诗意的城市,是让人留恋的城市。

2020年仲春于四步斋